Katy Simpson Smith
Eine Geschichte von Land und Meer

Roman

Aus dem amerikanischen Englisch
von Christel Dormagen

Insel Verlag

Die Originalausgabe erschien 2014 unter dem Titel
The Story of Land and Sea bei Harper Collins, New York.

Erste Auflage 2014

Satz: Satz-Offizin Hümmer GmbH, Waldbüttelbrunn
Druck: CPI – Ebner & Spiegel, Ulm
Printed in Germany
ISBN 978-3-458-17614-5

Eine Geschichte
von Land und Meer

Es gibt ein Land reinster Wonnen,
Von unsterblich Heiligen regiert;
Endloser Tag verscheucht dort die Nacht,
Und Freuden vertreiben den Schmerz.

Es herrscht nichts als ewiger Frühling,
Die Blumen welken nie;
Der Tod trennt als schmale Furt
Dies himmlische Land vom Hier …

Doch Sterbliche scheuen sich ängstlich,
Die schmale Furt zu durchqueren,
Sie stehen zitternd am Ufer
Und fürchten sich vorm Gehen …

Ach, stünden wir dort oben und schauten,
Wo Moses einstmals stand,
Nicht Jordans stille Wasser noch kalte Todesfluten
Hielten uns noch fern vom anderen seligen Strand.

Isaac Watts

ERSTER TEIL

1793

Erstes Kapitel

Wenn sich im August an manchen Tagen der Sturm in die Küste von North Carolina verbeißt, schleift er eine Matratze in die Diele und erzählt seiner Tochter Geschichten von ihrer Mutter, wahre und unwahre. Die hölzernen Fensterläden klappern, und Tabitha hüllt sich und ihren Vater in Decken gegen das Lärmen des Sturms. Er erzählt stets von der Zeit, als er um ihre Mutter warb, davon, wie scheu sie war. Aus der Ferne habe sie wie eine sehr gerade, hohe Kiefer gewirkt; erst, wenn er ihr näher kam, konnte er sehen, dass sie zitterte.

»War sie ängstlich?«

»Glücklich«, sagt John. »Wir waren beide glücklich.«

Er sieht, wie Tab sich die Steppdecke bis ans Kinn zieht; dabei kann nicht einmal der Sturm die Sommerhitze fortwehen. Sie will seine Geheimnisse hören. Doch das Gefühl, in der Dämmerung neben einem geliebten Menschen am Ufer zu stehen, ist schwer zu beschreiben. Er hatte Helen nicht sehen müssen, um zu wissen, dass sie da war. Er konnte die Anziehungskraft zwischen ihren beiden Körpern einfach spüren. »Wenn du älter bist«, sagt er, und da sie diese Antwort schon kennt, nickt sie.

»Warum erzählst du nie von dem Schiff?«, fragt sie. »Von all dem, was du mit ihr zusammen gesehen hast.«

Sein Blick wandert die Diele hinab und zu den Schatten, die durch die Fensterläden tanzen, er legt den Finger auf den Mund. »Hörst du irgendwelche Vögel?«

Tab schlüpft in die dunkle Küche und holt sich ein Stück Brot. Sie wird ihn so lange fragen, bis er ihr endlich alles erzählt. Zurück unter der Decke, kuschelt sie sich an ihn. Während der Wind an den Zwergpalmen zerrt und der Regen gegen die Fenster schlägt, singt John eins seiner Seemannslieder, um sie zu beruhigen. Tabitha ruft: »Lauter!«, und er erhebt sich, steht wackelig auf der Matratze und wedelt mit seinen braungebrannten Händen zur Melodie. Seine Stimme füllt die stillen Räume.

Er erzählt ihr nicht von dem Tag, als er mit Helen und nur einer kleinen Tasche für sie beide an Bord eines Schiffs ging, dessen Kapitän er aus seinen Piratentagen kannte, und sie unterm Dollbord hockten, bis die Fregatte die Anker lichtete und mit geblähten Segeln an den Untiefen vorbei aus der Bucht kreuzte. Erst als der Matrose ein Zeichen gab, standen sie auf – Helen schwankend, Halt bei ihm suchend und mädchenhaft lachend, die Haare vom Wind zerzaust – und beobachteten, wie die Stadt allmählich schrumpfte, bald kaum noch größer als ein Stück Treibholz war, ein braun-goldener Klecks am Ufer.

Er erzählt Tab nicht, wie schön ihre Mutter war, während sie um ein wenig Würde auf einem Schiff kämpfte, das nur noch von seinen zahllosen Dreckschichten zusammengehalten wurde. Ein Jahr verbrachten sie auf diesem Schiff, verheiratet und Helen am Ende mit dem Samenkorn eines Kinds im Leib. War sie zuvor eine Art unberührbare Heilige gewesen, so war nun eine sonnenverbrannte Frau aus ihr geworden, die ihre Röcke hochsteckte, um zusammen mit ihm das Deck zu schrubben, und ihre Arme um ihn legte, wenn er abends an der Reling stand und angelte. Wie hatte eine solche Frau zurückkehren und wieder in ihrer alten Welt leben können? Bei den Flüchen, die sie gelernt hatte, und mit der braunen Haut und dem Lachen, das immer lauter geworden war, als stünde es im Wettstreit mit den Wellen.

Was für eine Frau wird Tabitha einmal sein?

Nach dem Unwetter gehen sie zum Strand, um nachzusehen, was der Ozean ihnen geschenkt hat. Blätter und Äste säumen den Weg. Die gesprungene Schale eines Hufeisenkrebses steckt halb vergraben im Sand. Tab kratzt mit den Fingernägeln über die papierartige Hülle und überlässt sie dann wieder den Wellen.

*

Es ist das Jahr 1793, und sie wohnen in Beaufort, in einem Haus mit vier Zimmern, zwei oben, zwei unten, erbaut von einem kinderlosen Cousin, einem Holzhändler, den eine Kiefer beim Fällen erschlug. Eine Straße trennt sie nach Süden vom Wasser, drei Straßen weiter nach Westen liegt der Laden, in dem John alles verkauft, was man hier so braucht. Im Sommer bleiben die Türen vorne und hinten offen, und eine salzige Brise schlüpft in die Diele. Bei Gewitter klappern die Fenster. Das Zimmer des Mädchens im ersten Stock geht auf das Sumpfland hinaus, morgens riecht es nach Fisch, und am Nachmittag ist es vom Licht aus Südenwesten durchflutet.

In mondlosen Nächten schläft sie bei ihrem Vater, aus Angst vor Hexen, die durch die Luft reiten.

Mrs. Foushee leitet die Schule der Stadt, wo Kinder, fast nur Mädchen, die Zeit absitzen, sofern ihre Mütter nicht arm sind oder gerade gebären. Ihre kleinen Hände reiben die Kerben in den Holztischen blank und schlüpfen zwischen die Seiten von Lesebüchern. Die Buchstaben tanzen für sie. Mrs. Foushee ist die Frau eines Soldaten. Sie schläft in seinem Bett und hört ihm zu, wenn er seinen Erinnerungen an die Revolution nachhängt, aber im Klassenzimmer ist sie zu ermattet, um ihren Pflichten nachzugehen. Fast den ganzen Tag sitzt sie einfach nur da und lässt sich die Arbeiten der Kinder nach vorn bringen. Sie schickt sie früh nach Hause oder versäumt es, sie nach dem Mittagessen wieder zusammenzurufen. Sie vertrödelt die Zeit mit ihrer Stickarbeit, lutscht Bonbons und nickt gelegentlich ein. Die Mädchen schleichen dann zu ihrem Stuhl und beäugen sie. Manche betasten den rosafarbenen Brokat ihrer Röcke, andere sammeln die silbernen Haare ab, die ihr auf den Busen gefallen sind, und sengen sie an, weil das so komisch riecht. Mrs. Foushee hat hängende Augenlider, ihr Mund ist für ihr Alter zwar noch voll, aber schlaff. Sie hat auch schon Tabs Mutter unterrichtet.

Mit neun kennt Tabitha das Alphabet und die meisten kurzen Wörter und kann Schillinge und Pennys an den Fingern zusammenzählen. Sie weiß auf der Kirchenorgel drei Melodien zu spielen und könnte, sollte sie nach Frankreich kommen, um Brot und Wasser bitten. Das entspricht in etwa auch Mrs. Foushees Kenntnissen. Meist lässt Tab die Lehrerin schlafen, und während ihre

Mitschülerinnen einander die Haare flechten, schaut sie lieber durch die offene Tür auf den Ozean, den sie besser kennt, als sie ihre Mutter kennt.

Die Stadt ist jetzt älter, so wie manche Städte eben altern; die meisten jungen Leute sind inzwischen erwachsen. Einige sind in den Krieg gezogen und gestorben, andere haben ihr kleines Erbe genommen und sind nach Wilmington oder Raleigh gegangen. Als Johns Cousin vom Baum erschlagen wurde, erschien kein anderer Verwandter, um das Haus in Beaufort zu übernehmen. Aber John hatte eine schwangere Frau, und das Meer war kein Ort für ein Baby. Wer in der Stadt geblieben ist, wohnt in dem schmalen, nur wenige Straßen tiefen Küstenstreifen am Ozean. Die mit Geld haben sich die umliegenden Felder für Reisanbau oder Holzwirtschaft angeeignet, und hinter den Plantagen beginnen Sumpfland und Wald. Eine einzige Straße durch diese Wildnis verbindet Beaufort mit New Bern. Die Stadt scheint sich zunehmend selbst von allem abzuschneiden.

Tab kennt nicht viele Kinder. Nur Mrs. Foushees Schülerinnen, dann ein paar zerlumpte Jungen, die zu den armen Farmersfamilien am Stadtrand gehören, und die Sklavenkinder, die Tab in den Feldern an ihrer Körpergröße erkennt. In der langen Reihe gebückter Körper reichen sie nur bis zur halben Höhe. Sie kommen nur selten in die Stadt, und wenn, blicken sie nicht hoch. Tab weiß, dass ihr Vater ein paar Bekannte unter den Sklaven hat, aber sie findet das nicht ungewöhnlich. Es gibt in der Stadt überall stille Verbindungen, und Tab ist nicht blind. Ihr Vater bringt die Männer allerdings nie mit nach Hause oder spricht sie direkt an. Tab kennt da die Regeln nicht. Eine Frau bringt manchmal Eier zum Verkauf in den Laden, und ein Junge, so groß wie Tab, begleitet sie. John blickt die beiden scharf an, und die Frau blickt scharf zurück, aber sie reden ganz normal miteinander. Der Junge tatscht immer alles im Laden an. Er betastet die Fässer und die Hacken und die Säcke mit getrocknetem Mais, als wären sie aus Seide. Er lächelt Tab an, als wüsste er alles, was sie weiß. Aber Tab ist nicht seine Freundin und auch nicht die Freundin der verwöhnten Mädchen in Mrs. Foushees Klassenzimmer oder der Jungen, die am Stadtrand mit Steinen werfen. Sie hat ihren Vater.

*

An Sommermorgen, wenn Mrs. Foushee krank ist oder Tabithas Blut überschäumt, läuft das Mädchen am Ufer entlang in Richtung Sumpfland und schwimmt mit langen Zügen zu der Sandbank zwischen Sund und Ozean. Mit ausgestreckten Gliedern legt sie sich danach in den Kies, gräbt Finger und Zehen in den warmen Boden. Hinter geschlossenen Augenlidern verfolgt sie Seeschlachten. Sieht Schiffe – französische, britische und Geisterschiffe – mit donnernden Kanonen und knatternden Fahnen, unscharfe Silhouetten, leuchtend vor sommerlichen Wolkengebirgen. Artilleriefeuer färbt den Sonnenuntergang.

Sie zieht Kanäle am Ufer, in die Wasser einläuft, und baut Wallgräben und Inseln zur Verteidigung. Eichenblätter schlagen aufeinander ein, und Moosstückchen springen in das flache Salzwasser, Körper, die ins Meer geschleudert werden. Kanonenkugel-Kiesel landen auf den Blättern, werden ihnen zum Verhängnis, schicken die Trümmer in die Tiefe, wo schließlich Steinkrabben über sie kriechen. Dieses Spiel kennt keine Gnade.

Als die Schlacht beendet, die Blätter ertrunken sind, begibt Tabitha sich auf Schatzsuche. Sie hat vorne an ihre Kleider große Taschen genäht, in denen sie die rosafarbenen Muscheln und trockenen Fischgräten nach Hause trägt. Anfangs hat sie ihre Funde in einem Loch im Inselinneren versteckt, aber ein Sturm hat alles verweht. Jetzt nimmt sie sie mit nach Hause. Ihr Schlafzimmer verwildert durch die Überbleibsel des Meers. Sie tritt auf etwas Spitzes und fischt Blechreste aus einer Schlickgrube, die sich mit Wasser füllt. Das Bruchstück einer Rüstung, vermutet sie. Ihr Vater, der nicht weiß, was das Beste für sie ist, lässt sie streunen.

In der Dämmerung wird das Sumpfland violett und schwer. Von der Sandbank aus gesehen, glättet sich der unebene Schlick der Küste. Das Schilf vibriert von den vielen Rohrdommeln. Ein Wolkenband sinkt gen Westen, überdeckt den letzten rosigen Zipfel. Als Tab ins dunkle Wasser gleitet, schwingt sich ein Schwarm silbern gestreifter Heringsmöwen kreischend in die Luft. Sie öffnet die Augen unter Wasser, lässt ihren Körper, ihre Haare treiben. Ihr vollgesogenes Hemd ist schwer. Etwas Kleines, Dunkles gleitet unter ihr weg, sie hebt rasch den Kopf, keucht. Eine Haarsträhne gerät ihr beim Luftholen in den Mund. Sie krault jetzt und ist in wenigen Minuten zurück in knöcheltiefem braunem Schlick, streckt die Hände nach Schilfrohr aus, um die Füße aus dem Schlamm zu ziehen. Ihre Taschen sind immer noch schwer von den Schätzen. Auf dem Heimweg sammelt sich Sand an ihren nassen Beinen.

*

Sonntags kommt Asa in einem braunen Anzug. John und er sprechen nur selten von Helen, aber Asas grüne Augen erinnern an sie. Er hält ein Buch in den Händen und wartet in der Diele auf seine Enkelin. John bittet ihn, Platz zu nehmen, doch er schüttelt den Kopf und blickt durch die offene Hintertür nach draußen. John fragt, wie seine Bäume wachsen, und Asa sagt: »Leidlich«. John lässt seinen Schwiegervater stehen und zieht sich in die Wohnstube zurück, um die Wochenzeitungen zu lesen. Später am Vormittag wird er hinunter zum Hafen gehen, zu den einlaufenden Schiffen und nach alten Freunden unter den Matrosen Ausschau halten. Tabitha kommt in einem zu engen, kneifenden Kleid nach unten, ihrem einzigen ohne Taschen, und legt ohne ein Lächeln die Hand in die ihres Großvaters. Sie sagt John auf Wiedersehen, und die beiden laufen die fünf Blocks zur Kirche. Es ist ein Backsteinbau, der unsicher auf Steinsäulen ruht. Asa ist Anglikaner, aber der Anglikanismus stirbt aus, und seine alte Kirche wurde von den Methodisten übernommen. Die übrig gebliebenen Anglikaner zogen sich darauf in diese kleinere Kapelle zurück, wo sie sich wieder den Episkopalen angeschlossen haben. Asa verliert allmählich den Überblick bei all den Namen der Christenheit. Die Menschen suchen immer noch nach etwas, das sie doch früher einmal wussten. Hier gibt es keine farbigen Fenster, und die Kieferndielen sind ganz aufgeworfen. Die Kirche hat zwar einen kleinen eckigen Turm und eine Kuppel mit Glocke, aber von der Straße aus sieht man, dass beide schief stehen.

Als er mit seiner Enkeltochter in der Kirchenbank sitzt, vermisst er ein Kissen. In seiner Kindheit wurden die Gottesdienste im Kreishaus gehalten; er hatte eine vergoldete Bibel, und sein Hintern ruhte auf einem Kissen, während er den Worten des Herrn lauschte. Doch nun ziehen die Söhne fort, verlassen die Farmen ihrer Väter, und es gibt keine neuen Kirchen. Die Stadt sprach vom Bau eines Kanals, der die beiden Flüsse, die nach New Bern fließen, für die Schifffahrt verbinden sollte, aber die Männer, die über die Mittel verfügten, waren nicht bereit, sie auszugeben, woraufhin Beaufort – das den Handel mit dem Hinterland hätte kontrollieren können – sich nicht weiterentwickelte und schließlich zu schrumpfen begann. Die Güte hat sich aus der Welt, wie Asa sie kannte, verabschiedet; der Gemeinsinn, den es noch unter dem König gab, hat sich in Eigeninteresse gewandelt. Es verlangt die Menschen nach Geld anstatt nach Tugend. Alle Männer, die er kennt, sind kaum mehr als gewöhnliche Räuber. Er hofft, dass Gott das alles sieht.

Tabitha, die mit den Beinen wippt, wenn sie zum Stillsitzen gezwungen ist, tritt ihn in die Ferse, und sein Bein knallt gegen die Kirchenbank vor ihm. Der Pastor unterbricht sich, hebt neu an. Asa zwickt sie ins Handgelenk und funkelt sie an. Reverend Solomon Halling steht hinter der Kanzel und gestikuliert sanft mit den Händen. Die Kanzel ist aus Kiefernholz und mit einer eingeschnitzten großen und mehreren kleineren Blumen verziert, die aussehen wie vierblättrige Kreuze. Asa fragt sich jedes Mal, ob eine Frau sie geschnitzt hat. Halling kommt mehrmals im Jahr aus New Bern angereist; meistens sprechen nur Kirchenälteste zu den Gläubigen, oder sie singen ihre Lieder allein. Die Gemeinde hat sich in den letzten Jahren halbiert. Anstatt sich gemeinsam in den vorderen Bänken zu versammeln, setzen sich alle auf ihre angestammten Familienplätze, und die Zwischenräume vergrößern sich. Halling erinnert die Zuhörer daran, was es heißt, den Episkopalen anzugehören – dass sie einfach Anglikaner ohne Monarchie-Hörigkeit seien. Einige Frauen rutschen unruhig auf ihren Bänken. Ein Kind niest und beginnt dann zu weinen, und Halling stimmt einen Choral an. Die Menschen erheben sich, und alle, die vom Meer leben, reiben sich die wollenen Westen. Sie erröten beim Klang ihrer eigenen Stimme.

Immer wenn sie Kirchenlieder singen, hört Asa seine abwesende Tochter. Der reine Klang ihrer Stimme hatte ihn einst an seine eigene Schlechtigkeit erinnert. Er gehört zu den Menschen, die in die Kirche gehen, um sich zu bestrafen, wobei darin auch etwas Lustvolles liegt. Wenn er zu seiner Enkelin hinübersieht, kommt sie ihm wie eine Fremde vor.

Nachdem die Gemeindemitglieder das Gebet gesprochen haben und zu Güte und Freigiebigkeit aufgerufen worden sind, stellt Reverend Halling sich auf die windschiefe Treppe und schüttelt Hände. An diesem Sonntag spendet Asa ein halbes Pfund für die neue Kirche und schiebt Tabitha ein Stück vor, damit sie ebenfalls Hallings Hand schüttelt. Der Pfarrer ist zwar noch nicht lange in der Gemeinde, aber mit seinen ergrauenden Locken um die Schultern und den trüben braunen Augen wirkt er verbraucht. Im Krieg war er ein Feldscher, und nach dem Zusammenflicken menschlicher Körperteile hat ihn die Sorge um die Seelen endgültig erschöpft. Wenn er lächelt, beißt er sich immer auf die Lippe, weshalb er ständig damit zu tun hat, seinen Mund zurechtzurücken.

»Meine Enkeltochter«, sagt Asa, die Hand fest auf ihrer Schulter. Tabitha wischt sich die Hände an ihrem Kleid ab. »Sie und ihr Vater sind nicht fest in ihrem Glauben.«

Halling nickt. »Besitzt sie ein eigenes Gesangbuch?« Er huscht zurück in die Kirche, scheucht eine Schar älterer Frauen auf, die ihm hinterherschmachten, und kehrt einen Moment später mit einem zerfledderten braunen Buch zurück, das er Asa reicht. »Hauptsächlich Watts«, sagt er.

»Ich fürchte, sie hat nur mich zur Orientierung«, sagt Asa.

Halling schüttelt den Kopf und streckt die Hand aus, hält die Handfläche nach oben. »Sie vergessen den Herrn.« Er wendet sich wieder dem Grüppchen zu, das sich immer noch an seiner geistlichen Nähe labt.

Tab zieht an der Hand ihres Großvaters. Die Ebbe setzt ein, und sie kann den Fang der Fischer riechen, kann das Gurgeln der Löcher hören, die die Krebse im Sand graben.

Auf dem Heimweg trägt Asa das Buch und grübelt, ob es richtig sein kann, dass ein Heidenkind das Wort Gottes besitzt. Was nützt es, unfruchtbare Felder zu bewässern? Er wünschte, sie hätten das ganze Jahr einen Pfarrer. Sein Gott ist unberechenbar, und Asa begreift nicht immer, welcher Lebensweg den Menschen um ihn herum zugedacht ist. Er sucht nur nach Hinweisen göttlicher Gerechtigkeit. Er sucht nach Gründen, warum er so bestraft wurde.

Im Sommer 1783 kehrte seine Tochter Helen nach einem Jahr des Umhertreibens zu ihm zurück. Sie war von John, einem gewöhnlichen Soldaten, verführt worden, heiratete ihn ohne den Segen ihres Vaters, wollte nichts von ihrem Erbe wissen, stach auf einem schwarz beflaggten Schiff mit dem Soldaten in See und kam mit einem Kind im Bauch wieder nach Hause. Asa wartete darauf, dass die Faust Gottes auf ihren Ehemann niederging. Als John neue Regale in dem Gemischtwarenladen baute, an dem er einen Anteil erworben hatte, wartete Asa darauf, dass John der Hammer ausrutschte und seine Hand zerschmetterte und dass ein Brett auf seinen Kopf krachte. Wenn John und Helen während der Auguststürme am Wasser standen, die Arme untergehakt, einander mit den Körpern wärmend, wartete Asa darauf, dass eine Flutwelle John mit sich riss und seine Tochter allein am Ufer zurückblieb. Er wollte sie wiederhaben, unberührt. Er sah, wie beide das Haus herrichteten, das Johns Cousin ihnen vererbt hatte, wie sie es neu weißten, mit angeschwemmtem Treibgut aus dem Meer ausflickten und den Boden um das Haus für den Anbau von Kartoffeln und Mais vorbereiteten. Nie sah er sie traurig oder gedankenverloren. Ihre Fröhlichkeit war das Zeichen des Teufels.

Als im Oktober Helens Niederkunft nahte, kam von Südosten ein Sturm auf und peitschte die Wellen. Asa wollte seine Tochter für die Geburt landeinwärts bringen, sie unter Bäumen geschützt wissen, aber sie klammerte sich an das Haus, das sie und John so schön hergerichtet hatten. Wenn ihr Kind die Welt kennenlernen sollte, dann wollte sie, dass es alles kennenlernte, die stürmischen Winde ebenso wie die lauen Lüfte. Trotz Helens Bitten weigerte Asa sich, für sie zu beten. Er hatte einst in einem ähnlichen Unwetter für seine eigene Frau gebetet, in dieser Stunde zwischen Leben und Tod, und sie war ihm genommen worden. Er konnte nicht noch einmal beten, nicht auf dieselbe Weise. Doch er ging zu ihr, als ihre Wehen einsetzten, und er harrte an ihrer Seite aus, wie er an der Seite seiner eigenen Frau nicht ausgeharrt hatte, und es war, als blickte er in einen Spiegel, als würde Gott ihm zeigen, was er beim ersten Mal versäumt hatte.

Zusammen mit John holte er Wasser für die Hebamme, gemeinsam zerrissen sie Leinen, holten noch mehr Wasser. Sie sprachen nicht, und als John nach seinem Arm griff, zog Asa ihn weg. Keiner der beiden Männer hätte dabei sein müssen, aber Asa bestand darauf; er wollte nicht mehr allein den Frauen die Kontrolle über dieses Ereignis lassen. Sie standen in der Ecke des Zimmers, die Arme verschränkt, den Kopf gesenkt. Über die Schulter der Hebamme, deren Hände mit Tüchern und Wasser und Tupfen beschäftigt waren, blickte Helen zu ihrem Vater und bat ihn, ihr zu sagen, ob es immer auf diese Weise geschehe und auch ihrer Mutter so ergangen sei. Sie war wieder ein Kind und brauchte seine Stimme. Er nickte und sagte, alles sei genau so, wie es zu sein habe, obwohl er selbst nicht bei der Niederkunft seiner Frau dabei gewesen war und gar nicht hätte wissen können, wie es gewöhnlich ablief – aber ja, kein Grund zur Sorge, und ganz gewiss besitze Helen die nötige Kraft. Doch sie hörte gar nicht zu.

Während der Sturm sich durch die Straßen von Beaufort wühlte, kam ein Kind zur Welt: rot und zornig, und sein Schreien übertönte das Heulen des Winds. Die Hebamme legte den Säugling in einen Korb und presste mit Essig getränkte Lappen auf die Wunden der Mutter. John und Asa standen außerhalb des Lichtscheins der Kerze, starrten auf die Haarsträhnen, die an Helens bleichen Wangen klebten, und horchten auf ihren flachen Atem. Sie begann zu weinen.

Asa ging am nächsten Morgen, nachdem die Sturmböen nach Norden abgezogen waren, und nahm den Leichnam seiner Tochter mit. Er sagte, er werde wiederkommen und das lebende Kind holen.

Wenn Asa in die Kirche geht, trägt er die Liste seiner Sünden im Herzen und wartet auf Vergebung.

*

Der Sommer geht in den Herbst über. Gelbe Rohrsänger und Reisstärlinge landen in Schwärmen in den Salzsümpfen, und Flussuferläufer stochern im Watt und beobachten die Löcher. In den Wäldern um Beaufort färben sich die Sumachbäume flammend rot, und die Trauben des wilden Weins hängen schwer und violett an den Zweigen. Mit Oktoberbeginn werden die Abende endgültig kühl.

In der Nacht vor ihrem zehnten Geburtstag kann Tab nicht schlafen. Ihr Hals kratzt, als steckte da ein trockener Keks. Eingewickelt in das Umschlagtuch ihrer Mutter, das Kinn auf dem Fensterbrett, kniet sie vorm Fenster, den Blick zu den Sternen, und sucht nach Mustern, malt die Umrisse von Hunden und Wagen auf die gefrorene Fensterscheibe. Die Augen schließt sie nur, um sich das Modellschiff vorzustellen, das vielleicht morgen früh auftaucht, eingewickelt in braunes Papier. Es hat drei Masten und ist aus nussbraun gebeiztem dünnem Holz. Seine Segel bestehen aus grobem Leinen, und ein winziges Rad dreht sich hinter dem Besanmast. An Deck hängen Netze. Auf der Steuerbordseite ist in die Planken eine Falltür geschnitten, die man aufklappen kann, um in den Schiffsraum zu spähen. Sie würde diesen leeren Bauch mit ihren Fundstücken füllen. Eicheln, Federn, Moos. Sie hat das Schiff bei ihrer letzten Reise nach New Bern in einem Geschäft gesehen, als sie Stoffe für den Laden besorgten. Tab blieb so lange vor dem Schaufenster stehen, bis ihr Vater, der schon weitergelaufen war, ihr Zurückbleiben bemerkte und sich umdrehte.

»Ja, die Schiffe«, sagte er und zog sanft hinten am Kragen ihres Kleids.

»Erzähl mir noch etwas«, sagte sie, und während sie sich von dem herrlichen Spielzeugschiff entfernten, begann er mit einer weiteren Geschichte über ihre Mutter, und sie wusste, dass er es bemerkt hatte, dass er das Verlangen in ihren Augen gesehen und begriffen hatte.

Auf der Heimfahrt in der Kutsche hielt ihr Vater ein großes Paket unter dem Sitz versteckt und blinzelte ihr zu. Alles was sie jetzt noch tun musste, war, darauf zu warten, dass es in ihre Hände gelangte.

*

John schläft meist in seinem Zimmer gegenüber von Tabithas, auf der anderen Seite des leicht abschüssigen Flurs, aber es gibt Nächte, in denen er den Körper seiner Frau im Bett riechen kann, dann trägt er sein Bettzeug nach unten. Er sucht sich in der Wohnstube einen Platz zwischen den Möbeln, die die Eltern seiner Frau ihr geschenkt und ihrerseits von ihren Eltern bekommen hatten, legt sich auf Teppiche, ertrödelte oder gestohlene, von Schiffen, die mit der Flut in den Hafen einliefen, schläft unter Gemälden ausdrucksloser Gesichter und magerer Kinder, die magere Lämmer halten, und zwischen Schränken mit Glasflaschen, spanischem Gold, Musketenkugeln, einer verrosteten Krone, Glocken. Den Überresten von Beutegut, die jetzt nur noch für ein Kind Schätze sind. Es gibt einen Spiegel mit einer abblätternden silbernen Rückseite in diesem Zimmer, und manchmal taucht Helen darin auf, blau gekleidet, das dunkle Haar in Zöpfen im Nacken und Löckchen, die sich daraus gelöst hatten. Ihre Augen tief grün. Er spricht hier mit ihr, oder er geht, wenn er Angst hat, weil ihre Augen ihn verfolgen, mit seinem Bettzeug in den Raum mit dem Kamin, auf dem oben auf dem Sims Töpfe mit Schmalz stehen und die Regale mit Trockenwaren, Stoffballen und Mehlsäcken gefüllt sind. Hier bewahrt er die Vorräte für den Laden auf. Wenn Kunden nach Senfkörnern fragen, führt er sie hierher oder erklärt, er müsse sie extra besorgen, was ihm ein paar Pennys mehr einbringt. Es hat ihnen nie an etwas gemangelt, ihm und seinem Kind. Und dennoch geistert Helen durch die Zimmer und erinnert ihn daran, was ihnen fehlt.

In der Nacht vor Tabs zehntem Geburtstag schläft

John auf dem niedrigen grünen Sofa in der Wohnstube. An der Wand gegenüber hängt ein Porträt der Großmutter seiner Frau als kleines Mädchen, das ihr absolut nicht ähnelt, weshalb es ihm so vorkommt, als habe er eine völlig andere Person geliebt.

Er wacht mitten in der Nacht auf, wie so oft, weil ihre Stimme ihn ruft. Er verlässt das Haus, überquert den Schotterweg und geht hinunter zum Sumpfland, wo er die Augen schließt und sich vom Wind liebkosen lässt; mitten im scharfen Geruch nach Salzwasser und fauligem Uferschlamm kann er wieder ihren zarten Duft ausmachen. Er ist hier schon gelegentlich eingeschlafen, aber seine Tochter war derart verängstigt gewesen, wenn sie ihn nicht im Haus fand, dass er jetzt vorsichtiger ist. Außerdem ist der Kummer mittlerweile zu einer Art Melancholie verblasst, zur Empfindung nicht einer einmaligen Verletzung, sondern einer konstanten. Er erleidet keinen Schmerz, außer dem Schmerz, am Leben zu sein.

Die Frösche rufen in der Dunkelheit, hungern nach Regen. Wenn die Zugvögel sich tatsächlich nach den Sternen richten, bestehen die Räume zwischen jenen Lichtpunkten nicht aus Schwärze, sondern aus Vogelschwärmen; vielleicht gibt es am Himmel ja gar keine Abwesenheit von Licht, sondern nur Sterne und Vögel. Als er zum Haus zurückkehrt, sieht er am oberen Fenster eine kleine Gestalt. Den Kopf seiner schlafenden Tochter, gegen die Scheibe gedrückt. Es gibt also Nächte, in denen sie beide nicht in ihren Betten schlafen können. Das hat sie ihnen angetan.

John selbst hatte keine Familie, und so überrascht ihn

jede Regung der Liebe, aber auch jedes Ausbleiben von ihr. Seine Eltern waren gestorben, bevor er sie kennenlernen konnte, und er wurde von Verwandten erzogen, deren Liebe den eigenen Kindern galt. Er wurde zwischen Familien hin- und hergeschoben, auf einer Farm auf dem Land, ohne engere Bindung an irgendwen. Als er zum ersten Mal zur See fuhr, packte ihm ein Cousin zweiten Grades mütterlicherseits einen Beutel mit Zwieback und war schon wieder auf den Feldern, als John noch nicht einmal das Ende der Straße erreicht hatte. Und als er später als Soldat zurückkam, erwartete ihn keine Umarmung. Er fragt sich, ob Vaterschaft für Männer, die einen Vater hatten, einfach ist.

Im Oktober landen Wiesenlerchen an der Küste und auf den Inseln, und Nachtigallen versüßen die ersten Herbsttage mit ihrem Gesang. Die morgendliche Geschäftigkeit im Haus verrät, dass Tabithas Geburtstag naht, dass die Zeit vergeht. Wenn John sie in diesen Tagen ins Haus kommen sieht, schlammbespritzt, mit prall gefüllten Taschen und halb aus den Klammern gelöstem Haar, spürt er, dass er es nicht gut gemacht hat. Er war nicht Mutter und Vater für sie. Sie ist immerhin eine Frau – wenn auch nicht jetzt schon, so doch bald –, und er hat ihr erlaubt, geschlechtslos und wild aufzuwachsen. Er sollte öfter bei Mrs. Foushee um Rat fragen oder bei Mrs. Randolph, der Haushälterin seines Schwiegervaters. Sie könnten ihr zeigen, wie man Tee zubereitet.

Vor einigen Wochen fuhren sie im Pferdewagen nach New Bern, und während Tab ihre Nase an Schaufenstern plattdrückte und Steinchen gegen den Gouverneurspalast warf, kaufte er Vorräte für den Laden. Stoffe, Seifen, Medizin. Er rieb das Material zwischen den Fingern und suchte ein paar schlichte Leinenstoffe für seine Kunden in Beaufort aus, gestreifte und Drillich, halb wollenes Zeug, einen schweren Damast. Es hatte dort aber auch schimmernde Seide gegeben. Blau mit einem Rebenmuster in Rosa und Grün. Die glänzende Oberfläche fühlte sich an wie die Haut seiner Frau. Er kaufte die entsprechende Menge für ein zehnjähriges Mädchen, ließ den Stoff in braunes Papier einschlagen, und am nächsten Tag fuhren sie wieder nach Hause. Tab hatte sein stolzes Grinsen gesehen. Das Vatersein hörte nie auf. Man konnte sich immer noch weiter verbessern. Sie fuhren durch Sümpfe und Grasebenen und Laubwald zurück, und während John die Pferde über die matschigen Wege lenkte, schlief seine Tochter zusammengesunken, mit dem Gesicht an der Wagenwand.

Mit Dreck unter den nackten Sohlen kehrt er nach Hause zurück, und als der Himmel erst violett, dann grau wird, setzt er einen Topf mit Maisbrei aufs Feuer und würzt ihn mit altem Schmalz und Pfeffer.

*

Sie schläft ans Fensterbrett gelehnt, die Scheibe beschlägt mit dem regelmäßigem Rhythmus ihres Atems. Der schimmernde Mond am Himmel beginnt zu verblassen. Ihr Kopf ruht auf ihrem angewinkelten Arm, der gegen das kalte Glas gepresst ist. Ihre Knie sind eingeknickt, und eine Hand hält sie wie eine leere Schale. Sie träumt von Wasser; träumt immer von Wasser.

Unten rührt John den Maisbrei um. Er gibt noch einen Löffel Schmalz in den eisernen Topf und sieht zu, wie es sich über dem Mais verteilt. Als Tab klein war, lieh der Vater seiner Frau ihnen Mrs. Randolph aus, die in der Küche neben dem Brunnen richtig kochte. Aber wie alle erwachsenen Frauen erinnerte sie ihn an Helen. Nun beherbergen die Außengebäude die herumstreunenden Hühner, die Tab ihn nicht einfangen lässt, weshalb er tote auf dem Markt kaufen muss. Manchmal kocht sie, manchmal er. Er lässt sich auf die Hacken nieder, den Schöpflöffel in der Hand, und starrt ins Feuer. Es bewegt sich wie eine Frau.

Der Moschusgeruch vom Schmalz steigt die Treppe hoch, und Tab wacht auf. Ihr Gesicht will sich zum Weinen verziehen. Vom Schlafen an der Wand tut ihr alles weh, doch manchmal ist dieser Schmerz besser, als in einem weichen Bett aufzuwachen. Der untere Teil der Fensterscheibe ist von ihrem Atem beschlagen. Nach Süden hin sieht sie kein warmes Gelb, nur trübes Grau, das heller wird, als sie den Kopf abwendet und dann wieder hinschaut. Als ein Reiher in langsamem Auf und Ab über die fernen Sümpfe fliegt, blassweiß vor blassem Grau, fällt ihr ein, dass sie Geburtstag hat.

*

Tabitha kommt mit nackten Füßen die Treppe herunter, ihr Kopf fühlt sich an, als wäre er voller spitzer Steine. Sie folgt dem Duft nach Frühstück. John kniet mit dem Schöpflöffel vor dem Herd. Sie lehnt sich gegen den Türrahmen und schließt die Augen. John hat ihr leises Kommen gehört, dreht sich um und lächelt. »Nun sieh dir diese Fremde an, ein Mädchen von zehn Jahren. Und wonach steht ihr der Sinn?«

»Maisbrei, bitte«, sagt sie, »und Nachtisch.« Tab gleitet auf einen Stuhl und legt den Kopf auf den Tisch, der nach Salz und altem Fett riecht.

»Du hättest im Bett bleiben können«, sagt John.

»Mir ist nicht besonders gut«, sagt Tab.

John löffelt den Brei in silberne Schalen, die das eingeprägte Familienwappen seiner Frau tragen, und fühlt mit der Hand Stirn und Wangen des Mädchens. »Kommt wohl vom Schlafen am Fenster.« Er reicht ihr einen Löffel. »Was Warmes hilft.«

Sie isst, während er Pläne für den Tag schmiedet. Er schlägt einen Spaziergang am Ufer vor, und als sie wegen Mrs. Foushee und der Schule nachfragt, erklärt er, der Tag heute gehöre nur ihnen beiden. Nicht einmal Asa werde ihnen dazwischenkommen. Er deutet sogar ein Geschenk an. Sie lächelt bei dem Gedanken an das hölzerne Schiff mit der Falltür im Deck. Sie lieben einander ganz besonders, weil sie nur zu zweit sind. Ihre Mutter ist für Tab ein Phantom, an das sie zärtlich wie an einen Engel aus dem Buch von Milton denkt, das ihr Vater laut vorliest, aber sie kann sie sich nicht in diesem Haus vorstellen, kann sich nicht vorstellen, wie ihr Körper sich durch diese salzige Luft bewegt. Ebenso wenig wie es ihr recht wäre, wenn Gott in ihrem Zimmer wohnte, bleibt auch ihre Mutter besser körperlos.

Ihr Mund wird trocken, und eine Blase sitzt in ihrer Kehle. Sie schluckt mehrmals, stößt auf. Sie schaut zu ihrem Vater, als warte sie auf eine Antwort. Ein Meer steigt in ihr hoch. Sie steht rasch auf und huscht in eine Ecke, wo heiße Maisgrütze und scharfe Magenflüssigkeit aus ihrem Mund schießen. Ein rostroter Faden zieht sich durch die Pfütze auf dem Boden.

John bringt sie zu ihrem Stuhl zurück. Er taucht einen Lappen in die Wasserschüssel und legt ihn ihr auf die Stirn, holt einen anderen und wischt damit Blut und Erbrochenes auf. Er beginnt ein Matrosenlied zu singen. Als ihr Atem sich beruhigt hat, trägt er sie nach oben in ihr Bett. Sie öffnet die Augen, als er sie auf das Laken legt.

»Wir holen Dr. Yarborough«, sagt er und steht mit hängenden Armen da, bis sie wieder eingeschlafen ist.

*

Als sie am späten Nachmittag erwacht, sind vier besorgte Männer in ihrem Zimmer. Einer lehnt am Fußende ihres Betts, einer hält sanft ihr Handgelenk, zwei stehen in der Ecke, grauhaarig, flüsternd. Ihr Rücken verkrampft sich vor Schmerz, es ist, als würde dort etwas wachsen. In ihrem Kopf sind Splitter. Sie kann dem Mann ihr Handgelenk nicht entziehen. Das Zimmer kommt ihr wässerig vor. Der sitzende Mann mit der Brille lässt sie los und reibt sich die Nase mit dem Finger. Er blickt zu dem stehenden Mann am Fußende, der, als er sich bewegt, die Gestalt ihres Vaters annimmt. Einer von ihnen sagt: »Jetzt können wir nur noch warten«, und die anderen drei Männer nicken.

John geleitet den Arzt hinaus, und Asa führt den Kirchenältesten näher ans Bett. Der spricht nicht sehr deutlich, aber sie glaubt, dass er sie segnet. Obwohl sie zehn Jahre alt ist, fühlt sie sich sehr jung und ist klug genug, um zu wissen, dass der Tod nur zu Müttern kommt, und das wird sie, so beschließt sie für sich, nie sein. Als sie blinzelt, ist der Kirchenälteste ganz durchnässt, als hätte ihr Großvater ihn aus dem Meer gerettet, an seinem kahlen Schädel klebt Sumpfgras. Er blickt sie an mit den leeren Höhlen eines Butterfisches, dem die Augen ausgepickt wurden. Seine Handgelenke enden in Tintenfischtentakeln. Als sie die Augen erneut öffnet, ist das Zimmer schwarz und leer. Ihr Kissen ist feucht, und ihre Knie tun weh. Sie zieht die Beine an die Brust, um sie zu dehnen, und der Schmerz ist so heftig, dass sie sich auf den Boden fallen lässt. Sie weiß, dass der Aufprall ihren Vater wecken wird; von hier aus kann sie den Mond sehen, der den Ozean anzieht und zurückstößt, ihn am Ufer durchwalkt. Sie hört seine Stimmen und beruhigt sich auf den kühlen Holzdielen.

Als John im Türrahmen erscheint, bittet sie ihn, sie zu lassen, wo sie ist.

*

Als die Sonne aufgeht, liegen sie beide im Schlafzimmer auf dem Fußboden. Tab träumt einen Unterwassertraum. Sie erwacht und erinnert sich an all die Schmerzen, die ihren Rücken und ihre Knie durchbohren, ihre Muskeln zum Zittern bringen und ihren Magen rebellieren lassen. Sie kriecht nach unten und hinaus in den Garten oder das, was vom Garten ihrer Mutter übrig geblieben ist, und spuckt wieder Blut.

Asa findet sie dort, um eine Kohlrose geschmiegt.

Wieder im Bett und in schwere Steppdecken verpackt, unter deren Last sie nicht wegschlüpfen kann, hört Tabitha die Männer im Erdgeschoss. Sie hat das Gefühl, ohnmächtig zu werden, auch wenn sie weiß, dass sie es nicht merken würde, wenn es wirklich so käme. In den Augenblicken zwischen Wissen und Nichtwissen sieht sie ihre Mutter, die auf ihrem Bett sitzt und mit einem Bein hin und her schlenkert. Tab weiß, dass eine von ihnen zehn Jahre alt sein muss. Sie haben beide dunkle Locken, die zusammengebunden sind und die bleichen Gesichter frei lassen. Die Augen ihrer Mutter sind grün, und Tab glaubt, dass ihre eigenen braun sind. Das Kleid ihrer Mutter ist weiß und dünn. Sie möchte die Hand danach ausstrecken, aber ihre Finger werden von der schweren Decke niedergehalten. Ihre Mutter lächelt nicht; wenn dies ein Traum wäre, würde ihre Mutter lächeln, also ist es keiner. Als Tab die Augen bewegt, wird ihr schwindelig, also schließt sie sie wieder und spürt mit Wonne das Gewicht ihrer Mutter auf der Bettkante.

*

»In Long Ridge wird man sich besser um sie kümmern können«, sagt Asa. Asa hat seiner Terpentin-Plantage einen Namen gegeben, nachdem seine Frau im Kindbett gestorben war und ein Farmer ihm erzählt hatte, namenloses Land werde vom Teufel heimgesucht. Die Plantage liegt eine Meile östlich der Stadt – ein weißes Haus mit hektarweise Kiefern nach Norden hin und einer abschüssigen Wiese, die bis ans Wasser reicht, nach Süden. Ein weißes Haus in der Mitte von Nirgendwo.

»Sie bleibt.« John blickt nicht Asa an, sondern hinaus zum wogenden Schilf am Ufer unterhalb der Stadt. Es wirft sich hin und her und verrät einem nichts über die Windrichtung.

Auf dem Sofa schlägt Asa ein Bein übers andere und lässt die Hände auf den Couchtisch sinken, wo die Relikte aus dem Leben seiner Tochter ausgebreitet sind. Ein Nadelkissen, ein Haarnetz, ein Miniaturgemälde auf Elfenbein, von dem er einst geglaubt hatte, es werde für ihn gemalt, bis er begriff, dass seine Tochter sich verliebt hatte. Mit dem Daumen drückt er die Nadeln bis zu den Köpfen ein. »Ich tue es für das Kind, begreif das doch«, sagt er. »Ich habe nicht die Absicht, dich zu bestrafen.«

John wendet sich vom Fenster ab und horcht, ob er etwas von oben hört. »Es war nicht das Meer, das Helen getötet hat.«

»Nein«, sagt Asa, »sondern du warst es, und das läuft aufs selbe hinaus.« Schon, als er das sagt, weiß er, dass es nicht stimmt, aber es tut gut, Schmerz zuzufügen, und ganz falsch ist es auch nicht.

»Dann musst du auch Tab hassen.« John geht zum Couchtisch und legt einen Finger auf das Nadelkissen, worauf Asa seine Hand wieder zurückzieht. »Du brauchst nicht zu gehen, aber meine Tochter bleibt hier. Dr. Yarborough behandelt sie, und falls Gefahr besteht, dann besteht sie auf Long Ridge ebenso wie hier.«

Asa erhebt sich. »Und was ist mit der Seele deiner Tochter? Willst du sie ohne einen Pfarrer in die nächste

Welt gehen lassen?« Fast hätte er gesagt: *Willst du nicht für sie beten?* Aber indem er John Vorwürfe macht, trifft er ja doch nur sich selbst.

John bleibt an der Treppe stehen, mit dem Rücken zu Asa. »Tab geht nirgendwo hin. Und wenn es die Seele ist, die uns weiter bestehen lässt, so ist sie bei mir in guten Händen.«

*

Mrs. Foushee kommt mit einem Zitronenkuchen, aber sie verlangt nicht, das Mädchen zu sehen. John führt sie in die Wohnstube, wo sie sich setzt und höflich wartet, bis John wieder aufsteht und ein Messer und zwei Teller holt. Sie schneidet dicke Stücke.

»Sie wissen, wie sehr ich Ihre Familie schätze«, sagt sie. Bevor sie heiratete, hatte Mrs. Foushee Helen das ABC beigebracht. Zwar hat die Lehrerin fast der gesamten Beauforter Jugend ihren Stempel aufgedrückt, aber Helen und sie hatten einander besonders nahegestanden. Sie hatte auch John unterstützt, als er um sie warb. Aber ebenso wie Helens andere Freundinnen hatte sie sich nach Helens Tod zurückgezogen. Daran muss sie jetzt denken, während sie sich in dem unordentlichen Wohnzimmer umsieht. »Ich habe versucht, ein bisschen auf Tabitha Acht zu geben, aber sie ist von der unabhängigen Sorte, nicht wahr? Was selbstverständlich nicht heißt, dass ich nicht für sie da bin, ebenso natürlich wie für Sie. Ich bin sicher, Sie lassen es mich wissen, wenn ich auf irgendeine Weise behilflich sein kann. Wenn das Mädchen ein wenig weibliche Führung braucht.« Sie hat ihr Stück aufgegessen, und ihre Augen ruhen auf dem restlichen Zitronenkuchen auf dem Couchtisch.

John fragt, ob sie noch ein Stück möchte.

»Das sollte ich wirklich nicht. Er ist doch eigentlich für Tabitha, Gott segne sie. Wissen Sie, in diesem Alter sind Mädchen ständig krank – ich glaube, das gehört zum Heranwachsen dazu. Schon bald wird sie die Figur einer richtigen Dame haben, Sie werden sehen.« Als wollte sie Krümel wegwischen, streicht sie sich über die eigenen ausladenden Hüften, um zu demonstrieren, wie eine Frau auszusehen hat. »Ihre Mutter war genauso. Kaum Beschwerden.« Obwohl sie zu Hause einen Ehemann hat, hegt sie eine nicht nur mütterliche Zuneigung für die jungen Männer der Stadt. Sie vermisst die Männer, die während des Kriegs in Beaufort stationiert waren – William Dennis, Daniel Foot, Colonel Easton – und die sich jetzt an florierenderen Orten niedergelassen haben. Von all den Soldaten ist John der Einzige, der geblieben ist. Verlust kann selbst die Tapferen lähmen. Nun streckt sie die Hand aus und tätschelt sein Knie. »Wir bringen sie durch, machen Sie sich da keine Sorgen.«

Als sie geht, ist John dankbar für die Stille. In den ersten Jahren nach Helens Tod dachte er, er könnte sich vielleicht einsam fühlen, aber Tab ist alles, was er an Gesellschaft braucht. Er bringt ein Stück Kuchen nach oben, aber seine Tochter schläft mit offenem Mund.

*

Am Nachmittag kommt Yarborough wieder und legt seine kühlen Hände auf den Leib des Mädchens. Sie schläft, doch es ist kein erholsamer Schlaf. John sitzt in der Ecke auf dem Stuhl mit Binsengeflecht und beobachtet das Gesicht des Arztes. Yarborough öffnet ihren Mund, besieht ihre Zunge. Er zieht ihre Augenlider hoch, die still und nachgiebig sind. Mit seinen Fingern reibt er die Innenseiten ihrer Arme, prüft das Blut in ihnen. Er untersucht das Mädchen auf die Art, wie ein Kind in seinem Essen stochert, weil es weiß, was es da vor sich stehen hat.

Als der Arzt sich umdreht, schüttelt John den Kopf. »Gelbfieber«, sagt Yarborough. »Sie kann sich erholen. Es ist sogar wahrscheinlich, dass sie sich erholt. Aber die Gefahr liegt darin, dass man nachlässig wird. Strenge Bettruhe, Flüssigkeit, keine Aufregung.«

»Kann man denn nichts machen?«, fragt John.

»Beten«, sagt der Doktor. »Auf seiner Rundreise kommt der Pfarrer von New Bern morgen hierher. Sie könnten ihn um einen Besuch bitten.«

John bleibt allein im Zimmer seiner Tochter zurück. Er denkt an die Zeit, als er so alt war wie sie und Gott liebte und betete. Als er noch an die unendliche Güte glaubte und an den Zorn, der die Unwürdigen trifft. Sogar auf See, wenn er mit der Kanone auf die Mannschaft eines anderen Schiffs zielte, ließ diese Sünde sich abwaschen. Doch bei der Geburt seines Kinds vergaß er, den Herrn anzurufen. Er sah nur seine Frau, ihren Bauch, sein Kind. Und ohne Gebet wurde sie ihm genommen. So begann seine Bekanntschaft mit einem Gott, der einem, wie ein rachsüchtiges Kind, das Lieblingsspielzeug nimmt, wenn man ihn nicht beachtet. Und so machte er Gott keine Geschenke. Unfähig, seiner Tochter Vorwürfe zu machen, erkannte John, dass nur Gott allein als zu Strafender übrig blieb.

John hatte damals zugelassen, dass Asa Helen auf dem Kirchhof begrub, doch die steinernen Flügel über ihrem Namen erschienen ihm als Symbol für den Sieg Gottes. Keine Nachkommen von ihm würden in Zukunft hier ihre Ruhe finden. Nur auf dem offenen Meer war er glücklich gewesen, hatte Helen sich stark und gesund gefühlt. Es war das Land, das tötete, nicht das Meer.

Als Tabitha aufwacht, geht John nicht direkt an ihr Bett, er hat Angst. »Möchtest du etwas?«, fragt er. »Brühe?« Sie macht eine Bewegung mit dem Kopf, als wollte sie ihn schütteln. »Yarborough sagt, du wirst schon morgen wieder auf Bäume klettern.« Er war aufgestanden, setzt sich nun aber, den Kopf in die Hände gestützt, die Finger in die Haarwurzeln vergraben. Er blickt auf die Maserung des Fußbodens in dem Haus, das er nicht gebaut hat, sondern nur bewohnt.

Tab sieht nur eine undeutliche Gestalt, die sich vor Kummer wiegt.

»Würdest du gern ein bisschen segeln?«, fragt er sie.

Jetzt fällt ihr das in braunes Papier eingewickelte Spielzeugschiff wieder ein, und dieses Bild ist sehr deutlich, eine kleine Insel der Klarheit im großen Nebel.

*

In der zweiten Nacht ihrer Krankheit lässt John Tabitha für eine Stunde in der Obhut von Dr. Yarborough, bricht

Richtung Osten auf, hinaus aus der Stadt, erreicht Cogdells Plantage, die an Long Rigde grenzt, und geht außen herum bis zu den Sklavenunterkünften hinter den Reisfeldern. Er weiß, wo ihre Hütte steht. Ein Mann öffnet auf sein Klopfen und ruft nach Moll. Die Frau, die zur Tür kommt, ist noch jung und stark, ihr Haar ist mit einem roten Tuch straff zusammengebunden, und ihr Gesicht zeigt keine Narben. Ein Neugeborenes krabbelt auf ihrer Brust. Es öffnet und schließt seine Fäustchen, bekommt Stoff zu fassen, sucht nach Milch.

»Was ist los?«, fragt sie. Dabei hat er doch seit Jahren nicht mehr mit ihr gesprochen, auch wenn sie einst beinahe einen Bruder in ihm gesehen hatte.

»Ich schäme mich, einfach hier so aufzutauchen«, sagt er. Seine Frau starb vor zehn Jahren, und diese Frau mit dem Säugling war ihr Eigentum gewesen, ihre Dienstmagd, ihre Vertraute, ihre Freundin. Auch wenn er jetzt, wo er hier steht, nicht mehr weiß, ob Moll ihrerseits auch von Freundschaft gesprochen hätte. »Meine Tochter ist krank.«

»Was hat sie?«

»Sie wissen es nicht. Gelbfieber vielleicht.«

Ein Junge drängt sich an Molls Hüfte vorbei, um den Besucher zu sehen, aber sie schiebt ihn zurück in die Hütte. »Ich verstehe nicht viel von Kräutern«, sagt sie. »Und keiner hier wüsste was gegen ein Fieber zu machen.«

Er nickt.

Sie sieht, dass er noch auf etwas wartet. Er tut ihr leid. Sie vermisst Helen, aber sie ist weder John noch seiner Tochter etwas schuldig. Nach Helens Tod haben sie sich in verschiedene Richtungen bewegt; Moll muss mit ihrem eigenen Leben fertigwerden. Sie ist eine Feldarbeiterin, kein Schutzengel. Seine Sorgen sind nicht größer als ihre. Das Baby beginn zu weinen: eine lange, durchdringende Silbe, die sich in Hickslauten auflöst. »Gegen Gelbfieber können wir nichts machen«, sagt sie noch einmal. »Frag einen anderen Wunderheiler.«

»Das wusste ich nicht«, sagt er und zeigt auf den Säugling. »Ich sollte dir gratulieren.«

Sie wartet darauf, dass er errötet, zurückweicht, sich entschuldigt, aber er rührt sich nicht. Auch er wartet auf etwas. Wenn es Mitgefühl sein sollte, dann hat er an die falsche Tür geklopft.

»Und der Junge?«

»Davy«, sagt sie.

»Kann ich ihn sehen?«

Sie kratzt sich mit der freien Hand im Haar unter dem Tuch, ruft dann ihren Sohn. Der Junge kommt wieder zur Tür gerannt, beinahe gesprungen. So viel stürmische Energie überfordert John. Er nickt einmal. Der Junge nickt dreimal zurück.

Moll, die den Säugling locker mit einer Hand hält, legt die andere auf Davys Kopf, fährt ihm über den Schädel, betastet ihn, als suchte sie nach den einst weichen Stellen. Er schüttelt den Kopf, um sich zu befreien, aber Moll lässt die Hand in seinen Nacken gleiten und hält ihn fest.

John könnte tagelang hier stehen und zusehen, wie diese Mutter ihren Sohn liebt.

»Wo haben Sie Ihren Mantel her?«, fragt Davy und zeigt mit dem Finger auf Johns Brust.

John sieht an sich herunter und sagt, ein Schneider in New Bern habe ihn genäht.

»Wie heißt er? Falls ich eines Tages auch einen will.«

John wartet, ob er sich etwa lustig macht, aber die Augen des Jungen wirken glücklich und ernst, also nennt John ihm den Namen.

Von drinnen ruft Molls Ehemann, und sie kann hören, wie zwischen ihren Töchtern ein Streit auszubrechen droht. Sie wiegt das Baby, um es zu beruhigen, den Arm noch um Davys Schultern. »Es tut mir leid, dass ich nicht helfen kann«, sagt sie. Sie sollte sagen, sie werde für das Kind beten, doch das tut sie nicht.

Er reibt sich das Gesicht und geht.

*

Am nächsten Morgen ist Tab zu schwach zum Gehen. Der Schwindel verwandelt ihren Körper in zitternde Punkte. John wickelt sie fest in die Steppdecke, hebt das verschwitzte Bündel hoch, trägt Tab nach unten und legt sie aufs Sofa, dann packt er Mehl und Kartoffeln in einen Sack, füllt ein paar Krüge mit Wasser. Um sie vor dem Kirchhof zu bewahren, muss er mit ihr aufs Meer. Einst hatte er ihre Mutter mitgenommen, und auf dem Wasser blühte sie auf. Außer Reichweite von Asas Religion wird Tab gesund werden. Er blickt zu dem Päckchen ganz oben auf dem Regal im Kaminzimmer und überlegt, ob sich ein Kleid aus solch feiner Seide auch an Bord eines Schiffs herstellen ließe. Nein, das Päckchen wird hier auf ihre Rückkehr warten. Sie wird heil und gesund und als Frau zurückkehren.

An diesem Morgen kann Tab wieder klar sehen, und auch wenn der Körper ihr den Gehorsam verweigert, geht es ihr so gut, dass sie mit einem Gefühl der Erregung auf das wartet, was der Tag ihr bringen wird. Sie wandelt in den Spuren ihrer Mutter.

Es ist Sonntag, und die Schiffe liegen im Hafen. Handelsschiffe und Walfänger und Geisterschiffe, deren Mannschaften ihren Vater kennen. Wenn Mrs. Foushee den Kindern Geschichten vorliest, nennt sie sie Seeräuber. Böse Männer, die Schiffe in die Falle locken, um sie auszuplündern, die feine Damen an den Mast binden und sie zwingen zu schreien, damit andere Schiffe zu Hilfe eilen. John erzählt ihr wenig aus jenen Tagen, und so hat Tab die Szenen in ihrem Kopf selbst entworfen. Sie ist jetzt zehn, ein Alter, in dem die Bösen die Helden sind. Aus den moralisierenden Kindergeschichten ist sie herausgewachsen.

In der Nacht, als sie vor Schmerzen schrie, hat John ihr erzählt, sie würden mit einer schwarzen Mannschaft fahren. Sie würde die Schiffskönigin sein und alle mit ihrem Zepter in die Karibik führen. Zucker, Gold, Sittiche, Strände ohne Unrat und Algen. Er erzählte ihr vom Blau und Gelb der Inseln, von der Sonne, die einem fast die Knochen verbrennt, und von den wilden Frauen, die Zaubertränke für ihre Liebsten brauen. Tab sagte, sie habe keinen Liebsten. John sagte pscht, sei still.

Jetzt sieht sie zu, wie er sich im Haus zu schaffen macht, Fenster schließt, hier und da etwas aufhebt, und sie wünscht, sie würde als Dame eines Schiffs eine hübschere Figur abgeben. Sie ahnt, dass sie nicht mehr aussieht wie sonst, denn ihr Vater will ihr nicht ins Gesicht blicken.

Als er fertig ist, hängt er sich den Sack über den Rücken, nimmt sie, immer noch in der Steppdecke, hoch und zieht mit dem Fuß die Tür ihres Hauses hinter sich zu. Er hat Asa eine Nachricht hinterlassen und seinem Kompagnon im Laden auch. Helen würde ihm dringend raten umzukehren, tausend Dinge habe er nicht bedacht; was sei mit einer Bürste für Tabs Haar? Aber wenn er jetzt umkehrte, würde er es nicht mehr schaffen, noch einmal loszuziehen. Ihn hat immer ein verborgener Instinkt geleitet, so ist er zu seiner Frau gekommen und so zu seiner Tochter, deshalb vertraut er ihm auch jetzt und geht nicht zurück, um eine Bürste für Tabs Haare zu holen.

Er trägt sie, bleibt dabei immer wieder stehen und verlagert ihr Gewicht, zum Hafen, wo die einzigen anwesenden Männer Ausländer mit müden Augen sind; die Frommen der Stadt bereiten sich auf den Kirchgang vor. Er legt Tab sachte auf den Boden, lehnt sich gegen den Pfosten, an dem die Pferde angebunden werden, und hält Ausschau nach seinem alten Kumpel Tom, der von Zeit zu Zeit hier anlegt. Als er bei den zerlumpten Mannschaften nach ihm fragt, stößt er auf leere Blicke und Ausflüchte. Er geht zu einem Kriegsschiff, das noch Proviant verlädt, und der Kapitän ist zwar sehr liebenswürdig, aber Johns Freund hat auch er nicht gesehen.

»Brauchen Sie noch Leute?«

Der Kapitän schüttelt den Kopf.

»Ich bin vor dem Krieg zwei Jahre gesegelt, habe dann

in der Armee gedient. Ich könnte Ihnen Empfehlungsbriefe vorlegen«, sagt er, obwohl er keine besitzt.

»Tut mir leid«, sagt der Kapitän.

Auf einem kleinen Schoner will man seine Referenzen sehen, da stellt er sich in Positur und erklärt ihnen mit Schärfe im Blick, er habe auf doppelt so großen Schiffen für die Hälfte der Heuer gearbeitet, und sie sagen, er solle sich verziehen.

Er sollte zu seiner Tochter zurückkehren, die vielleicht friert, aber er kann den Pier nicht verlassen. Er sieht keine andere Möglichkeit. Ein Matrose mit einem Bündel Netze und dem ihm wohlvertrauten Bart der Seeleute geht an ihm vorbei, und John fragt erneut nach seinem Freund, der ihn bestimmt auf jedem Schiff mitfahren lassen würde.

Der Matrose bleibt stehen und verlagert seine Last. »Tom wurde aufgeknüpft«, sagt er. »Ist bei was erwischt worden, vielleicht beim Essenklauen.« Als John nicht antwortet, geht der Matrose weiter und zieht Seilenden hinter sich her.

John blickt blinzelnd zum Horizont im Süden und über das reglose Meer.

»Tom Waldron? Der hat Mastwache für mich gehalten.«

John dreht sich um und sieht einen jungen Herrn mit der schmalen Nase eines Patriziers, der eine Pfeife raucht und mit der freien Hand an seinem zerzausten Kragen spielt. »Hezekiah Frith«, sagt er und verbeugt sich. »Auf der Suche nach einer Mitfahrt?«

»Sie würden mich nicht nehmen. Ich habe eine Tochter, krank.«

»Und wo soll es hingehen?«

»Einfach nur weg. Karibik.«

Frith klopft an seine Pfeife und zieht seine Mantelärmel gerade. »Mir fehlt ein Mann. Was für Schiffe bist du gefahren?«

»Die *Mohawk*, die *Victory*, die *Tryon*. Aber eine Frau –«, sagt John.

»Da bin ich nicht abergläubisch. Ich nehme sie gern als Schutz.«

»Und das Fieber.«

»Wir haben einen Arzt an Bord. Halt sie fern von den anderen und viel in frischer Luft.« Frith blickt zur Straße, die in die Stadt führt, und sieht das Steppdeckenbündel. »Kleine Mädchen«, sagt er. »Wir wollen zu den Bermudas und laden unterwegs alles ein, was wir kriegen können. Du übernimmst Toms Posten ohne Bezahlung. Geklaut wird nicht. Wir sind ein kleines Unternehmen und wollen keinen Ärger. Wir setzen euch auf der Insel ab, und wenn du wieder segeln willst, biete ich dir Beteiligung. Ist das ein Angebot, das du nicht ausschlagen kannst?«

John sieht sein totes Dasein zum Leben erwachen. Er erinnert sich, wie er schon einmal eine Frau auf ein Schiff gebracht hat, wie er Helen – nicht als Kranke, sondern als Braut – an Deck trug, wie ihr Lächeln die Sonne spiegelte und das Meer nicht groß genug war, um ihre Liebe füreinander zu fassen. Und so schlägt er jetzt erneut ein, weil er um seines Kindes willen egoistisch ist. Er kann nicht noch einen Teil seiner Familie verlieren. Und Tab scheint sich genauso danach zu sehnen. Als Vater schützt er sie vor Tod und Gott und Elend, tut also, was jeder tun würde. Er gibt Frith die Hand und bringt seine Tochter an Bord der *Fanny and Betsy*, eines dreimastigen Schoners mit einem Rumpf aus Zedernholz. Vom Deck aus können sie die Glocken von Beauforts Kirche läuten hören.

*

In der kleinen Kirche sitzt Asa in der letzten Reihe. Wenn der Gottesdienst zu Ende ist, will er sich Dr. Halling greifen und ihn zum weißen Haus an der Küste bringen, damit er seine Enkelin segnet. John hat den Glauben verloren, aber Tab ist noch ein junger Setzling, empfänglich für den Herrn. Seine eigene Tochter konnte er nicht retten, aber er will dieses kleine Andenken an sie retten. Dann bleibt immer noch Zeit genug, sich selbst zu erlösen. Er senkt den Kopf, während der Reisepfarrer predigt. Er sollte in eine Stadt ziehen, in der jede Woche das Evangelium gelesen wird. Gott hört zwar immer zu, aber Asa möchte öfter seiner Stimme lauschen.

Sie erheben sich für einen Choral. Bald wird Tab wieder hier neben ihm sitzen, das kleine neue Gesangbuch in den Händen, wird mit ihrer Stimme ihren jungen Glauben hinausschmettern. Sie singen Strophen über den Himmel und seine Wonnen, über die schmale Furt, die die Lebenden von den Toten trennt. Asas Hände beginnen zu zittern. Er atmet tief durch und spürt, wie es in seiner Brust beim Ausatmen kurz stockt. Die Stimmen steigen höher.

Ein abermaliges Läuten der Glocken entlässt die Gemeinde in einen warmen Oktobermittag. Von den Kirchenstufen kann man zum Hafen hinunterblicken, wo ein einzelnes Schiff gerade in See sticht.

Zweites Kapitel

Das Schaukeln wiegt Tabitha in den Schlaf, ihr schmerzender Körper liegt dick eingepackt in einer Hängematte aus Leinen und Seilen in einer kleinen Kabine unterm Achterdeck neben der des Kapitäns. Sie hört das Murmeln ihres Vaters nebenan, das Seufzen der Planken über sich und, durch das kleine, hoch sitzende Fenster in der Kabinenwand, das streitsüchtige Gekreisch der Möwen. Sie presst das Ohr in ihre Hängematte. Durch den Stoff hindurch kann sie Glocken hören.

*

Frith gibt John die Hundswache, nur zwei Stunden. Ansonsten wird der Matrose mit seinen Brüdern das Deck scheuern. John fragt nach der Route, und der Kapitän entrollt eine Karte auf dem Tisch. John stellt sich neben ihn und schaut nicht auf die Karte, sondern auf Friths Gesicht. Frith zieht an der Haut unter seinen Augen, gräbt seine Daumen in das Fleisch hinter seinen Ohren. Er flucht. John kann nicht sagen, ob der Kapitän seine Anwesenheit überhaupt noch bemerkt. Seine Augen scheinen nicht über das Papier zu wandern, sondern in die Tiefen des gemalten Ozeans zu starren.

»Wir segeln direkt zur Insel?«, fragt John. Seine Stimme ist zu laut.

Frith lässt eine Hand auf die Karte sinken, verdeckt

die Fahrrouten. Er sieht durch John hindurch. »Wie alt ist das Mädchen?«

»Gerade zehn geworden«, sagt John. »Nicht alt genug, um Ihre Männer in Versuchung zu führen. Sagen Sie ihnen das.« Er ist auf Schiffen gefahren, auf denen alles, was Röcke anhatte, eine Verlockung war. Auf See schwindet mit den Wochen auch die Moral. Aber sicherlich würde niemand eine Ansteckung riskieren.

Frith nickt. »Ich habe eine, die ist fünf. Fanny.«

»Das Schiff heißt also nach ihr?«

»Der Name stammt nicht von mir.« Frith reibt den Kartenrand zwischen den Fingern. »Rum heißt die Devise. Wir fahren erst nach Süden. Der Laderaum ist zu leer für die Heimreise.«

Als John in die Kabine zurückkehrt, sitzt Tab mit angewinkelten Beinen wie ein gefangener Krebs in der Hängematte. Sie schluckt schwer, würgt.

*

An Deck beugt John sich über seinen Scheuerbesen und bearbeitet den Schmutz, der sich seit gestern Morgen angesammelt hat. Der Hafen von Beaufort hatte sich wie eine Spiegelung aufgelöst und ist jetzt verschwunden, der Horizont hat seine Heimat verschlungen. Sie sind zwischen den Untiefen hindurchgeglitten, das anfangs grünliche Wasser ist inzwischen dunkel und grau, der Meeresgrund unergründlich tief. Die Männer an Bord sind Fremde für ihn. Als junger Mann war stets er der Verwegene gewesen, derjenige, der die Taue warf und sich über die Reling in die Gischt hinunterbeugte. Doch nach zehn Jahren an Land sind seine Hände vom Umgang mit Münzen und Stoffen papieren geworden. Vom hölzernen Griff des Scheuerbesens werden sie wund.

Er hat seine Tochter entführt und an Bord eines Kaperschiffs gebracht, fern von Gott und Medizin und ohne jede Hoffnung außer der auf eine abgelegene Insel. Bis dahin aber werden vermutlich noch ein paar erfahrene Männer sterben müssen. Der Krieg mag vorbei sein, doch dies hier sind Männer, die immer noch kämpfen. Es gibt keinen Grund, ein Kind auf einen Seelenverkäufer zu bringen; sein Handeln war selbstsüchtig gewesen, eine verzweifelte Reaktion auf den alten Verlust. Wenn er tatsächlich gedacht hat, seine Tochter sei wie ihre Mutter und werde das offene Meer in sich aufsaugen, dann muss er sich absichtliche Blindheit zum Vorwurf machen. Tab ist ein Kind; sie ist krank. Er kann nicht das wiederholen, was bereits geschehen ist. Er kann sich Helen zwar als junge Frau vorstellen, die sein verwegenes Vorhaben mit dem Mädchen gutheißt und über seine Listigkeit lacht, aber als Mutter? John hat sie nie als Mutter kennengelernt. Sie könnte durchaus selbst das verbissene Schutzbedürfnis entwickelt haben, gegen das John jetzt verstößt. Er hat die Frau verraten, zu der sie geworden wäre.

Er wringt den Scheuerlappen über der Reling aus. Er wird in Charleston an Land gehen, nachdem die gute Seeluft das Ihre getan hat, und sie werden langsam, etappenweise, nach Hause zurückkehren. Wenn Tab älter ist, wird sie sich an diese Reise wie an etwas Verlorenes, Goldenes erinnern, an das träumerische Herz einer glücklichen Kindheit. Und wenn man sie dann fragt, wie es für sie war, mutterlos aufzuwachsen, wird sie sagen: »Aber ich hatte doch meinen Vater« und an die Mützen der Matrosen denken und an die sumpfigen Wege zwischen den Reisfeldern, durch die elegant die Reiher staksen. Es wird eine langsame Bewegung im Kreis gewesen sein: von zu Hause hinaus aufs Wasser und durch die beiden Carolinas wieder zurück.

Ist er nun um ihretwillen an Bord der *Fanny and Betsy* gegangen, um sie aus den Fängen eines biblischen Todes zu befreien, eines gutgeheißenen Übergangs in Gottes hungrige Arme, oder hatte die Sehnsucht nach Landlosigkeit ihn überwältigt wie eine Flutwelle? Er muss daran denken, wie Asa den Leichnam seiner Frau nach Tabithas Geburt fortgetragen hat.

*

Das Schwatzen der Vögel verklingt, als sich ihr Fenster verdunkelt, und alles was Tab jetzt hören kann, ist ein beständiges Schlagen von Wellen gegen Zedernholz. Als sie aus ihrem leichten Schlummer erwacht, herrscht Dämmerung, und sie weiß nicht, welche Schwelle des Tages sie gerade überschreitet. Der Geruch nach Schweiß und Pökelfleisch erinnert sie daran, dass sie nicht zu Hause ist, nicht in irgendjemandes Haus, sondern auf einem Beutekahn. Wenn ihr die Knie nicht so wehtäten, würde sie bei dem Gedanken lächeln.

Ein Mann quetscht sich durch die Tür. Unfähig, sich in ihrer Hängematte zu drehen oder aufzurichten, kann sie nur vermuten, es sei ihr Vater.

»Schiffsarzt, kleines Fräulein.« Eine behaarte braune Hand greift in die Hängematte und tastet nach ihrem Handgelenk. Sie presst die Arme fest an sich. »Na, na«, sagt er und zieht ihr den einen Arm weg. Er legt die Finger auf ihr Handgelenk, und im Schein der Kerze in seiner anderen Hand sieht Tab ein großes, rundes, behaartes Gesicht, aus dem überall kleine Borsten sprießen, von den Augenbrauen zu den Ohren, von der Nase zum Kinn.

»Schwarzbart«, flüstert sie. Mrs. Foushee hatte ihnen ein Bild des Mannes gezeigt.

»Gelbfieber, heißt es. Ist es das, was dich plagt?« Er lehnt einen Ellbogen auf den Hängemattenrand, so dass Tab ins Schwingen gerät und beinahe umkippt. »Jetzt werde ich dir mal erzählen, was ich alles über das Fieber weiß. Es ist mal heiß, mal kalt, und dazu die Beulen rauf und runter an den Armen. Nachts verschwinden die fliegenden Hitzen und gehen mit dem Teufel tanzen, ich hab sie selbst gesehen, und morgens sind sie wieder da, ganz aus der Puste, und dann werden die Schwielen blau. Bei den Damen fangen die Füße an zu tappen, auch das ist das Werk des Teufels, er will es aus dir raushämmern.« Er blickt sie freundlich an, sieht ihr in die Augen, die ihn immer noch anstarren. »Haben deine Füße auch schon angefangen?«

Sie schüttelt den Kopf.

»Und nun das Heilrezept, fragst du. Die meisten sagen zur Ader lassen, und das kann auch funktionieren, aber ich würde erst mal eine gute Brühe empfehlen, um die Lunge zu beruhigen, und ein bisschen Senfpaste, damit die Beulen zurückgehen.«

Tab flüstert wieder.

»Was ist, kleines Fräulein?«

»Ich habe gar keine Beulen.«

»Oh, das kommt mit der Zeit. Keine Sorge, verehrte Dame. Hübsch weiter ausruhen, und ich schicke deinen Vater mit der Brühe.« Er löst seinen gebeugten Körper von der Hängematte, und sie beginnt wieder zu schwingen. »Kopf hoch, Fräuleinchen. Die Hälfte der Männer, die ich nicht umgebracht habe, habe ich kuriert.«

*

Als John mit Blasen an den Händen und Stichen im Kreuz in die Kabine zurückkehrt, liegt Tab still und wach im Dunkeln. Unter ihrer Hängematte breitet sich ein kleiner See mit Erbrochenem aus. Er legt seine Hand auf ihre Stirn und schließt die Augen.

»Das ist doch jetzt nicht Sterben?«, fragt sie.

Er zieht die Hand zurück, zündet eine Kerze an, findet einen alten Lappen in all dem Durcheinander der Kabine und wischt die Spuren ihrer Übelkeit auf. »Es gibt keine Sonne, die du nicht sehen wirst. Was hältst du von diesem Versprechen?«

Er nimmt die Brühe vom Kabinentisch und löffelt sie ihr aus der Blechschale in den Mund, der beängstigend rot ist.

»Was werden wir auf den Inseln sehen?«, fragt sie.

John beginnt mit seiner Liste der Wunder: Elefanten, verspricht er, und Zimt. Die Landschaften, die sie nicht kennt, sind es, die sie aufrechthalten.

Der Raum ist eng und warm und wird von der Kerze

erhellt, die auf einem Regal flackert. Die Schatten sind größer als die Gegenstände selbst. Eine Locke, die sich von Tabs verschwitztem Gesicht gelöst hat, wird an der Wand zu einem sich schlängelnden Meeresmonster. In der Stille hören sie das Klappern von Bechern in der Messe, die Ausbrüche derben Humors, das endlose Rauschen des Ozeans.

»Hast du es Großvater gesagt?«

John überlegt. Er hat den Brief neben Helens Miniatur im Wohnzimmer gelegt, wo er Asa auffallen würde. Der alte Mann hat bei seinen Besuchen stets das kleine Bildnis angestarrt, es, wenn er konnte, in die Hand genommen. Er hatte überhaupt etwas Besitzergreifendes, das alles umfasste, sein Haus, sein Land, seine Frauen. Und was nicht ihm gehörte, gehörte Gott. Asa wäre wahrscheinlich froh, wenn er das Mädchen im Himmel wüsste, hielt den womöglich für sicherer als Beaufort, aber John teilt diesen Glauben nicht. Er könnte den Körper seiner Tochter nicht einem Mann überlassen, dem er nicht wichtig wäre, zu dessen Vorstellung von Gott es auch gehörte, dass er seine Herde zurückfordert. John glaubt ans Fleisch. Seine Liebe reicht nicht über das Leben hier auf der Erde hinaus.

Ein Matrose hat seine Fiedel geholt und stimmt eine einfache Melodie für ein paar betrunkene Tänzer an. Bald muss John seinen Dienst am Bug antreten, die Sterne beobachten und nach Bewegung in der Dunkelheit suchen. Bevor er zwischen diversen Kaperfahrten Helen kennenlernte, hatte er ein Jahr auf einem Walfänger verbracht und sich mit den kleinsten Bewegungen des Meeres vertraut gemacht, mit verräterischen Gischtspritzern träger Wellen ebenso wie mit Unterwassergesumm. Hier muss er nur nach anderen Masten Ausschau halten. Er stellt Tabs restliche Brühe auf ein Regal und verzehrt sein eigenes Mahl aus Schiffszwieback und Limonensaft. Sie hat die Augen geschlossen, und er hält seine Finger noch einmal an ihre Wange. Ihr Gesicht ist jetzt ein fiebriger Schild. Ihr Hemd ist feucht. Die lose Locke steht immer noch von ihrer Stirn ab und zittert in dem leichten Luftzug, der durch das Kabinenfenster dringt. Er küsst sie und verlässt sie ohne das, was fromme Menschen Hoffnung nennen würden.

*

An Deck trifft er Blue Francis, den Schiffsarzt, der ihn nach seiner Tochter fragt. John dankt ihm, dass er sich um sie kümmert. Der Doktor lächelt und schüttelt seinen struppigen Kopf. »Wenn Frauen das Verderben des Seemanns sind, dann sind die Mädchen ein kostbarer Schatz, finde ich. Die Kleinen sind doch das Licht, das uns die Dunkelheit ertragen lässt.«

Vom Mast aus sieht John gar nichts. In Schiffsnähe haben die Wellen gelbe Spitzen von den brennenden Kerzen, die weiter entfernten sind silbern. Er weiß, dass da unter ihm lebende Wesen existieren. Unter der Wasseroberfläche schwimmen Makrelen- und Trommelfischschwärme, weiter unten Wale, die nach Nahrung tauchen, und noch weiter unten gibt es all die Namenlosen, die Schlangen, die Kraken, die Riesenmeeraale. Aus der Bibel kennt er nur die wenigen Stellen, die Asa ihm vorgetragen hat, und die Geschichten, die die Matrosen erzählen, etwa die von Hiobs Leviathan, der *macht, dass der tiefe See siedet wie ein Topf;* und weiter: *nach ihm leuchtet der Weg; er macht die Tiefe ganz grau.* John sieht, wie der Eisatem des Ungeheuers sich über dem Wasser ausbreitet, ahnt das Unbekannte, die überall lauernde Gefahr.

Als Junge glaubte John, die Nacht würde diejenigen Gestalten in schützende Dunkelheit hüllen, die ihn aus seinem Bett stehlen wollten, die sich ihn als Trophäe unter den Cousins ausgeguckt hatten, zwischen denen er schlief. Nachts sammelten sich die Schatten und ließen keinen Zentimeter frei. Erst als er zur See fuhr, fand er das Licht wieder, das Licht, das sich am Himmel und im Wasser zu Streifen verdichtet und die Dunkelheit durchlöchert und überdeckt. Er hatte Tabitha beigebracht, es ebenfalls zu sehen. Er hatte sie abends mit ins Sumpfland genommen, damit sie ihren Blick schärfte, zusehen konnte, wie die Sonne verschwand und von Neuem aufging. Jetzt scheint sie vor nichts mehr Angst zu haben.

Nach einem kurz aufwallenden Gelächter aus den Kojen der Matrosen knallt es laut im Heck. Der Quartermeister poltert herum. Diese Männer übersteigen Johns Fassungsvermögen. Er, der einst ebenso rauflustig und unbekümmert wie die einfachen Maate war, stellt fest, dass seine Gedanken inzwischen nur noch um wenige Dinge kreisen – um Kind, Gott, Frau, Heimat – und seine Verpflichtungen endlos sind.

Die Seeluft weitet zwar einerseits die Lungen, scheuert aber andererseits auch die Haut wund und schuppig. Er hat in diesem Spiel einfach den falschen Zug gemacht. Er hat sich vorschnell entschieden, und die verblassenden Sterne erinnern ihn an die Heimat, in die er wie alle Menschen einmal eingehen wird, ob er sich nun zum Glauben bekennt oder nicht. Und falls sie überhaupt irgendwo wartet, dann wartet Helen dort auf ihre Tochter.

*

Der Lärm umherwuselnder Matrosen, klappernder Eimer und eingeholter Taue weckt Tab. Die Sonne fällt schon durch das Fenster auf die Regale, die Fässer und Johns leere Koje in der Ecke. Sie fühlt sich schwach, aber auch hungrig. Ihre Muskeln, lange gegen den Schmerz völlig verkrampft, haben sich wieder gelockert, und sie ist selbst erstaunt darüber, dass sie aufstehen möchte. Bei dem Versuch, sich aus der festen Umklammerung der Hängematte zu befreien, fällt sie auf den Boden, fängt sich mit Armen wie Wackelpudding halbwegs auf. Das Erbrochene der vergangenen Nacht ist verschwunden. Sie bleibt auf den Holzplanken sitzen, bis sie klar sehen kann, dann steht sie wie ein Kälbchen auf. Das Schaukeln des Schiffs ist ungewohnt für ihre Füße, und sie greift nach dem Seil ihrer Hängematte, um Halt zu finden. Es gibt keinen Spiegel in der Kabine, und so löst sie, indem sie sich, um nicht das Gleichgewicht zu verlieren, abwechselnd mit beiden Händen am Seil festhält, blind ihre Haare und bindet sie wieder mit dem zerknitterten Band zusammen. Ihre Beine zittern. Nach den heftigen Fieberattacken ist sie sehr schwach. Sie macht sich keine Illusionen über ihr Aussehen, aber hier gibt es ohnehin nur verlotterte Seeleute; wenn sie Lust auf deren Gesellschaft hat, wird ein wenig Dreck sie nicht daran hindern. Sie stößt die Kabinentür auf und schwankt den kurzen Gang entlang, vorbei an der Tür des Kapitänszimmers und drei Stufen hoch in die Herrlichkeit von Sonne und Ozean. Sie ist eine Gefangene, die Sklavin berüchtigter Seeräuber, der Masttop eines Schiffs voller Schurken. Ihre Lungen atmen das Salz und die Gischt der Freiheit.

Auf den Decks herrscht lebhafte Betriebsamkeit, Segel knattern, Taue werden eingezogen und befestigt, Gestalten erklimmen Masten, das Meer schiebt das Schiff über eine endlose, landlose Ebene unter einem gewölbten Himmel. So sollte eine ordentliche Stadt aussehen, wie ein auf den Kopf gestellter wuselnder Ameisenhaufen. Sie setzt sich in Bewegung, schlingert langsam an den arbeitenden Männern vorbei. Seemöwen wirbeln im Kielwasser des Schiffs. Jede Welle scheint sich über einem Fischrücken zu brechen. Tab fühlt sich schwindelig, ist aber überzeugt, dass sie nun alles mit ihrem Körper machen kann. Was hat ihren Vater nur so lange von diesen zerlumpten, wunderbaren Männern ferngehalten? Von ihrem Haus in Beaufort aus konnten sie nichts als Sand und Sumpf und eine stille, stumme See sehen. Hier auf der *Fanny and Betsy* hat der Ozean etwas Verwegenes.

Sie sucht Halt am Besanmast. Die Männer singen, übertönen das Knattern der vom Wind gestrafften Segel. Sie flicht die Finger in die Takelage. Ein Pfeifen lenkt ihre Aufmerksamkeit himmelwärts, und sie entdeckt einen Matrosen, der auf einer Spiere zwischen Haupt- und

Topsegeln hockt und wie ein Kind die Beine baumeln lässt. Er winkt zu Tab hinunter, und vor Begeisterung stellt sie sich als Antwort auf die Zehenspitzen.

Ein Matrose, der bei den Steuerbordwanten Leinen aufwickelt, ruft laut: »Johnny, dein Fräulein läuft frei herum!«

Ihr Vater kommt vom Heck herbeigeeilt, hebt sie hoch, schwenkt sie herum und setzt sie einen halben Meter vom Mast entfernt wieder ab, wo sie ohne das Holz als Halt taumelt. Er packt sie beim Arm, damit sie nicht kippt.

»Was hast du hier rumzulaufen, Tab?« John fühlt ihre Stirn.

»Mir geht es schon hundertmal besser«, sagt sie und klammert sich an seine Jacke. »Hast du das Schiff schon angeschaut? Warst du schon überall?«

»Ich trage dich jetzt in die Kabine zurück und schicke den Doktor zu dir. Du brauchst noch Ruhe.« John legt ihr die Arme um den Rücken. »Erst wenn du wieder ganz gesund bist, darfst du hier rauf. Ich bin derjenige, der für deine Gesundheit geradestehen muss.«

Zurück in der dunklen Kabine und gut eingepackt in ihrer Hängematte, lässt sie Blue Francis leicht gegen ihre Rippen klopfen und hinter ihre Ohren schauen. »Scheint, als ob die Beulen sich davongemacht hätten.«

»Hab nie welche gehabt«, sagt Tab.

»Kleine Damen nehmen die Beulen nicht ernst. Wo die doch böse Stellen im Gesicht hinterlassen, und dann hat man es schwer, sich die Herren einzufangen. Auch wenn ich selbst eine Dame mit solchen Stellen geheiratet habe, und eine schönere lässt sich kaum denken, außer dir.

Eine Schande, sie allein zu lassen, hab sie seit Urzeiten nicht gesehen, aber ich denke mir, sie hat inzwischen alles hübsch hergerichtet und immer einen Topf auf dem Feuer stehen, für den Fall, dass ich zurückkomme. In einem Jahr vielleicht, wenn wir wieder in Barbados anlegen.«

Tab richtet sich mühsam auf. »Ist sie eine Negerin?«

»Finde keine bösen Stellen mehr an dir, und dein kleines Herz schlägt auch hübsch ruhig. Hab nicht mal die Senfpaste gebraucht, die wir sowieso nicht an Bord haben, könnte sie aber wahrscheinlich in Charleston für eine wie dich kaufen. Frith gibt mir immer mal ein paar Pennys für so was. Besseren Kapitän kenne ich nicht, so wie der uns tun und machen lässt. Ich war mal Arzt auf einem Marineschiff, einer richtigen Fregatte, aber was die Männer der Königin waren, die rückten nicht mal mit einer Flasche Rindentinktur raus. Man sagt ja, die Männer unter Piratenflagge sind alles nur Halunken, aber hier kann ich doch ein kleines Fräulein aufs Allerfeinste behandeln. Und schon bist du wieder heil und gesund. Ruf mich, wenn irgendwas passieren sollte, wenn du dir einen Splitter im Zeh einfängst oder auf einmal Meerjungfrauen im Wasser siehst.«

»Dies ist doch das glücklichste Schiff auf dem Ozean, oder?«, sagt sie.

Der Doktor blinzelt ihr aus der hell beleuchteten Türöffnung zu. »Wenn du das glücklich nennst, wo Menschen sterben.«

Sie schweigt, als er geht.

Sie hat nicht an die Schlachten gedacht, an die Plünderungen und die Krankheiten, den Durst und den Hunger. An Kanonenkugeln, die krachend auf den Planken des Hauptdecks landen, sich mit dumpfem Knall in den Rumpf bohren. An die Haie, die darauf lauern, Matrosen zu fressen, wenn das Schiff untergeht. Sie hatte Gelbfieber, und jetzt geht es ihr besser. Ihre Mutter ist an Bord eines solchen Schiffs gegangen und war eine Königin. Nur das Land kann Menschen töten. Nur die feste Masse und die lange Reglosigkeit und die schwere Stille zwingen sie in die Knie und drücken sie nieder, bis sie sterben, weil sie ersticken. Der Doktor sollte sich keine Sorgen um sie machen, denkt Tab, sondern um seine ans Land gefesselte Dame, die wahrscheinlich im Kindbett sterben wird, während die Sonne hier aufs Salzwasser brennt.

Von ihrer Hängematte aus kann sie durch das kleine Fenster nur den Himmel sehen. Eine einzelne Seeschwalbe fliegt schreiend vorbei. Sie wird ihr Zimmer noch einmal verlassen und ihren Vater nach dem Geburtstagsgeschenk fragen, gleich nach einem kurzen Nickerchen. Der Gang von der Kabine zum Mast und zurück zur Kabine hat ihre Beine angenehm lahm gemacht. Sie öffnet ihre Hände für das Spielzeugschiff aus New Bern, das hölzerne Baby dieses großartigen Schiffs.

*

Sie erwacht am Nachmittag und fühlt sich noch ein bisschen kräftiger. Oben an Deck sucht sie nach dem Koch und entdeckt ihn schlafend hinter einem Eisenkessel, in dem ein Eintopf schmort, der fett und fast schon verdorben riecht. Sie geht mit Suppenschale und Zwieback zurück in die Sonne und findet einen Platz zwischen zwei Fässern, wo sie sich, in sicherer Entfernung von den Tauen, hinhocken kann. Zwei Dutzend Männer scheinen ein Spiel mit aufgerollten Tauen, großen Leinenlaken und dem offenen Ozean zu spielen. Die Schaluppe kommt gut voran, aber Tab kann nicht sagen, in welche Richtung sie fahren oder ob sie nicht etwa nur Kreise ziehen, anstatt Strecke zu machen. Jedes Mal, wenn sie zur Sonne hochblickt, steht sie kurz hinter Mittag.

Trotz des Winds ist die Luft hier wärmer als an der Küste von Beaufort. Sie steckt einen verbogenen Nagel in die Tasche ihres Kleids. Wenn sie erst einmal auf den Bermudas sind, wird sie nicht nur Muscheln und Krebsschalen finden, sondern auch gestrandete Gerippe von Meeresungeheuern mit Elfenbeinhauern. Sie wird ihrem Vater beim Bau eines Hauses helfen, und alles, was sie tut, wird wie ein Echo ihrer Mutter sein, und das wird John wieder zufrieden machen. Dies ist das Leben, für das er gedacht ist, ein Leben, an dem Tab ihn gehindert hat. Frauen mit ihrem Sterben und ihrem Kinderkriegen sind keine geeigneten Seeleute. Aber Tab gibt sich selbst das Versprechen, weder zu sterben noch Leben zu empfangen, und sie bittet den Gott ihres Großvaters, ihr Zeuge zu sein. Asa hat ihr stets erzählt, wenn sie ein guter Mensch sei, werde Gott ihre endgültige Heimat sein; seine Beschreibung davon klang zwar ziemlich langweilig, doch er sagte, ihre Mutter warte dort auf sie. Tab ist sich nicht sicher, ob sie ein guter Mensch ist, aber sie weiß, dass ihr Vater in ihrem alten Zuhause rastlos, unglücklich und immer erschöpft war. Nichts wuchs und gedieh an dieser Küste, nur Mrs. Foushee und die Kirche und der Geist einer Mutter, die bis in alle Ewigkeit jeden Tag von Neuem tot sein würde.

In ihrer Nische zwischen den Fässern erklärt Tab Gott, sie werde ein guter Mensch sein und das Abenteuer suchen, um auf diese Weise das Fehlen ihrer Mutter wettzumachen; und wie sie da so sitzt, mit der Sonne als warme Hand auf ihrem Gesicht, beschließt sie, an Gottes Versprechen vom ewigen Leben zu glauben. Um es zu besiegeln, singt sie einen von Asas Chorälen. Sie sieht John, der am Fockmast Pulver in kleine Fässer sprüht, und auch wenn sie ihn nicht lächeln sieht, weiß sie, dass er hier froh ist und sich frei fühlt.

*

John tut sich schwer mit der neuen Zuversicht. Seine Tochter ist zum Leben erwacht, ein Fieberopfer wurde wieder zum Kind. Er weiß, dass es bei Gelbfieber immer diese Atempause gibt, diese Gnadenfrist, die die Angehörigen Hoffnung schöpfen lässt, und dass die Patienten danach entweder wieder gesund sind oder tot. Aber wenn er beobachtet, wie sie sich bewegt, wie ihre Beine sich über das schlingernde Deck tasten, sammelt er Hoffnung und lässt sie in seinem Innern brennen. Er hat Tab dem frommen Treibsand von Beaufort entzogen, und jetzt, hier in der klaren frischen Luft, hat er sie gerettet. Er hat für das Kind getan, was er nicht für die Mutter hatte tun können. Frieden erfüllt ihn, als er die Pulverfässer zusammenpackt, um sie nach unten ins Kanonendeck zu tragen. Dieses Schiff ist ein Hafen, und selbst unter zwei Dutzend der härtesten Männer hat er keine Angst um seine Tochter. Sie ist weniger eine Frau als ein magerer Engel, der Geist ihrer verstorbenen Mutter.

Als unbezahlter Matrose an Bord einer unter schwarzer Flagge segelnden Schaluppe, deren einziger Zweck gelegentliche Raubzüge sind, hat John nur wenige Pflichten. Er schrubbt die Außendecks, wickelt Taue auf, klettert manchmal in den Wanten hoch, um die Hauptsegel zu vertäuen, jedoch nie die Toppsegel, für die ein anderer zuständig ist. Er reinigt die Kojen unterm Vorderdeck, wo die übrigen Matrosen schlafen, und geht dem Koch zur Hand, der keinen Gehilfen hat. Sie teilen das Dörrfleisch und die Gerste ein, das Malz und die Limonen; sie rationieren den Rum. Seit sie sich eingeschifft haben, hat John nicht mehr mit Frith gesprochen, obwohl nur eine dünne Bretterwand ihre Kabinen auf dem Achterdeck trennt.

Einige Aufgaben übernimmt er nur, damit seine Hände nicht müßig sind und er nicht dabei ertappt wird, wie er mit seiner Tochter vom Fockmast zum Besanmast tanzt. Nachdem die Pulverfässer sicher untergebracht sind, kümmert er sich um die offenen Fugen zwischen den Decksplanken, besorgt sich Watte und Werg im Vorratslager und kalfatert die Zwischenräume mit Fasern und Teer. Eine Arbeit, die sich im Sitzen machen lässt, und man braucht auch weiter nichts als eine kleine Bürste und kräftige Hände dazu. Eigentlich sollte er das erledigen, wenn das Schiff im Trockendock liegt und das Holz sich zusammengezogen hat, aber seine Finger brauchen etwas zu tun. Wie er da neben dem Bugsprit hockt, hat er die gesamte *Fanny and Betsy* im Blick und kann die Männerhorde und das zehnjährige Mädchen beobachten, das zwischen den Arbeitern umherschlendert und sich bückt, um Dinge aufzusammeln, die, wie John vermutet, neue Schätze sind. Tabs Anblick und dazu ihre neugierigen Hände erinnern ihn an seine Frau. Helen wusste immer sofort, welche Gegenstände etwas bedeuteten.

Vor Jahren hatten Helen und er mitsamt der noch unsichtbaren Miniaturausgabe von Tab auf genau solch einem Schiff gelebt. Der Bauch seiner Frau wuchs zu einer kleinen Trommel an. Er fragte, was für eine Mutter sie, und sie fragte, was für ein Vater er wohl sein würde, und beide lachten sie, denn sie hatten keine Vorbilder. Das Schiff war beladen mit Raubgut und fuhr wieder nach Norden, in die Heimat, aber an jenem Tag, einem blaugoldenen Sommertag, lagen sie im Hafen von Antigua. Die Matrosen waren an Land gegangen, einige gaben ihr Geld für Frauen aus, andere für Mitbringsel für die Frauen, die sie zu Hause gelassen hatten: geschnitzte Kokosnüsse, bemalte Schalen, Knochen. Am nächsten Morgen würden sie wieder in See stechen, der Kapitän hoffte, so den Krankheiten zu entkommen, die auf den Westindischen Inseln grassierten.

In der Kabine, die sie sich teilten – sie war keine zwei Meter breit, mit zwei Hängematten übereinander –, glühte der Nachmittag in den Wänden. Helen hatte ihn hierhergeholt, als die Männer von Bord gingen. Er hatte gefragt, ob sie denn nicht Antigua sehen wolle, und sie hatte ihn geküsst, und darauf hatte er nein gesagt, er auch nicht. Diese Kabine war Helens Zuflucht, wenn ihr Boot sich auf hoher See an die Handelsschiffe heranmachte; sie gerieten zwar selten wirklich in Gefahr, aber an die Raubzüge konnte sie sich einfach nicht gewöhnen.

»Sieh mal«, sagte sie und packte ihn am Arm.

Ihr offenes Gesicht erinnerte ihn an die Kindheit. Es gab ein Lied, mit dem die Jungen immer die Mädchen neckten. »Be kind my love, be kind«, sagte er, »and you shall ever find –«

»That a long, long absence can't alter my mind.« Sie lächelte.

Einst waren sie beide Kinder gewesen; und jetzt trug sie selbst ein Kind.

Sie ließ ihn mit gekreuzten Beinen auf dem Boden Platz nehmen. Ihr braunes Haar schimmerte leicht kupfern. Sie holte ein Kästchen mit einem Metallverschluss vom Regal und setzte sich vor ihn hin, ihre nackten Sohlen gegen seine gepresst, ihr Bauch ein kleiner Ball unter ihrem Rock. Er streckte die Hand aus, um sie zu berühren.

Sie hob die Hand. »Ich möchte dir etwas zeigen«, sagte sie.

Helen holte eine Reihe seltsamer Gegenstände aus dem Kästchen – seltsam nicht, weil sie ungewöhnlich waren, sondern weil sie den Weg in ein Kästchen gefunden hatten und von einer einzigen Hand gesammelt worden waren. Zuerst hielt sie ihm einen Knopf hin, den sie beim Flicken seiner Jacke entwendet hatte, und dann das glatt gescheuerte Glas von Grenada. Eine Musketenkugel. Ein sieben Zentimeter langes zerfranstes Seil, das vom Leinen-Trimmen stammte. Er lachte über einen Pflaumenkern.

»Du hast mich mit der Pflaume im Mund geküsst«, sagte sie. Er hatte es vergessen.

Das waren ihre Schätze, Dinge, die sie sammelte, um sich an ihr Leben zu erinnern, Andenken an das, was sie erlebt hatte. Ihre Geschichte von Land und Meer. Er hatte sich gefragt, wofür sie sie brauchte, ob die Erinnerungsstücke ihr Zutrauen in die Zukunft gaben.

Sie reihte die Gegenstände der Größe nach auf dem Boden auf. Er breitete seine Arme aus, und sie schmiegte sich hinein – sie beide, sie drei, eng ineinander verschlungen. Er küsste ihre Ohren und sagte, sie brauchten keine Erinnerungen, so sehr liebe er sie. Sie vergrub ihren Kopf an seinem Hals.

Ein Matrose brachte ihnen frisch gebratenen Fisch vom Hafen, und sie quetschten sich zu zweit in eine Hängematte und aßen den Fisch mit den Fingern, und er legte den Kopf auf ihren Bauch und horchte, und sie betrachtete die Reihe ihrer Schätze, von der Messingglocke bis zur winzigen zerbrochenen Perle, und das Licht wanderte das Fenster hinab und versank im Ozean, und die lärmende Ausgelassenheit der Männer auf Landgang begleitete ihren Schlaf.

Jetzt bemüht er sich, Dinge nicht zu vergessen.

Er stopft ein weiteres Klümpchen Werg in eine Fuge. Diese Welt ist blau und braun und weiß. Himmel und Wasser mit ihren unendlichen Schattierungen von Blässe und Tiefe spiegeln einander. Solche Reinheit umgab damals Helen und ihn, und hier ist sie wieder, wartet nur darauf, dass jemand sie wahrnimmt.

*

In der Dämmerung findet er Tab auf einem Netz aus Webleinen ausgestreckt und nimmt sie hoch, ein lachendes Bündel. Sie versammeln sich mit den anderen am Backstisch in der Messe, und John hilft dem Koch, Brotkanten und mal wieder Eintopf auszuteilen. Als alle bedient sind, setzt er Tab auf einen Stuhl und schirmt sie mit seinem Körper gegen die heftigsten Grobheiten der Männer ab. Anders als der Schiffsarzt haben sie keine besondere Zuneigung zu dem Mädchen gefasst und finden, dass sie sich nicht groß von einem Schiffsjungen unterscheidet, der zu jung für Bartwuchs und zu gar nichts nutze ist. Ihre Ausdrucksweise wird durch Tabs Anwesenheit nicht zivilisierter.

Blue Francis knallt zweimal mit seinem Becher auf den Tisch. »Wenn ihr auf Gespenster aus seid«, sagt er mit heiserer Stimme, und die anderen verdrehen die Augen, atmen scharf aus und richten sich auf eine lange Erzählung ein, die garantiert erlogen ist. »Hört, hört«, sagt er. Sein gekrümmter Rücken überragt jetzt seine Schultern, er lehnt über dem Tisch, die Arme auf das fettfleckige Holz gestützt.

John unterbricht ihn. »Nichts Blutiges, Frank. Du vergisst die jungen Leute.« Er lässt eine Hand auf Tabs Rücken liegen, während er seinen Eintopf auftunkt.

Der Doktor zwinkert ihr zu und wendet sich wieder an seine Zuhörer. »Es war vor etlichen Jahren auf der *Bonny Jane*, im –«

»Als du noch ein alter Mann warst«, ruft jemand.

»Stimmt, ich und deine Alte«, erwidert er.

John versucht, Tab zum Aufstehen zu bewegen, aber sie bettelt darum, zu bleiben.

»Es war ein Sklavenschiff, und wir näherten uns Charleston und wollten sie verkaufen, mehr als die Hälfte waren noch gesund und munter.«

»Und die anderen?«, flüstert Tab, und John antwortet mit einer raschen Kopfbewegung Richtung Reling, ›über Bord‹.

»Natürlich haben sie gestöhnt und gejammert, und das ganze Schiff hat sich angehört wie ein Stier mit aufgeschlitztem Hals, aber das kannten wir schon seit Wochen, und es kümmerte uns nicht. In der letzten Nacht vorm Hafen schickte der Kapitän Little Tom die Bram hoch, um nach Lichtern Ausschau zu halten, und Little Tom schlottert in seinen Stiefeln, wie ein Junge nur zittern kann. Hatte wohl da oben Schwarze gesehen und dachte, sie würden für seine Seele singen.« Blue Francis späht zu Tab hinüber, die den Kopf hinter Johns Rücken hervorsteckt. »Gerade so alt wie du, kleines Fräulein. Nun war Tom an Gespenster gewöhnt, gibt ja kein Schiff, auf dem nicht ein toter Matrose geistert, mit gebrochenem Hals vom Sturz auf eine Spiere oder schwimmenden Haaren vom Ertrinken im Wasser. Drum als er zu schreien anfing und ich ihn die Rah runterklettern seh, als wenn er verfolgt würde, dachte ich, er hätte wirklich was gesehen. Er rannte direkt zur Kabine vom Kapitän, sagte, es würde Schwarze regnen, und schlug sich mit den Händen an den Kopf. Ich schaue hoch und sehe nichts, also renne ich hinter ihm her, brülle, dass es so was nicht gibt, aber er kreischt und schlägt um sich, und jetzt wachen die übrigen Männer auf und kommen hoch, um zu gucken. Little Tom platzt durch die Tür vom Kapitän, und der Teufel soll mich holen, wenn der

Kapitän sich nicht, Pistole in der Hand, vom Bett erhebt und sauber durch ihn durchschießt.« Er hält inne, lässt die Geschichte wirken. Ein paar Matrosen pulen in ihren Zähnen. »Ich hab seinen Kopf in meinen Händen gehalten, wie das Leben aus ihm floh, und er sagte: ›Blue Francis, da sind Schwarze auf mich runtergeregnet, sind vom Himmel direkt auf mich gefallen, haben gestöhnt und mich gepackt und meinen Namen gerufen‹, und bevor ich sagen konnte, das sind doch nur Gespenster, kippte sein Kopf weg, und er starb noch in der Kabine.«

»Da kommen die Neger also in den Himmel, und der Rest von uns ist zur Hölle verdammt?«, ruft ein Matrose, und es folgt ein lautes Geklapper von Blechbechern und Schalen. Als Tab die Arme um die Brust ihres Vaters schlingt, damit ihr Herz nicht mehr so rast, beginnt ein Mann auf den Tisch zu schlagen, und zwei andere stehen auf und trampeln mit den Füßen. Die Männer singen Worte, die Tab noch nie gehört hat, und John trägt sie zurück in ihre Koje, über das frisch abgedichtete Deck unter den hellen Sternen.

*

Wieder sicher in ihrer Hängematte, fragt Tab ihren Vater, wieso manche Tote in den Himmel kommen und andere in die Hölle. Sie kennt diese Orte aus Asas Erzählungen, aber wieso werden die Matrosen verdammt und nicht die Sklaven, und wieso sind Geister immer böse?

»Das war nur eine Geschichte«, sagt er.

»Es gibt doch keine Gespenster, nicht?«

John streicht ihr die Haare zurück, die ohne Bürste langsam verfilzen. »Wenn Menschen sterben, ist das nur ihr Körper. Innen drin ist etwas, das immer lebendig bleibt.«

»Unsere Seelen«, sagt Tab.

»Seelen, Geister, Gespenster, Erinnerungen. Ich erinnere mich immerzu an deine Mutter.«

»Und sie ist doch im Himmel, meinst du nicht?«

»Manche nennen es so«, sagt John. »Ich stelle mir vor, sie ist dort, wo es Güte gibt.«

Tab schließt die Augen und flüstert jetzt. »Ich sehe sie nicht.« Als John seine Hand wegzieht, versucht sie, sich die Miniatur vorzustellen, den kleinen Kopf ihrer Mutter mit den grünen Punkten als Augen und dem Band um den Hals. Im Geiste dreht und wendet sie den Kopf, stellt ihn in verschiedene Zimmer, ans Ufer, aufs Deck. Er bewegt sich keinmal, lächelt auch nicht.

»Du bist das, was von ihr geblieben ist«, sagt John, und sie öffnet die Augen. »Falls du dich fragst, wo sie ist. Manchmal denke ich, sie ist ganz und gar in dir.«

»Singen Piraten immer solche schlimmen Lieder?«

Er lacht. »Nein.«

Tab nimmt seine Hand zwischen ihre Hände und lächelt zu ihrem Vater hoch. Er beugt sich herunter, küsst sie auf die Stirn, die kühl und trocken ist, und summt leise, während ihre Muskeln sich entspannen und sie in den Schlaf sinkt.

*

Am nächsten Morgen erwacht Tab in einem schlingernden grünen Raum. Die Kabine zittert. Nein, ihre Augen zittern. Sie setzt sich auf, und Galle ergießt sich in ihren Schoß, sie klettert aus der Hängematte und fällt als Häufchen auf dem Boden in sich zusammen. Ihre Nase ist nass, und sie wischt sie an den Planken ab, hinterlässt eine rote Spur. Es rast in ihrer Brust. Ihr Herz pocht so schnell, dass eine kühle Brise durch ihre Glieder flattert. Da ist keine Schwere mehr in ihrem Körper, nur schäumender Schmerz. Durchs Fenster sieht sie einen Regen aus schwarzen Körpern, die Münder offen, ihre Mutter blass zwischen ihnen.

Sie beginnt zu zittern, ihr Innerstes kehrt sich nach außen. Was in ihr existiert hat, heimlich, ungesehen, wird auf den Boden geschleudert, ihr Erbrochenes, ihr Blut, ihre Glieder, die sich aus ihrem Innersten herauskrampfen. Sie ist ein Eichenblatt, das im Graben wirbelt, Moos, das von ihrem eigenen Atem davongeweht wird. Sie löst sich in ihre Bestandteile auf. Der Raum versinkt in Schatten. In ihrem Delirium schafft sie es nicht mehr, den Geist ihrer Mutter in den Trugbildern zu finden. Die Möwe ruft Splitter um ihren Kopf zusammen. Die Welt zerbricht.

*

John kehrt mit zwei roten Kartoffeln in der Hand in die Kabine zurück und findet seine Tochter in Krämpfen auf dem Boden. Er sinkt auf Tabs Körper, presst sich mit seinem Gewicht auf sie, damit sie aufhört zu zittern. Ein Matrose sieht im Vorbeigehen herein, rennt dann los, den Arzt holen. Die Kartoffeln rollen in eine Ecke, dann wieder zurück, als die Schaluppe den Scheitelpunkt einer Welle erreicht. Gerade als Tabs Körper sich zu beruhigen beginnt, kommt Blue Francis hereingestürzt. John blickt hoch, die Arme immer noch um seine Tochter gelegt, und schüttelt den Kopf. Der Arzt schiebt John sanft weg und rollt das Mädchen auf die Seite, damit ihre Zunge frei kommt und er ihren Mund säubern kann. Er knetet ihre Arme und Beine, bis sie ganz ruhig ist. Er befiehlt John, Wasser zu holen, und der Vater stolpert hinauf aufs offene Deck. Die Tränen in seinem Gesicht trocknen und verschwinden. Es gibt keine Gefühle, die der Wind nicht auslöschen könnte.

Er legt die Arme um die vertäuten Wanten, die den Mast halten, hängt dort und reibt sich die Stirn am Seil. Diesen Tag hat er immer kommen sehen. Seit er vor zehn Jahren Helen verloren hat, ist sein Leben ein einziges Atem-Anhalten. Er lebt nur in der Erwartung des Verlusts. Er glaubt nicht an den Gott der Erlösung und Vergebung, er glaubt nur an Gott, den Strafenden.

Als er zurückkehrt, schneidet der Arzt gerade dünne Linien in den Arm seiner Tochter und Blutströpfchen drängen hervor. Während er mit den Fingern Tabs Ellbogen umfasst, blickt er zu John. Ihr Gesicht ist jetzt gelb, ihre gelbsüchtige Haut sticht gegen das Weiß ihres Unterhemds ab. Ihre Augenlider flattern, heben sich jedoch nicht. Ihr Mund öffnet und schließt sich wie ein Fischmaul. John legt sein Ohr auf ihre Brust und hört eine Frau durch einen überwucherten Garten wandern, ihr seidenes Kleid streift Rosenbüsche, bleibt daran hängen, zerreist. Tabs Herz spaziert durch diesen Garten.

Der Doktor gräbt die Finger in seinen Bart, entwirrt die Filzknötchen. »Ich wünschte, wir hätten etwas Balsamharz und könnten ein bisschen auf ihre Haut streichen, es wäre aber mehr zur Beruhigung als wirklich zur Heilung. Wir haben hier einen Mann, der war in Philadelphia vor ein paar Wochen, und da hatten viele die Krankheit, und niemand wusste, was machen. Bleibt nichts anderes übrig, als sie zur Ader zu lassen und sie ein bisschen abzukühlen. Die bösen Körpersäfte in ihr kommen durch das Aderlassen raus, wenn sie erst mal die Salzluft riechen.«

John zeigt auf die Blutstropfen auf Tabs Armen. »Das reicht aber doch nicht?«

»Sie ist noch so klein, Sir. Sehen Sie sich doch nur den Körper von ihr an.«

»Nehmen Sie ihr noch mehr Blut ab«, sagt John.

»Sie ist so ein dünnes Hälmchen, und das Herz schlägt nicht sehr kräftig.«

John nimmt dem Arzt das Skalpell aus der Hand und macht einen Schnitt in den gelber werdenden Unterarm: Ein dünnes Rinnsal aus Blut fließt auf ihr leinenes Kleid.

Mit dem Schnitt ist das Mädchen erwacht, ihr Gesicht verzerrt sich. Sie kann nicht weinen, neigt sich zur Seite und würgt den Inhalt ihres Magens hoch, der schwarz und flüssig ist. Ihre Augen bleiben geschlossen.

»Die schwarze Galle, Sir«, sagt der Arzt, als wäre das ein Zeichen, das John lesen kann. John sieht zu, wie der Arzt alles wieder säubert, das schwarze Erbrochene vom Boden, das Blut von ihren gelben Armen.

Als sie wieder frisch und sauber ist, holt der Doktor eine in kaltem Wasser ausgewrungene Decke und breitet sie über ihr aus. »Ich habe dem Kapitän Bescheid gesagt«, erklärt er. »Er streicht Ihre Wache.« Er bleibt zögernd in der Tür stehen. »Ich kann nicht mehr als jeder andere für sie tun, aber auch nicht weniger. Ich hatte noch nie eine Dame als Patient. Sie ist jetzt ein Lamm in Gottes Hand, einfach ein Kind, das vielleicht heimkehrt.«

*

Den ganzen Nachmittag verbringen John und Tabitha abwechselnd mit Schlafen und Wachen, der eine schreit im Traum laut auf, die andere windet sich vor Schmerzen. John findet eine der Kartoffeln und isst sie roh. Als Tab stöhnt, richtet er sich auf, legt ihr seine Hand auf die Wange, leitet die Hitze ab. Als sie zittert, zieht er die nasse Decke weg und lässt sie klatschend auf den Boden fallen.

Es wird dunkel im Zimmer, und John zündet zwei Kerzen an. Er isst das gepökelte Schweinefleisch, das ein Matrose bringt, aber Tab nimmt nichts zu sich. Selbst das Wasser, das er ihr einzuflößen versucht, läuft wieder aus ihrem Mund. In zehn Jahren würde sie aussehen wie ihre Mutter. Das Kerzenlicht fällt auf das Blut, das ihr aus Augen und Nase sickert. Ihre Lippen glänzen schon tiefrot.

Ihre Gestalt – blutend, schwach und bleich – ähnelt dem Kruzifix, das in Asas guter Stube hängt. Wenn er früher auf Helen wartete, saß er häufig dort und starrte auf den Leichnam Christi, der schlaff an der Wand hing. Helen selbst war ohne alle Schwachheit gestorben. Ihre Wangen waren erhitzt gewesen, ihre Arme fest und rund, ihre Augen glänzend vor Anstrengung. Sie hatte Tabitha in einem tumultartigen Wirbel geboren; erst nachdem das Baby dem herausstürzenden Blut gefolgt war, wurde sie weiß, doch bis zum Schluss war sie stark und barst nahezu vor pulsierendem Leben. Und weil sie so kraftvoll im Sterben war, konnte John Gottes Macht leugnen. Sie schien ihr Sterben selbst bewerkstelligt zu haben.

Doch dies hier ist anders. Tabs Leben tröpfelt aus ihr heraus, lässt eine immer größere Leere zurück. Welche Kraft saugt sie da aus, wenn nicht das Universum selbst? Welche Macht, wenn nicht eine, die dunkel und heilig ist?

Als die Dämmerung zur Nacht geworden ist und Kerzenschein die Dinge nur von einer Seite beleuchtet, murmelt Tab: »Das Schiff.«

Er erwacht aus einem Halbschlaf und flicht seine Finger in ihre. Sie blickt in ihre offene Handfläche. »Wir *sind* doch auf einem Schiff«, sagt er. »Auf der *Fanny and Betsy*, auf dem Weg zu den Bermudas. Du liegst in einer Kabine.«

»Klein«, sagt sie und wedelt mit ihrer freien Hand. »Geburtstag.«

»Du hast vor einigen Tagen Geburtstag gehabt. Bist zehn Jahre alt geworden. Du warst krank, da habe ich dich wegen der frischen Seeluft auf dieses Schiff gebracht.«

»Geburtstag«, sagt sie noch einmal. Eine Träne mischt sich unter das Blut aus ihrem Auge und hinterlässt einen rosigen Streifen auf ihrer Wange.

»Schade, dass du zu schwach zum Feiern warst. Ich hatte ein Geschenk für dich.«

Sie drückt seine Finger.

»Ich habe es in Beaufort gelassen – zu fein für Piraten. Es wartet auf uns, wenn wir zurückkehren. Aber ich verrate dir, was es ist. Viereinhalb Meter feinste Seide für ein herrliches Kleid, wo du doch jetzt eine Dame bist.« Tab schließt die Augen. »Blaue Seide mit lauter Ranken in Rosa und Grün. Ich werde Mrs. Randolph bitten, etwas Festliches daraus zu nähen, und dann wirst du die kleine Königin sein. Ein Abbild deiner Mutter.«

Jetzt weint Tab.

»In ein paar Tagen bist du wieder gesund, und dann bitte ich Frith, dass er kehrtmacht und uns, wann immer du willst, zu einem Hafen bringt.«

»Das kleine Schiff«, sagt sie und schließt die Hand.

*

In der letzten Stunde, die sie bei Bewusstsein verbringt, treibt Tab auf dem Ozean, kein Schiff trägt sie, Mutter und Vater und Großvater und sämtliche ungeborenen Brüder und Schwestern im Schoß ihrer Mutter sind bei ihr. Sie hätte inzwischen vielleicht vier Geschwister haben können, die ihr jetzt alle ans Ufer folgen und sich nachts neben ihr einrollen würden, um sie im Winter warm zu halten. Sie ist Teil einer zum Stillstand gebrachten Familie. Auf das Meer ist sie böse, weil es seine Härte versteckt, und auf Gott, weil er tötet. Das Zimmer füllt sich mit Geistern.

Ihr Großvater singt ihr den Tod. Sie bittet ihre Hände, ihr die Ohren zuzuhalten, doch sie tun nichts. Sie wird nicht nachgeben. Ihre Glieder sind gegen Gottes Angriff gestählt.

Ihre Haare dringen wie Stecknadeln in jede Pore; ihr ganzer Körper empfindet den furchtbaren Schmerz. Das Kerzenlicht im Zimmer geht über in die Dunkelheit, und allmählich sehen ihre Augen nur noch immer schwärzere Wirrnis. Die Stimmen um sie herum werden lauter. Ihre Hängematte ist nass von Schweiß und Blut, nass vom Meer. Sie verlässt die Welt in einem roten Sturm, durch den Körper einer Toten. Jetzt kann sie sich erinnern, wie es war, geboren zu werden.

*

Nachts ist das Schiff still. Die Vögel haben irgendwo in dieser weiten Leere Ruhe gefunden, und die Matrosen schlafen. Der Wind ist aus den Segeln geglitten. Der Ozean trägt sie sanft.

John wischt ihr das Blut aus dem Gesicht. Ein letzter Funke hält sich noch unter ihrer Haut. Eine Seele, die sich für die Reise fertigmacht, wenn er an so etwas glauben würde. Nichts, was Asa jemals zu ihm sagte, hat er verstanden, doch jetzt versucht er, sich an Verse und Choräle zu erinnern, die von Unsterblichkeit sprechen. Er kann nicht loslassen. Aller Beistand, den er nach Helens Tod fand, kam von diesem Mädchen, und nun, da ihre Lebensgeister fortgeweht sind wie die winzigen Schirme einer Pusteblume, wird es nichts mehr geben außer einer nicht zu füllenden großen Leere. Die Löcher werden ihn verschlingen. Er hält ihren gelben Arm sehr fest. Er merkt nicht, dass er betet.

*

Am nächsten Morgen erwacht er fröstelnd, sein Körper liegt ausgebreitet auf ihrem. Er macht eine Bewegung, als wollte er das Fenster in seinem Schlafzimmer schließen, doch das Rollen des Schiffs erinnert ihn. Die Kälte kommt von seinem Kind. Die Hängematte umfängt sie so süß wie ein Sarg. Die Gelbsucht blüht immer noch auf ihrer Haut. Er kreuzt ihr die Hände auf der Brust und küsst ihre Stirn, die sich anfühlt wie ein Stein an einem Herbstmorgen. Es wird Zeit, sie nach Hause zu bringen.

Er findet Frith auf der Brücke. Blue Francis ist bei ihm, um für seinen Kapitän das Steuer zu übernehmen. Er macht ein bekümmertes Gesicht.

»Wir sind noch eine Tagesreise von Charleston entfernt«, sagt Frith. Die beiden Männer blicken zum Heck und zu dem leichten Gebrodel, das ihre Fahrt im Wasser hinterlässt. »Wir behalten die Toten nicht.«

»Ich baue ihr eine Kiste«, sagt John.

»Und wo begräbst du sie?«

»Es gibt noch Platz neben meiner Frau.«

»Sie wird verwesen, noch bevor wir ankommen, auch im Oktober. Es ist nichts Unwürdiges am Meer. Wir haben einen Mann, der sie aussegnen kann, falls es das ist, was Sie brauchen.«

Seine Finger sind noch rot von ihrem Blut. »Dieses Mal muss alles richtig gemacht werden«, sagt John.

»Ich bin nicht der Herr Ihres Gewissens«, sagt der Kapitän. »Ich habe ein Schiff zu führen. Ich setze Sie im nächsten Hafen ab, da Sie kaum noch von Nutzen sind, und Sie nehmen das Kind mit sich, wenn Sie unbedingt an ihr festhalten wollen. Aber es ist ein langer Weg zurück nach Beaufort, und der Gestank wird sich nicht aufhalten lassen.« Frith legt so flüchtig eine Hand auf Johns Rücken, als streife ihn eine Fliege.

»Mein Beileid«, sagt er. Er tritt zur Takelage und gibt die Tagesbefehle aus.

Blue Francis dreht sich zu John um und flüstert. »Möchten Sie sie sicher nach Hause bringen?«

John wirft ihm einen Blick zu, reibt mit der Hand noch immer die Reling.

»Meine Großmutter musste mal eine Leiche versorgen, damals, als sie und meine Tante von Indianern gefangen wurden. Die skalpierten Tantchen in null Komma nix und sagten, meine Großmutter darf gern bleiben und eine Familie gründen und den Mais zermahlen, aber was meine Großmutter war, die beweinte den Verlust. Weil die Indianer so nett waren, gaben sie ihr einen Bottich, um Tantchen einzulegen. Mit den letzten britischen Münzen, die sie noch hatte, kaufte sie Feuerwasser von den Indianern und füllte den Bottich bis oben hin und bewahrte das kleine Fräulein, mein Tantchen, drei Jahre lang auf, bis der Bruder von ihrem Mann herausfand, wo sie sie versteckt hielten, und sie mit sich nahm und auch den Bottich, und sie heirateten, und mein Großvater war ihnen ganz egal, und sie lebten glücklich und zufrieden und kriegten meine Mutter und so weiter.« Blue Francis wendet sich wieder dem krängenden Steuerrad zu. »Rum ist unten.«

*

John schläft auf dem Boden unter seiner Tochter, auf den Planken mit den Flecken ihrer Krankheit. Die nasse Decke, die sie kühlen sollte, liegt immer noch als feuchter Haufen in der Ecke. In diesem neuen Leben, in dem ihm nichts geblieben ist, wird er von Gott gequält. Dieser Gott ist ein Sturm, der sich endlich legen muss, und ihm fällt nichts anderes ein, was ihn besänftigen könnte, außer dass er ihm Tabitha überlässt, seine Tochter in Gottes Namen opfert. Der Frieden meidet ihn, seit John dabei zusehen musste, wie sein Schwiegervater ihm ohne sein Einverständnis Helens Leiche nahm, und es bleibt ihm jetzt nichts anderes übrig, als an seine eigene Bedeutungslosigkeit zu glauben, sein Schicksal dem Sturm zu überantworten, seinen Körper den reinigenden Wellen zu überlassen. Seine Sünde war, dass er an Frau und Tochter hing, als wären sie ein Teil von ihm. Aber sie sind fort, und das war's. Er lässt das Segel los und sieht zu, wie es sich in den Wind wirft.

*

Während die Männer abends in der Messe sind, geht John mit einem Eimer unter Deck in den Lagerraum und kippt die Fässer nacheinander an, bis er welche findet, in denen es schwappt. Er entkorkt ein Fass und füllt den Eimer mit Rum, trägt ihn nach oben und schüttet ihn aus. Das macht er so lange, bis das Fass nur noch halb voll ist. Mit seinem Messer löst er den Deckel und starrt in die restliche Flüssigkeit. Leise geht er zurück in seine Kabine und pellt Tabitha aus ihrer Hängematte, wirft sich den mageren Körper über die Schulter und umfasst mit den Armen ihre Beine, die den weichen Flaum der Jugend tragen. Ihre Füße sind nackt. Sie müssen nachts gefroren haben.

Begleitet von wildem Gelächter im Vordeck, trägt er sie hinunter in den Lagerraum, lehnt sie gegen das offene Fass, wobei er ihr mit den Händen unter die Arme fasst, damit sie nicht wegrutscht. John blickt von seinem Kind zum Fass. Er legt sie auf die Bodenplanken, knickt ihre Beine über ihrer Brust zusammen und schlingt ihre toten Arme darum. Er hebt ihren zusammengefalteten Körper hoch und lässt ihn in den Rum gleiten – mit den Füßen voran, dann ihren fest zusammengequetschten Rumpf, schließlich den Rest –, sieht, wie der Alkohol um sie herum hochsteigt. Schließlich werden ihre Haare von der Flüssigkeit erfasst, breiten sich aus, gold in gold.

Seine Tochter.

Er nagelt den Deckel wieder aufs Fass und versiegelt das Holz neu mit Werg und Teer. Mit Kreide schreibt er ein X auf die Fasswand und darunter das Jahr 1793. Es gibt keinen Grund, die Zeit festzuhalten, außer man möchte Gott bitten, er möge in seinem Wüten nachlassen.

Zurück an Deck, holt er sich seinen Teller mit Fleisch und Brot und hält die Blicke der Seeleute aus, die wissen, dass er das Fieber an Bord gebracht hat. John nimmt

Blue Francis beiseite und berichtet ihm von dem Fass; das müsse der Arzt in Charleston vom Schiff schaffen und dann weiter auf den Markt, als sollte es verkauft werden; dort müsse er es ihm persönlich übergeben.

»Und wenn der Kapitän nach dem Geld fragt?«

»Dann haben Sie es verloren. Jemand hat es Ihnen gestohlen.«

»Na gut, ist nicht mein Rum«, sagt Blue Francis. »Ich werde ihm erzählen, der Koch hat ein paar Extradollar für Salz und Mehl gebraucht und wir mussten ein Fass verkaufen. Er bewahrt keine Rechnungen auf. Aber ich wünschte, ich hätte das Weggeschüttete gekriegt.«

*

Einen Tag später rollt ein stoppelbärtiger Matrose, während seine Kameraden die Tavernen aufsuchen, in Charleston ein Fass von Bord der *Fanny and Betsy*, das leichter als alle anderen ist. Er feilscht mit ein paar Kaufleuten auf dem Markt am Kai und schlüpft dann in eine Gasse, die an einem Friedhof entlangführt, wo er seine Last einem größeren Mann übergibt, der ein junges Gesicht hat. Der zweite Mann mietet mit dem, was noch in seiner Börse ist, einen Karren und ein Pferd, hebt das Fass mit Hilfe des Stallknechts auf den Karren und sichert es. Für Oktober ist es ein warmer Tag, und beide Männer schwitzen. Der Stallknecht glaubt, ihm werde ein Schluck aus dem Fass angeboten, aber der Mann entfernt sich schweigend. In fünf oder sechs Tagen wird er Beaufort erreichen, wo er ein Loch neben seiner Frau graben wird, in das das Fass mit seiner Tochter kommt. Dort wird er warten und zuschauen, wie Gott den Rest der Geschichte schreibt.

ZWEITER TEIL
1771-1782

Drittes Kapitel

Zu ihrem zehnten Geburtstag bekommt sie ein Mädchen namens Moll geschenkt, das mit blauen Bändern im Haar in der Ecke steht. Nachdem ihr Vater gegangen ist, starrt Helen das Kind an und wünscht sich, sie hätte stattdessen die Bänder bekommen. Helen hatte sich von ihrem Vater eine silberne Bürste mit Wildschweinborsten und einen Handspiegel gewünscht. Sie weiß nicht recht, was sie mit einem Negermädchen anfangen soll, außer sie herumkommandieren. Sie geht langsam auf das Mädchen zu, und als Moll nicht zurückweicht, greift Helen ihr in die Haare und löst die Satinschleifen.

»Das sind meine«, sagt Moll.

Helen schlingt die Bänder um ihre Finger. »Ich sag es meinem Daddy.«

Moll holt mit dem Arm aus und packt Helen, die sich wegzudrehen versucht, um ihre Beute zu schützen. Moll klettert auf ihren Rücken, und schon gehen die beiden raufend zu Boden und ziehen einander an den Ohren. Ihr Kampf vollzieht sich stumm, in der stolzen Einmütigkeit von Kindern. Moll, die wenige Zentimeter größer ist, hat die Oberhand, und die Mädchen liegen heftig atmend auf dem Fußboden, während das Sklavenmädchen die Satinbänder wieder in ihre Haarbüschel flicht.

»Mach das noch mal, und ich bring dich um«, sagt sie.

*

Beim Abendessen schmollt Helen demonstrativ. Ihr Vater reicht ihr das Messer, damit sie den Zimtkuchen aufschneidet, den Mrs. Randolph gebacken hat, und sagt: »Du bist jetzt die Herrin des Hauses«, und Helen verschränkt die Arme vor der Brust. Moll steht wieder in der Ecke, im Schattenbereich zwischen dem Licht aus zwei Fenstern, ihre Bänder schimmern. Nachdem Asa Helen seufzend ein Stück Kuchen aufgelegt hat, funkelt sie die Sklavin böse an, stopft sich aus Rache den Mund voll.

In dieser Nacht schlafen die Mädchen im selben Zimmer, die eine auf einer mit Gänsefedern gefüllten Matratze, die andere auf dem Boden. Als Helen weinend aufwacht, klettert Moll ins Bett und lässt das kleinere Mädchen sich an ihre Schulter kuscheln. Selbst im September kann der Fußboden schon kalt sein, wenn die Sonne nicht draufscheint.

Am nächsten Morgen schleppt Helen Moll mit zur benachbarten Plantage, die Mr. Cogdell gehört, und in die Hütte, die für Versammlungen und den Gottesdienst errichtet wurde. Eine Handvoll älterer Sklaven hat sich, die Hände in den Schoß gelegt, in den ersten paar Bänken versammelt. Helen stellt sich vor sie hin.

»Das hier ist Moll, und sie wurde mir gestern zu meinem Geburtstag geschenkt. Ich bin jetzt zehn. Sie ist auch eine Lehrerin. Ihr könnt sie alles fragen.«

»Wer sind ihre Leute?«

Helen blickt zu der grauhaarigen Frau in der ersten Reihe und dann zu Moll, die den Kopf schüttelt. »Sie hat niemanden außer mir«, sagt Helen. »Das liegt vielleicht daran, dass sie aus Virginia kommt.« Helen übt erst das Alphabet mit der Gruppe, dann den Katechismus. Moll stolpert ihr nach, imitiert ihr selbstbewusstes Auftreten. Niemand fragt sie etwas.

Nachdem die Stunde vorbei ist, geht Helen mit Moll zurück zum Grundstück ihres Vaters und hinunter zum Wasserlauf, der in den Sund mündet und hier noch nach Salz schmeckt. Helen ist eine schlechte Schwimmerin, aber ihr ist heiß, und sie fühlt sich irgendwie dafür zuständig, Moll als Gastgeberin die Schönheit von Long Ridge zu zeigen. Die Mädchen ziehen sich aus und lassen sich im Wasser treiben.

»Nächstes Mal darfst du ihnen das ABC beibringen«, sagt Helen. Über ihnen am Himmel sind nur ein paar dünne Wolkenstreifen.

»Das sollte ich auch, ich bin älter.«

Helen hebt die Hand aus dem Wasser. »Wie viel?«

»Elf. Du warst nicht mal geboren, als ich schon da war.«

»Und du kennst deinen Katechismus?«

»Ich kenne mehr als den.«

Helen versucht, Wasser zu treten, und behält Moll im Auge, schaut, ob sie ihr auch keinen Streich spielt. Sie hatte einmal eine Freundin, die im Wasser Purzelbäume schlug und sie dabei immer nass spritzte. »Die meisten von ihnen sind langsam«, sagt sie, »deswegen ist das alles, was wir ihnen beibringen können, damit sind ihre Köpfe schon voll. Als Erstes kommt Gott, denn der wacht über sie.«

»Der wacht über schwarze Leute?«

»Über beide, schwarze und weiße«, sagt Helen. »Und über heidnische Indianer. Jeder, der an ihn glaubt, kommt in den Himmel.«

»Und wer nicht glaubt?«

»Auch die. Das ist unsere Aufgabe, Moll. Wir sind die Mägde des Herrn.«

»So was wie Sklaven?«

Helen lässt die Füße sinken, tastet zwischen Seegras und Schlamm nach Grund und steht. Sie beugt den Kopf vor, bis ihre Nase das Wasser berührt, das Haar hängt ihr in losen Strähnen ums Gesicht. »Ich glaube schon«, sagt sie und schiebt mit der Hand Wellenringe in Molls Richtung.

»Wehe, ich kriege was ins Ohr.« Moll paddelt von Helen weg, hält den Kopf wie eine Bisamratte über Wasser.

»Pass bei dem großen Loch da drüben auf«, sagt Helen. »Da leben Schnappschildkröten drin, halt bloß nicht deine Füße da rein.«

Moll paddelt rasch zurück. »Du lügst.«

»Dieser Bach gehört mir, von dem hast du keine Ahnung.«

»Dann reicht es jetzt«, sagt Moll und schwimmt zum Ufer.

»Warte!«

Die Mädchen beobachten einander. Moll stößt einen wütenden Laut aus und taucht unter. Nach wenigen Sekunden kommt sie mit einer Muschel in der Hand wieder hoch. »Hab keine Schnapper gesehen«, sagt sie. Sie schöpft Wasser mit der Muschel und gießt es in ihre andere Hand. Sie will Helen zeigen, dass sie keine Angst hat.

Helen lächelt und bückt sich, bis sie mit dem Kinn das Wasser streift. »Das ist fast so, als würde man getauft. Also, wie ist dein Name?«

»Sei nicht albern.«

Helen klatscht mit den Händen aufs Wasser und produziert eine Gischtfontäne. »Wie ist dein *Name*?«

»Moll!«

»Und wer gab dir diesen Namen?«

»Ein weißer Mann.«

»Nein, du musst sagen: ›Meine Paten und Patinnen bei der Taufe.‹«

»Hab keine Paten.« Moll zieht sich aufs Ufer hinauf. Ihr helles Hemd ist braun vom Schlick. Ihr krauses Haar klebt am Kopf.

»Das musst du trotzdem sagen. Wenn du es den anderen beibringen willst, musst du es selbst lernen. So, ich bin jetzt deine Patin, und ich nenne dich Moll.«

Das Mädchen am Ufer bewirft das Mädchen im Wasser mit der Muschel. Helen sagt die nächsten paar Fragen auf und läuft dann zu einem halb im Sand steckenden Ast, an dem noch ein Zweig mit grünen Eichenblättern wächst.

*

Es ist das Jahr 1771, und Long Ridge liegt am Rand des Sunds, holt sich von dort das Wasser für seine Mühle und erstreckt sich über Sumpfland und Niederungen bis zu einem Auwald. Aus den Kiefern dort wird Terpentinharz gewonnen. Das Haus hatte nur vorübergehend bewohnt werden sollen, aber Asa hatte die notdürftige Unterkunft seiner Vorfahren durch zwei weitere Flügel, eine klassische Fassade und eine ganze Reihe von Außengebäuden erweitert. Eine Treppe schwingt sich jetzt über dem Rübenkeller drei Meter hoch zu einer überdachten Veranda und einer großen weißen Tür; von dort sieht man das Meer. Schmale Stufen hinter dem Haus führen von der Dienstbotenküche zu dem, was Asa »die Äcker« nennt, wo kleinere Kiefern und Gehölz gerodet worden sind, um Platz zu schaffen für Wege zwischen den hohen Sumpfkiefern. Hier hätten Buben gespielt, wenn er Söhne gehabt hätte.

Asa war auf diesem Land geboren worden, als das Haus noch auf vier Pfählen ruhte und aus grob zusammengenagelten Brettern bestand, die nach und nach, wenn sein Vater Zeit hatte, mit Schindeln aus Zypressenholz verkleidet wurden. Seine Familie fällte Bäume und baute Schiffe und begann, den Grund und Boden zu erwerben, den Asa erben würde. Terpentin war das Geschäft der Zukunft. Dazu brauchte man nur ein paar eigene Haussklaven, der Rest wurde nach Bedarf angeheuert; auf diese Weise stieg Asa in die Reihen der Küstenplantagenbesitzer auf, ohne fürchten zu müssen, dass schwarze Hände nachts schlafende weiße Hälse durchschnitten. Seine Frau war eine Nachbarin gewesen, und damals hatte es ihn glücklicher gemacht, seinen Staketenzaun auch um ihr Land zu ziehen, als zum ersten Mal ihre Wärme auf seinem Hochzeitslager zu spüren. So wie er gesollt hätte, liebte er sie erst, als sie gestorben war. Aber beides, Land und Frau, haben zu seinem hohen Ansehen beigetragen, auf das er Wert legt.

An Werktagen schickt er seine Tochter zur hübschen Miss Kingston, die ihr Lesen und Rechnen beibringt. Helen trägt diese Fähigkeiten heim nach Long Ridge und erprobt sie an den Sklaven. Ihre Bildung wird seinen Status untermauern, und Asa hat genügend Alte Welt in der Neuen beobachtet, um zu wissen, dass der Anschein von Reichtum genauso wertvoll sein kann wie tatsächlicher Reichtum. Was ihren Überschwang und ihre Eigenwilligkeit angehen, ist Helen ganz das Gegenteil ihrer Mutter, die eine jener Frauen war, die eine gute Partie sind und auf eine leidenschaftslose Weise geliebt werden. Vielleicht hätte Helen ja etwas von dieser Zurückhaltung lernen können. Doch Helen hat nur Ersatzmütter: die Lehrerin, die Köchin, die Sklavin. Wenn schon keine Frau da ist, von der sie geliebt und in den Arm genommen wird, dann soll sie wenigstens eine Frau zum Herumkommandieren besitzen. An Moll wird sie immerhin lernen, Menschen stolz und verantwortungsvoll zu führen. Seine Tochter muss jedenfalls so weit gezähmt werden, dass sie einen Ehemann und Erben für sein Land findet, darüber hinaus macht er sich kaum Gedanken über ihre Eigenheiten.

*

Wenige Tage vor Weihnachten bekommt Helen Windpocken. Als ihre Haut sich zu röten beginnt, ist Asa gerade im Gemeindehaus in der Stadt und diskutiert mit den Gemeindeältesten über die Steuern. Der Kolonialbeamte von Beaufort ist vor Kurzem bei einem Schiffsunglück ertrunken, seine Frau konnte ihn nicht beerdigen, da seine Leiche nie gefunden wurde, und nun bitten die Ältesten Asa, den zweitreichsten Grundbesitzer, dessen Posten in einem Büro in New Bern zu beziehen und ihre Interessen zu vertreten. Asa beteiligt sich zwar am

Aufbau der Nation, seine visionäre Kraft ist allerdings begrenzt. Er möchte seine Tochter so ausbilden, dass sie eines Tages seinen Enkelsohn gut erzieht und ein Mensch wird, an den der Enkel sich, wenn er erwachsen ist, mit Stolz und Freude erinnern wird. Asa hat keinen Zweifel, dass es diesen Enkelsohn geben wird. Er nimmt das Angebot der Gemeindeältesten an.

Als er zurückkehrt, liegt seine Tochter, die Arme schlapp ausgestreckt, vor Fieber glühend auf dem Sofa, während Moll aufgeregt hin und her springt, aus Angst, man könnte sie bestrafen.

»Was soll das?«, fragt er, will Helen die Stirn fühlen, zuckt aber zurück, bevor er sie berührt.

»Moll behauptet verhext«, sagt Helen. Moll steht jetzt brav und still mit gesenktem Kopf vorm Kamin.

»Wir lassen Stevens holen.« Er sieht sich nach einer Decke für seine Tochter um. »Mrs. Randolph?«

»Sie macht gerade die Wäsche«, sagt Helen.

Mrs. Randolph hat selbst eine Familie, alle flachsblond, hinter den Feldern, wo die Leute aus der Stadt ihren Reis anbauen. Bei der Arbeit rollt sie die Ärmel bis über die Ellbogen hoch, und wenn sie, über einen Topf oder ein Regal gebeugt, mit geschürzten Röcken auf einem Stuhl sitzt, kann Asa ihre Waden über den schlaff heruntergerutschten Strümpfen sehen. Sie ist nur die Frau, die Helen satt und sauber hält, kein Ersatz für seine Ehefrau.

Er findet sie hinterm Haus, wo sie in dem kleinen Garten, der im Winter abstirbt, über einem Eimer mit Seifenlauge kniet und mit den Händen auf eine Reithose eindrischt. *Seine* Reithose. Sie berichtet, was sie unternommen hat – Branntwein und etwas Weidenrinde – und sagt, ihre Kinder hätten schon genau dasselbe gehabt, und sie würden alle noch leben. »Bis auf Betsy und den kleinen Andrew, aber die hatten keine Windpocken, Sir.«

Asa ringt die Hände hinter seinem Rücken und nickt. »Ich werde Moll nach Stevens schicken.« Es ist nicht einfach, so viele Frauen auf seinen Ländereien zu haben.

Mrs. Randolph mit ihren von der beißenden Kälte geröteten Armen lächelt ihn wieder auf diese schlichte, mütterliche Weise an, die ihn im Innersten trifft. Er geht.

Als Stevens abends kommt, liegt Moll, müde vom Lauf in die Stadt, auf dem Wohnstubenboden, den Kopf auf Helens zugedeckten Beinen. Beide Mädchen schlafen. Die zwei Männer beratschlagen flüsternd vor dem Kaminfeuer, das knackende Funken sprüht. Der Doktor schüttelt beruhigend den Kopf; keine ernsthafte Gefahr. Er verordnet Ruhe, dazu abwechselnd Hitze und Kälte, was die Krankheit und eventuell dafür verantwortliche Teufel verwirren soll. Asa drückt ihm die Hand und begleitet ihn die Vordertreppe hinunter, an deren Fuß Stevens' Pferd tänzelt.

Er trägt Helen hoch in das Zimmer, das sie sich mit dem Sklavenmädchen teilt. Sie ist ruhig und nicht unglücklich. Sie lässt ihre Hand auf Asas Arm liegen, als er sie aufs Bett legt. Eine Puppe aus getrocknetem Stroh mit einer geflochtenen Taille liegt auf dem Kissen neben ihr. Sie passt in Asas Hand.

»Die hat Moll gemacht«, sagt Helen.

»Für dich?«

»Ich darf manchmal mit ihr spielen. Du kannst sie auf die Frisierkommode legen.«

Diese Art von Beziehungen müssten eigentlich von Frauen in die richtigen Bahnen gelenkt werden; die Mütter sind es, die den Sklaven ihren Platz zuweisen. Er fürchtet, es liegt an ihm, dass irgendwie alles aus dem Ruder läuft.

*

Am nächsten Morgen ist Helens Röte etwas abgeklungen, und es geht ihr so gut, dass sie wieder nach unten getragen werden kann, wo sie mit Moll am Fenster Rommee spielt. Helen lehnt die Wange an die Scheibe, um die Luft da draußen zu spüren.

»Was würdest du gern zu Weihnachten bekommen?«

Moll denkt nach, betastet ihre Karten. Sie hält sie an ihren Mund und knibbelt an den Ecken.

»Hör auf!« Helen schlägt mit der Hand nach ihr.

Moll lässt die Karten wieder sinken. »Ich sage nicht, dass ich nicht schon immer ein gelbes Kleid wollte.«

»Du bist eitel.«

»Du hast eins«, sagt Moll.

»Und ich habe ein Recht darauf.«

Moll legt ihre Karten hin und verschränkt die Arme. »Du schenkst mir sowieso, was du willst. Hat also keinen Sinn, mir was zu wünschen.«

»Wie wär's mit einer kleinen Bibel nur für dich?«, fragt Helen.

»Und du liest sie mir vor?«

»Du kennst doch inzwischen selbst die meisten Buchstaben. Ach, komm, das kannst du doch längst.« Helen fächelt sich Luft zu, während Moll erneut ihre Karten durchsieht und langsam einen Buben auswählt, den Helen sich nimmt, kaum dass er auf dem Tisch liegt.

Am Weihnachtstag ist die Krankheit verschwunden, und Helen freut sich über ihre gesunde Haut. Die wenigen Sklaven versammeln sich an der hinteren Treppe und rufen *Weihnachtsgeschenke*, und Helen bringt ihnen Stoff und Orangen. Ein älterer Mann spuckt ins Unkraut.

Danach, im Haus, packt Helen einen Wollmantel und einen Roman von ihrem Vater und eine Schürze von Mrs. Randolph aus. Sie hat mit rosa Garn den Namen des Mädchens darauf gestickt, die Buchstaben hat sie von Helens Schulheften abgeschaut. Später, als Mrs. Randolph und Moll in der Küche Geschenke austauschen, erklärt Helen ihrem Vater, sie lese keine Romane.

»Dieser hier soll aber sehr moralisch sein. Der Autor erzählt von seinen Reisen, und ich dachte, das würde dir Freude machen.«

»Ich habe die erste Seite gelesen, und sie kommt mir albern vor«, sagt Helen. Sie ist zehn Jahre alt, kein Kind mehr.

»Du entscheidest. Nur Gebete sind aber sicherlich –«

»*Nur* Gebete, Papa? Es gibt doch nichts Besseres; das sagt jedenfalls Miss Kingston. Wenn ich mich selbst und all die Neger retten will, muss ich auf dem rechten Weg bleiben.« Sie reicht ihm den Roman mit spitzen Fingern, als hielte sie eine tote Kröte. »Du tätest gut daran, auch auf den Ruf des Herrn zu hören.«

»Der Herr spricht nicht mit mir, mein Kind.«

»Der Tag wird kommen, da werden die Tauben hören die Worte des Buches. Jesaja.«

Asa fragt sich, ob er seine Tochter nicht doch lieber aus der Obhut von Miss Kingston nehmen sollte.

In ihrem Zimmer faltet Helen ihren neuen Mantel zusammen und legt ihn in den Schrank neben die Bibel mit den vergoldeten Ecken, die ihrer Mutter gehört hat. Sie versteckt sie unter ihren Miedern, damit Moll sie nicht stiehlt. Sie stellt sich gern vor, wie ihre Mutter mit schlanken Fingern im Evangelium blätterte, oder vielleicht waren ihre Finger auch plump, aber mit Sicherheit haben sie Spuren auf den Seiten hinterlassen. Miss Kingston ist eigentlich gar nicht so fromm, aber sie hat den Mädchen einmal erklärt, Gott sei eine Frauensache, und das leuchtete Helen ein. Es waren die Frauen, die starben.

Mrs. Randolph hat den Schinken geräuchert, aber Helen trägt ihn auf, und ihr Vater und sie essen allein am Tisch.

Am Nachmittag leitet Helen einen Gottesdienst in der Hütte, ein paar Sklaven nehmen teil und lutschen ihre Orangen. Sie hat den kleinen Tisch, der als Altar dient, mit grünen Kiefernzweigen und Efeuranken geschmückt. Sie betont, es sei wichtig, freundlich zu sein, weil Jesus es war, und als sie erwähnt, heute sei sein Geburtstag, sind einige Gemeindemitglieder überrascht. Sie stimmt ein Lied mit ihnen an, das sie teilweise auf Latein singt, um ihre Zuhörer zu beeindrucken. Sie murmeln irgendwie mit. Helens Eifer ist sicherlich ansteckend. Als das Feuer verlöscht, gehen alle, und für Helen ist es ein guter Tag. Es gibt immer Seelen zu retten.

Am Abend kleidet Moll sie in grüne Seide für einen

Weihnachtsball bei einem Nachbarn, wo sie stets der jüngste Gast ist. Die anderen Mädchen ihres Alters tragen schlichtes Weiß und kennen sich nicht in Plantagenverwaltung aus. Sie haben Vater und Mutter, die ihnen abends, lange bevor Helen zu Bett geht, einen Gutenachtkuss geben.

Moll fragt, ob sie mitdarf, und Helen gibt ihr einen Klaps auf den Hintern. In der anschließenden Verfolgungsjagd wird ein seidener Ärmel zerrissen, und Mrs. Randolph flickt ihn rasch bei Kerzenlicht, bevor die Kutsche kommt. Moll isst einen Keks mit Zuckerguss und tritt Helen, deren Arm wegen Mrs. Randolphs Nadel zum Stillhalten verdammt ist, unter dem Tisch.

Miss Kingston erscheint auf dem Ball in Taft, und die beiden tanzen miteinander, mit einer kurzen Pause unter einem Mistelzweig. Errötend küsst die Lehrerin das Mädchen auf die Stirn.

In dieser Nacht liegen die beiden Mädchen zusammengerollt wie Katzen beieinander, und Helen sagt zu Moll, wenn sie eine Dame sei, werde es in ihrem Bett keinen Platz mehr für eine Sklavin geben. Miss Kingston tanzt ihr durch den Kopf und hinter ihr der Geist ihrer Mutter, im selben Takt.

»Und wann wird das sein?«, fragt Moll. Ihre Augen sind geschlossen, sie schwebt schon zwischen Traum und Wachen.

»Ich glaube, sehr bald.«

*

1778 ist Helen sechzehn. Zu ungeschickt, um eine Muskete zu führen, und zu stolz, sich zu Hause zu verstecken, verbringt Asa jetzt häufig mehrere Wochen hintereinander in New Bern und wartet auf die Briten. Seine Teilnahme an den Provinz-Kongressen verpflichtet ihn zu Patriotismus, obwohl er eigentlich ein treuer Anhänger des Königs ist. Das Terpentingeschäft blüht, seine Tochter führt inzwischen die Bücher; sie hat seinen Hang zur Genauigkeit geerbt. In dem luftigen Regierungssaal verfolgt er mit halbem Ohr die Argumente für neue Abgaben und blickt dabei durch die Fenster, die auf ein blühendes Hartriegelwäldchen hinausgehen. Asa malt sich ein Gouverneursamt aus, falls der Einsatz der jungen Männer erfolgreich ist, oder einen festen Posten, der seiner Neigung zu Organisation und Kontrolle entgegenkommt. Vielleicht wird er Straßen bauen, von Wilmington tief ins Landesinnere, von der Küste bis zu den bergigen Ausläufern der Cherokee.

Es müssen rasch Entscheidungen für Helen getroffen werden. Als die jüngeren Delegierten ein weiteres militärisches Engagement vorschlagen, plädiert Asa für Einfachheit und Schnelligkeit. Der Krieg stört die Stabilität. Allein in Beaufort gibt es inzwischen kaum noch Männer im heiratsfähigen Alter. Die Stadt entwickelt sich zu dem, was Long Ridge im Kleinen ist. Denn wenn er zwischen den Sitzungsperioden nach Hause zurückkehrt, ist es, als dringe er in eine Frauenwelt ein. Da ist die Lösung für die Sklavin seiner Tochter einfacher: Cogdell, sein Nachbar und Herr über eine Reisplantage, besitzt einen geschickten jungen Sklaven, der ein wenig Disziplin nötig hat. Der Mann war wegen der Beteiligung an einer Verschwörung bestraft worden, sein Nutzen als Schmied hatte jedoch schwerer gewogen als die potenzielle Gefahr, die von ihm ausging. Nichts kann einen Mann so zähmen wie eine Frau. Eine Verbindung der beiden wird auch Moll zügeln, die wegen Helens Nachsicht immer eigensinniger wird.

Er schließt die Augen gegen die blendende Sonne. Er hat festgestellt, dass sein Körper mit zunehmendem Alter öfter Ruhe braucht, sein Geist dafür aber größere Ausflüge unternimmt. Auf denen begegnet er häufig seiner Frau. Gestaltlos, reglos, stumm. Ihr Chaos ist zum Schweigen gebracht. Asas eindringlichstes Bild von ihr ist das letzte: Er wurde damals vom Geburtszimmer ferngehalten, genauer gesagt, er hielt sich selbst fern und pflückte am Nachmittag im hinteren Garten Äpfel, bevor der Sturm sie sich holen würde. Der graue Himmel hing tief, und fast alle Vögel waren fort. Ein einzelner Schmetterling taumelte noch zwischen den Salbeibüschen, und sein Orange leuchtete in der Düsternis. Asa konnte hören, wie die Wellen ins Sumpfland krachten. Die Sklaven waren aus dem Kiefernwald verschwunden. Weil ihr Schwatzen und das Geschrei der Seevögel ausblieben, hörte Asa plötzlich sogar das hohe Wimmern seiner neugeborenen Tochter, seines ersten Kindes, das das Säuglingsalter überleben würde, und des letzten, das ihm geboren wurde. Sie waren vier Jahre verheiratet gewesen, zwei Kinder waren gekommen und wieder gegangen, ehe er sich endlich als Vater fühlen konnte. An diesem Tag goss es in Strömen, und als der stürmische Regen Asa schließlich ins Haus zurücktrieb – die Äpfel rollten ihm aus dem Korb –, war seine Frau schon nicht mehr auf dieser Welt. Sie hatte Zuflucht bei den Drosseln und den Möwen gefunden, hatte sich in eine dunkle Ecke zwischen die Sklaven gequetscht, war in die schützende Dunkelheit hinausgezogen und hatte den Wind ihre Seele forttragen lassen. Eine Ulme auf dem östlichen Rasen stürzte um, ihr Wipfel streifte das Dach. Die Hebamme und der Arzt drängten sich um das schreiende Kind und brachten es in Sicherheit. Die Mutter blieb liegen, schlaff und verschwitzt; ihr Körper würde geborgen werden, sobald das Unwetter vorüber war.

Nicht Asa, sondern ein Sklave hatte es dann getan, hatte seine Herrin geholt und sie, in ein Tuch gehüllt und immer noch feucht, zum Wundarzt gebracht, dessen Sohn Särge aus Kiefernholz baute.

Der Tod ist nichts Ungewöhnliches. Asa hatte vor Helens Geburt drei Brüder und zwei neugeborene Söhne verloren. Seine Eltern waren lange tot, seine Frau lag mit den Frauen anderer Männer unter der Erde. Dieser Krieg wird weitere Tausende fordern. Körper waren schwach, nur Fleisch und Gedärme. Die Menschen sollten darüber staunen, dass sie überhaupt am Leben sind. Asa öffnet zufrieden die Augen. Die Versammlung hat beschlossen, die Frauen um selbstgewebte Stoffe zu bitten, und Asa ist einverstanden. Die Hartriegeblüten werden von einer Bö hochgewirbelt.

*

Helen hockt hinter dem Altar in Cogdells Hütte und hält sich mit den Händen an den Tischbeinen fest. Moses, zwanzig Jahre alt, muskelbepackt und kreuz und quer mit Narben übersät, schleudert seine Bibel über ihren Kopf hinweg gegen die Wand. Das Buch fällt wie ein erschossener Vogel mit aufgeblätterten Seiten auf den Boden. Sie schließt die Augen und sagt, sie werde ihn für seinen Ungehorsam verprügeln lassen. Als sie die Augen wieder öffnet, ist er fort. Sie unterrichtet ihn in christlichem Betragen und tut das schon, seit sie ein kleines Kind ist.

Wieder sicher auf heimischem Boden, trifft sie auf Moll, die den Sonntag am Sund verbringt und mit den Füßen im salzigen Schlick steht. Sie hat ein gekochtes Ei halb in der Hand, halb im Mund. Nach der Schneeschmelze im Frühling hat sich ein starker Geruch nach Verwesung eingestellt. Noch ein Monat, und Long Ridge wird wieder frischer riechen, grün und neu. Helen zieht Schuhe und Strümpfe aus und watet ins kalte Wasser. Sie hebt ihre Röcke, um sie trocken zu halten.

»Ich hab ihm erklärt, was Vater befohlen hat.«

»Du kannst sagen, was du willst, hier heiratet keiner keinen«, sagt Moll.

»Das hat nicht er zu entscheiden.«

»Hat er dir auch von dem Mädchen erzählt, das er schon hat? Mit Kind im Bauch?«

»Ich bin die Verwalterin, solange Vater weg ist.« Frühlingsträge Fische küssen ihre Füße.

Moll wirft das Eigelb in den Fluss und lutscht ihre Finger ab. »Ich sehe keinen, der *dich* an einen Fremden verkuppelt.«

»Weil ich es nicht *zulasse*!« Helen spritzt mit dem Fuß Wasser gegen das Ufer.

Moll antwortet nicht, trocknet sich aber langsam die Arme mit ihrem Rock.

Helen ist über ihren Wutausbruch erschrocken. Der macht sie nicht besser als Moses. Sie ist stolz auf ihr maßvolles Herz, denn dazu hat es Jahre der Übung bedurft. Moll wird lernen müssen, genau wie sie selbst gelernt hat. Sie beruhigt sich und blickt ihre Freundin wieder mit geglätteter Stirn an. »Wenn du Plantagenverwalterin wirst, Moll, kannst du machen, was du willst.«

»Aber bis dahin soll ich Kinder werfen.«

»Das machen wir doch alle. Du bist verwöhnt.«

Moll wartet, ob Helen die Absurdität ihrer Behauptung bemerkt und sie zurücknimmt. Das tut sie nicht. »Gott wird dich dafür hassen«, sagt Moll.

Helen lässt ihren gerafften Rock fallen und schlägt Moll sanft ins Gesicht. Sie watet ans Ufer zurück und wringt ihr nasses Kleid aus. Die beiden Mädchen tragen ihre Schuhe zum großen Haus und stellen sie dort auf die Hintertreppe, damit Mrs. Randolph sie putzt.

Helen isst schweigend ihr Abendbrot, allein. Mit der einen Hand löffelt sie Kaninchensuppe, mit der anderen geht sie die jüngsten Rechnungen für Mehl, Baumwolle und Kaffee durch. Sie muss im Voraus die Fracht für die Schiffe bezahlen, die das Terpentin in Fässern zum Verkauf nach Neuengland und in die Karibik transportieren. Nachdem sie zudem eine Stunde mit ihrer Handarbeit und eine weitere mit der Lektüre über das »Voranschreiten der Sünde«, herausgegeben von der Gesellschaft zur Verbreitung von Traktaten, verbracht hat, zieht sie sich aus und kriecht allein ins Bett. Moll verbringt seit einiger Zeit immer mehr Nächte woanders. Helen weiß nicht, wohin sie geht, was für Freunde oder Liebhaber sie hat, aber sie ärgert sich über Molls Fortbleiben. Sie ärgert sich, weil sie selbst so unbeweglich wie eine Topfpflanze ist. Doch wohin sollte sie denn gehen, wenn sie könnte? Indem sie Moll in eine Ehe zwingt, sorgt sie dafür, dass sie beide am selben Ort bleiben, dort, wo sie verwurzelt sind. Sie weiß nicht genau, ob das unfreundlich von ihr ist.

Helen konzentriert sich auf eine Zeile aus ihrer Lektüre – *ein guter Baum kann keine böse Frucht hervorbringen* – und wiederholt den Satz so lange, bis er in einem Durcheinander aus Tageseindrücken verschwimmt. Moses und Moll und die Frühlings-Elritzen. Der Brief ihres Vaters, die Stimme ihrer Mutter. Ihr eigener Hochzeitstag. Die läutenden Glocken.

*

Am nächsten Morgen besucht Helen die Kiefernäcker, wo der Frühlingssaft schießt. Zwei Männer lösen Rinde von den Kiefernstämmen und hinterlassen sie bleich und nackt; ein dritter folgt ihnen und schnitzt eckige Kerben in das rohe Holz. Ihr Vater nennt die Bäume katzengesichtig. Der Saft sickert in langsamen Fäden aus diesen Kerben. In einem hölzernen Trog wird das Harz aufgefangen, aus dem die Destillerie dann Terpentin machen wird. Der Wald ist hundertzwanzig Zentimeter oberhalb des Erdbodens nackt, mehr als ein Meter weiße Haut, bevor die Stämme sich wieder in Rinde hüllen. Helen hütet sich davor, mit dem Finger über die glitzernden Einschnitte zu streichen.

Ist unter diesen Männern irgendeiner, den Moll gern heiraten würde? Sie schaut zu, wie sie ihre Messer in die Rinde treiben, die Rücken nass in der Sonne. Für einen Moment erlaubt sie sich die Vorstellung von Händen, die sie selbst umfangen, dann fragt sie den Vorarbeiter, ob Moses heute auf der Plantage arbeite. Der schüttelt den Kopf, ohne sie anzublicken. Männer aller Hautfarben sind Tiere.

Ihr Rocksaum ist schon schmutzig, als sie jetzt den Wasserlauf überquert, der Long Ridge von Cogdells Farm trennt. Die Hütte, ihre Kirche, ist leer. Ein vertrockneter Zweig liegt noch von Weihnachten in der Ecke. Sie zerreibt die Kiefernnadeln zwischen den Fingern und riecht daran. Wahrscheinlich hat sie keine einzige Seele gerettet. Die Männer und Frauen, die auf diesen harten Bänken sitzen, suchen nur ein schützendes Dach. Es war reine kindliche Arroganz, die sie diese Gemeinde hat gründen lassen, kein Missionierungsauftrag. Diese Menschen haben ihr eine Gunst erwiesen. Aber wer erweist ihnen jemals eine Gunst? Man kann diesen Raum nicht heizen, und dennoch kommen sie, selbst im Winter. Es geht um Ruhe, Momente der Freiheit. Sie kommen hierher, um allein mit ihren Gedanken zu sein, während sie, Helen, sie dazu bringen möchte, über Gemeinschaft nachzudenken. Gott ist nur das Fehlen einer Peitsche.

Sie wirft den verdorrten Zweig zur Tür hinaus und geht nach Hause.

*

Die Hochzeit findet im Sommer statt, unter der einsamen Eiche, die über dem Rasen thront, so krumm und schief, wie der Wind aus Osten sie geformt hat. Moll fühlt sich fremd in dem gelben Leinenkleid mit den zwei Unterröcken, sie hält einen Goldrautenstängel in der Hand, den sie hinten im Garten gepflückt hat; niemand sonst hat daran gedacht. Ein Gemeindeältester der St.-Paulus-Kirche mit dem baufälligen Dach tritt vor dem Paar ungeduldig von einem Fuß auf den anderen und murmelt die Litanei. Helen dankt ihm mit einem Stück von der Hochzeitstorte, er verbeugt sich und macht sich mit dem krümelnden Stück in der Hand sofort auf den Rückweg in die Stadt. Asa ist nicht da, er begleitet eine Ladung Holz zu dem neu errichteten Fort am Cape Lookout, elf Meilen weiter südwärts. Er hat Helen in jeder Hinsicht freie Hand gelassen, und so hat sie zwischen die Außengebäude hinter dem Haus weiße Musselinfahnen gespannt, und da sitzt eine kleine Band und spielt auf, und ein paar ihrer Schüler aus ihrer Kirche versammeln sich stumm. Sie fordert Fröhlichkeit, und die Frischvermählten kommen ihrem Wunsch mit einem Kontratanz nach. Eine alte Frau beginnt, in die Hände zu klatschen, während zwei Männer sich davonschleichen, zurück zu ihrer Sonntagsruhe.

Helen schneidet Mrs. Randolphs Kuchen an und serviert ihn den Sklaven auf Porzellantellern. Mehrere Gäste setzen sich auf den Boden, um ihre Untertassen sicher abzustellen. Einige sprechen in einer dunkel klingenden Sprache, die nicht Englisch ist. Helen hat Miss Kingston eingeladen, die mit ihrem Galan kommt; sie werden nach der Feier zu dritt speisen. Der junge Mann ist aus Wilmington und lehnt ein Stück Kuchen ab, weil er es für Negeressen hält. Während er sich auf die Suche nach der Haushälterin macht, die ihm seine Stiefel säubern soll, fragt Helen Miss Kingston, ob sie nicht auch heiraten möchte.

»Frederick?« Sie schleckt den Zuckerguss anmutig von den Zinken ihrer Gabel. »Meine Liebe!«

Die Frauen lehnen an der Treppe, und das sonnenwarme helle Holz wärmt sie durch ihre Kleider hindurch. Helen geht kaum noch zur Schule, seit sie wichtigere Dinge zu tun hat; als Verwalterin der größten Terpentinplantage der Stadt hat sie sich Anerkennung und gewisse Vertraulichkeiten verdient.

»Ist das ein glückliches Paar?« Die ältere der beiden Frauen zeigt auf Moll und Moses, die ein paar Schritte entfernt stumm auf einer Bank sitzen.

»Gewiss glücklich in Gottes Augen«, erwidert Helen. »Pflicht erfüllt.«

»Mr. Foushee kann sich glücklich schätzen«, sagt Miss Kingston. Obwohl sie schon fast dreißig ist, neigt sie dazu, ihre Position herauszustreichen.

»Seien Sie froh, dass er nicht kämpfen muss.«

Miss Kingston antwortet nicht, und Helen bemerkt ihren Schnitzer. Es gibt hier eine unausgesprochene Scham, um die die Frauen herumschleichen. In diesen Zeiten wird ein Mann ohne Gewehr kaum für einen Mann gehalten.

Helen nimmt Miss Kingstons Arm und führt sie zu einem kleinen Pavillon, von dem ihre Mutter geträumt und den ihr Vater nach deren Tod gebaut hat. Sie setzen sich auf die leicht verzogenen weißen Bretter, streichen ihre Röcke glatt und ordnen ihre Zöpfe. Miss Kingstons Spitzenkäppchen ist zur Seite gerutscht, und Helen rückt es ihr wieder gerade. »Als Mädchen habe ich hier gespielt«, sagt sie; sie fühlt sich schläfrig und matt. Es war nicht einfach, die Hochzeit allein auszurichten, und von Moll kann sie keinen Dank erwarten.

»Wann warst *du* denn ein Mädchen?«, fragt Miss Kingston. »Du hast doch, seit du zum ersten Mal das Schulhaus betreten hast, uns alle kommandiert.«

Helen lächelt, versteht es als Kompliment, obwohl es vielleicht gar nicht so gemeint war. »Ich glaube, man übernimmt einfach einen Posten, der darauf wartet, besetzt zu werden.«

»Ich habe dich immer bedauert, Helen, weil du keine Mutter hast, obwohl ich nichts in dir entdecken kann, was von diesem Mangel zeugt. Wenn ich mir etwas für dich wünschen könnte, dann wäre es ein kleines bisschen Träumerei.« Durch die Wand aus Clematisranken können die Frauen sehen, wie das Meer sich am Ufer bricht, die trägen Atemzüge des Ozeans erreichen sie als leises Rauschen. »Einige Neger können inzwischen lesen. Vielleicht solltest du dafür sorgen, dass sie es den anderen beibringen. Und jetzt, wo Moll einen Mann hat, kannst du dich doch darum bemühen, deinen eigenen Weg als Dame und als Christin zu finden. Sie müssen lernen, dich zu fürchten.«

Ungeduldig steht Helen auf, merkt, dass ihr Rock sich in Holzsplittern verfangen hat, und zerrt am Stoff. »Ich bin mehr als dankbar für Ihre Führung und Ihren Unterricht, und ich wünsche Ihnen und Mr. Foushee jedes erdenkliche Glück, aber meinen Weg kenne ich schon.

Die Notwendigkeit und die Gnade Gottes haben ihn mir vorgezeichnet. Ich mag mein Leben vielleicht als alte Jungfer beenden, doch die Plantage wird davon um so mehr profitieren, und auch der Himmel bekommt seinen Teil.«

Miss Kingston tritt aus dem Pavillon und spannt ihren Sonnenschirm auf. »Eine alte Jungfer? Dann wird deine kleine Farm später versteigert werden und parzelliert an Freisassen verkauft.«

Im Schatten der dichten Kletterranken fröstelt es Helen plötzlich.

Mit glänzenden Stiefeln kommt Frederick aus dem Haus, klopft mit seinem Stock den Rhythmus des Fiedlers und tut so, als suche er nicht nach seiner Begleiterin. Miss Kingston entdeckt ihn, legt eine Hand auf seinen Arm und schenkt ihm einen dankbaren Blick.

*

Helens Schuhe hallen laut in der Sklavenhütte, die eigentlich nur eine Bretterschachtel ist. Die Wiege, die sie mitgebracht hat, macht das Zimmer noch kleiner. Eine leere Wiege in einer leeren Wohnung.

»Nimm dir doch wenigstens einen Läufer aus unserem Haus.«

Moll bückt sich und zieht an einem losen Dielenbrett. »Was ich brauche, kann ich selber machen«, sagt sie. Moses fehlt bei der Hauseinweihung.

Helen wartet auf Molls Wut. Sie wird jetzt fragen, wieso Helen nichts unternommen hat, um diese Heirat zu verhindern, und sie stattdessen in einer Hütte mit einem

Fremden allein lässt. Sie selbst wäre entsetzt, wenn man so mit ihr umspringen würde, aber was soll sie sagen? Die Geschicke der Menschen um sie herum werden höheren Orts entworfen, und sie hat gelernt, darauf zu vertrauen. Wenn sie jetzt zu zweifeln begänne, wenn sie sich mehr auf das Unglück als auf die Pflicht konzentrierte, würde sie womöglich erkennen, wie verletzlich ihr eigenes Leben ist. Es tut weh, die Menschen, die man liebt, unglücklich zu sehen, und letztendlich hat sie keine Garantie, dass Gott seine Versprechen hält. Trotzdem erklärt sie Moll, sie solle durchhalten, so wie sie selbst es tue. Wir warten doch alle auf Erlösung, wie immer die auch aussehen mag. Und ist die Welt denn nicht, alles in allem, wunderschön ausgedacht? Kann sie denn nicht tief in die Vergangenheit zurückgehen, all die Generationen zählen, die gelebt und Leben gezeugt haben, bis ganz hinunter zu Adam persönlich? Wenn diese Heirat ein Übel ist, dann, so hofft sie, nur ein kleines.

Helen geht hinaus auf die Veranda, wo ihr das Atmen leichter fällt. Eine alte Frau kehrt mit leerer Kanne von den Feldern zurück. Sie blickt nicht zu Helen, sondern hat den Kopf in den Nacken gelegt, als suche sie den Himmel nach Erzengel Gabriel persönlich ab.

Auch Helen hat ihren Anteil an kleinen Übeln ertragen müssen. Immerhin wuchs sie mutterlos auf. Würde sie das ändern, wenn sie könnte? Sie setzt sich auf den Rand der Veranda, streift mit den Füßen das Gras. Würde sie Gott darum bitten, ihr eine Mutter zu schenken? Eine Mutter, deren Hand die Haare des Mädchens durchkämmt und Filzknötchen entfernt. Die Helen an jedem Scheideweg ihres Lebens mit ihrem Rat zur Seite steht.

Asa hat Helen nicht viel von ihrer Mutter erzählt, und also ist das, was sie sich ausmalt, Märchenstoff. Der einzige Gegenstand, den sie von ihrer Mutter besitzt, ist ihre Bibel; als sie lesen lernte, hat sie Gottes Wort in die Stimme ihrer Mutter übersetzt. Der Glaube war ihr Vermächtnis. Wenn sie sich die Frau vorstellt, die sie zur Welt gebracht hat, dann sieht sie Maria und Martha und Ruth und Esther vor sich.

Sie spürt eine Hand auf ihrem Kopf.

Moll versetzt ihr zwei zarte Klapse, und Helen weiß nicht, ob sie strafend oder beruhigend gemeint sind. »Gib mir einen von deinen hübschen Besen«, sagt sie.

»Ist das alles, was du möchtest?«

»Ich hätte nichts dagegen, wenn ich auch ein Wörtchen dabei mitzureden gehabt hätte, mit wem ich mich ins Bett lege.«

Helen nickt. Sie stützt ihr Kinn in die Hände und nickt. Die Menschen wollen immer das, was sie nicht bekommen. Und das ist keine Sünde, sondern Ausdruck von Hoffnung.

Was, wenn Gott uns in die Welt gestellt hätte, um zu kämpfen, und nicht, um uns zu fügen? Gründet sich die Liebe nicht auf ebendiese unmögliche Hoffnung?

Als Moll sich neben sie setzt, legt Helen den Arm um sie. Moll reagiert nicht auf die Umarmung, sondern wartet ab. Helen gräbt ihre Finger in Molls Rücken.

Am nächsten Sonntag steht sie vor drei Reihen schwarzer Gesichter und erzählt ihnen die Geschichte vom Guten Hirten. Sie erinnert die Gemeinde daran, dass Gott jede Seele seiner Herde liebt, dass er, mag eine Frau auch eine schwere Bürde zu tragen haben, sie nicht im Stich lässt, sondern suchen und finden wird. Helen bittet Moll, vorzulesen.

Moll geht nach vorne und schlägt ihre Bibel auf. Die Sklaven, die lesen gelernt haben, folgen den Worten in ihren Bibeln mit dem Finger.

»Welcher Mensch ist unter euch«, zitiert sie, »der hundert Schafe hat und, so er der eines verliert, der nicht lasse die neunundneunzig in der Wüste und hingehe nach dem verlorenen, bis daß er's finde?« Sie blickt hoch, und Helen nickt. »Und wenn er's gefunden hat, so legt er's auf seine Achseln mit Freuden.« Moll schließt das Buch, legt es auf den Altar und verlässt die provisorische Kirche.

*

Mit achtzehn hat Helen schon zwei Verehrer abgewiesen, der eine war gerade erst aus dem Krieg zurückgekehrt, einbeinig. Asa stellte ihr die Männer vor. Mit beiden hatte sie nacheinander in der Wohnstube gesessen, und Mrs. Randolph, deren Kinder allmählich auch verheiratet werden müssen, brachte ihnen ein Tablett mit Gebäck. Von seinem Schreibtisch auf der anderen Seite der Diele aus konnte Asa hören, dass Helen höflich und aufmerksam war. Er sah, wie sie die Briefe der Männer hinter dem Haus in einem Eimer verbrannte.

Nachdem Helen – die vermutlich eher wegen ihres Reichtums umworben wird, denn aus echter Zuneigung – den zweiten Besucher entlassen hat, sagt sie ihrem Vater gute Nacht und schleicht sich die Hintertreppe hinunter, läuft durch den langgestreckten Garten und weiter über den Bach. Das sieht Asa aus seinem Fenster. Moll schläft jetzt auf Cogdells Plantage in der Hütte ihres Mannes, die sich zwischen die Hütten der anderen Sklaven drängt. Sie ist mittlerweile eher ein Hausmädchen als eine Gefährtin. Asa weiß, dass seine Tochter sie in manchen Nächten immer noch aufsucht, um mit ihr zu reden. Das sind die Momente, in denen er überlegt, ob er mit seiner Tochter nicht in eine richtige Stadt ziehen sollte, eine mit mehr als einer Handvoll Austernhändler und halbherziger Farmer. Aber wenn er sein Reich verlassen muss, um seine Tochter zu verheiraten, zu was ist sein Reich dann nutze? Er baut doch etwas Dauerhaftes auf. Sogar die Kiefernfarmen im Norden schicken inzwischen schon ihr Harz in seine Destillerie.

Ein Regiment aus Männern der Umgebung kehrt für den Sommer nach Beaufort zurück, um die Verteidigungsanlagen am Sund zu verstärken. Das Fort im Süden bei Cape Lookout ist verwaist, weil es an Mitteln und Munition fehlte, und die Befehlshaber der Kontinentalarmee wissen um die Verwundbarkeit der Küste. Angesichts der Neuankömmlinge ist Asa jetzt zuversichtlicher, dass er einen Ehemann für Helen finden wird. Ein potenzieller Kandidat muss nicht viel mehr mitbringen als Anstand. Ein Vermögen besitzt Helen selbst.

Asa legt seine Rechnungen beiseite. Draußen vorm Fenster imitieren die Sterne das Flackern seiner Kerze. Er ist jetzt älter, als sein Vater es jemals wurde.

Ein Brief von seinem Freund, Colonel Ward von der Carteret-County-Miliz, enthält ein paar nützliche Namen von Junggesellen mit gutem Charakter, obgleich Asa und der Colonel zu alt sind, um Ehen zu stiften. Helen ist in den Jahren seiner häufigen Abwesenheit doch recht eigensinnig geworden, und einem ganz normalen Mann wird sie womöglich nicht gefallen. Es ist gar nicht so verkehrt, dass sie sich von Romanen ferngehalten hat.

Morgen wird er William Dennis' Mutter aufsuchen, eine Witwe, die einen Besucher mit einer kleinen Tüte Kaffee und Neuigkeiten aus der Gemeindeversammlung nicht abweisen wird. Natürlich haben all diese Soldaten ihre Liebchen, aber Asa ist objektiv genug, um die Schönheit seiner Tochter hoch zu veranschlagen. Er sollte wirklich ein Porträt von ihr anfertigen lassen, das die braunen Locken und den kleinen geschwungenen Mund festhält, bevor sie verblüht. Er wird mit der Witwe über das Wetter und den Krieg reden, und er wird Helens fromme Dienste und ihre Gesundheit erwähnen; Witwe Dennis wird ihren kriegsmüden Sohn auf die Vorteile einer solchen Verbindung hinweisen. Der Same ist leicht gelegt – schwieriger ist die Ernte.

Asa verweilt bei seinem Plan wie ein Mann auf einem Floß; so wird er vor tieferen Wassern bewahrt. Als er schließlich die Kerze ausbläst – das tropfende Wachs ist zu einem Kontinent zusammengeflossen –, hat er den nächtlichen Spaziergang seiner Tochter vergessen und freut sich auf sein Bett.

*

Im Sommer 1780 sind die zerlumpten Regimenter von North Carolina nur noch ein Schatten ihrer selbst. Und die Soldaten aus Beaufort sind ebenso beschämt wie erleichtert darüber, dass sie für Pionierarbeiten in ihre Küstenheimat zurückkehren. Ihre Waffenbrüder haben Charles Town an die Briten verloren, und sie selbst fühlen sich wie Jungen, die gegen Männer spielen. Einige sind im Gasthaus untergekommen, andere bei Verwandten. Das verschnörkelte Einladungsschreiben zu einem Willkommenstee bei Mrs. Easton, einer Dame der Gesellschaft, ist zwar ein bisschen bedrohlich, gilt aber als eine Ehre.

Mrs. Easton, die Mutter des Colonels, fordert sämtliche heiratswürdigen jungen Frauen auf, alles für das Ereignis vorzubereiten – ein paar Zierdeckchen aus den Aussteuertruhen und alles an Blumen, was die feuchte Julihitze überlebt hat. Helen, die sich fast wie eine Braut fühlt, bringt Roseneibisch und gelbes Mädchenauge. Sie ist sich der Pläne ihres Vaters durchaus bewusst, hat aber selbst keine Eroberungsabsichten. Ihre Leidenschaft gilt noch nicht der Liebe.

Die Soldaten erscheinen geschlossen und stehen steif herum, während Colonel Easton seine Mutter zur Begrüßung küsst. Man verbeugt sich voreinander. Moll und ein anderes Mädchen servieren mit abgewandten Gesichtern Kuchen und Beeren. Helen glaubt, dass Moll ihre nächtlichen Gespräche mittlerweile nicht mehr so willkommen sind, und als die Sklavin mit einem Krug Limonade an ihr vorbeikommt, kneift Helen sie ins Bein. Moll schlägt ihr auf die Hand.

»Zeit für ein Lied?«, fragt Mrs. Easton und breitet die

Hände aus, was entspannte Behaglichkeit andeuten soll. Sie ist klein, mit einem Tuff strammer grauer Locken. »Eliza? Helen?«

Helen zögert und muss deshalb zuhören, wie Eliza, eine ehemalige Schulkameradin, einen Hornpipe-Tanz ins Cembalo hämmert, während die Soldaten sich aufmerksam umsehen. Sie selbst hockt auf einer niedrigen Chaiselongue am Fenster und dreht den Kopf so, dass sie das Leben draußen betrachten und gleichzeitig so tun kann, als hänge sie ihren Gedanken nach. Während man Eliza Beifall klatscht, beugt sich ein junger Mann, der hinter Helen steht, zu ihr und sagt: »Wunderschön.« Sie nickt, ohne sich umzudrehen. Plötzlich fröstelt es sie.

Das Programm geht weiter, die Männer beginnen, sich zu unterhalten, und jetzt ist Helen an der Reihe, spielt ein langsames Stück von Scarlatti und beäugt die Männergruppe in der Ecke hinter der Chaiselongue. Alle jungen Männer sehen für sie gleich aus, und die Künstlichkeit dieser Zusammenkunft macht Helen skeptisch. Sie ist Einsamkeit gewohnt. Selbst wenn sie einen Mann fände, den sie lieben könnte – in der Art, wie Liebe üblicherweise beschrieben wird –, glaubt sie nicht, dass sie es genießen könnte. Vielleicht wäre sie gar nicht auf solche Gedanken gekommen, wenn sie nicht hier auf dieser Cembalobank säße, in einem Raum voller lebenshungriger Männer, denen es in der Hoffnung auf Unerwartetes in den Fingern kribbelt. Aber da sitzt sie nun, eine junge Frau mit immer engerem geistigem Radius, die sich plötzlich in ein Miniaturabbild der Welt geworfen sieht. Sie hat keine Pläne; sie weiß nur, dass Heim, Ernte und Gott als Plan nicht reichen.

Am späten Nachmittag – inzwischen ist Flut, und die Stadt riecht nicht mehr so streng nach Fisch – scheucht Mrs. Easton die Versammlung hinaus auf den Rasen. Einige nehmen die verstreuten Bänke in Beschlag, andere begeben sich in den Pfirsichgarten, und ein paar junge Männer stehen vorne vor der Haustür und warten, dass der Colonel sie abruft. Helen schaut aufs Meer und überlegt, ob sie hier wohl entdeckt wird.

Mrs. Easton ist jetzt an ihrer Seite. »Meine Liebe, ich möchte Ihnen – kommen Sie, treten Sie näher – William Dennis vorstellen, den Sohn der Witwe Dennis, aber das wissen Sie sicherlich. Hat vier Jahre lang als wahrer Patriot gekämpft, seine Verwundungen bezeugen es. Ihr Vater – nun, kein Grund, schüchtern zu sein. Ich lasse euch jungen Leute – so ein hübsches Paar – dann allein.« Sie gibt den Arm des jungen Mannes frei und sieht sich diskret nach weiteren Verkupplungsmöglichkeiten um.

»Willkommen zu Hause«, sagt Helen. Der Junge kann kaum mehr als neunzehn sein, in seinen Augen steht noch der Schrecken des Kriegs, sein Gesicht ist picklig. »Ich glaube, Sie saßen kurze Zeit in Miss Kingstons Klasse.«

»Ja, gnädiges Fräulein.«

»Bitte. Helen.«

»Geht es Ihrem Vater gut?«

»Ja«, sagt sie. »Und Ihrer Mutter?«

William räuspert sich und legt die Hände hinter dem Rücken zusammen, als wäre es ein Trick, um älter zu erscheinen. »Es würde mich freuen, Sie besuchen zu dürfen. Während unserer Stationierung.« Seine Augen sind zu blass, um blau zu sein.

»Wie war das Kämpfen?«

»Oh!« Er lacht und überrascht sich selbst. »Das ist nichts für Damenohren.«

Helen wendet sich wieder dem Meer zu. »Ich stelle mir vor, dass man auf dem Schlachtfeld rasch zur Religion findet.«

»Weniger zur Religion, mein Fräulein, als zum Vertrauen auf andere Menschen.«

»Wenn Tausende Sie töten wollen?«

»Nun ja. Es gibt auch solche, die einen aus den Gräben ziehen würden, auch wenn sie dabei das eigene Leben riskieren.«

»Denken Sie denn nicht an den Tod?«

Er greift sich an die Brust, will Halt an seinem Musketenriemen suchen, aber natürlich hat er den zu Hause bei seiner Mutter gelassen. »Er ist stets anwesend, und deshalb kümmern wir uns nicht um ihn. Nur ein kleiner Schritt trennt uns von ihm.«

»Und Sie haben keine Angst vor diesem kleinen Schritt?«

»Wir gehen ihn alle, gnädiges Fräulein.«

*

Als die Dämmerung die Pfirsichbäume einhüllt, bringen die Soldaten ihre leeren Gläser ins Haus zurück, und die Frauen rücken ihre Mieder zurecht. In verschwiegenen Ecken werden letzte Abschiedsworte ausgetauscht. Helen hat wieder zur Chaiselongue im Wohnzimmer gefunden, wo noch die Lampen angezündet werden müssen. Sie wartet, weil sie mit Moll nach Hause gehen möchte;

sie möchte Moll fragen, wie es ist, mit einem Mann wie Moses verheiratet zu sein, wie es überhaupt ist, verheiratet zu sein. Was ist das Geheimnis? Aber natürlich hat Moll keine Wahl gehabt. Und die Ängste, die Helen hat, wird auch Moll gehabt haben. Wenn es ihr leichter fiele, Fehler einzugestehen, würde sie eine gewisse Mitschuld an Molls Zwangsverheiratung zugeben. Was wäre das Leben ohne die Möglichkeit der Wahl? Dieses anstatt jenes; ihn oder nicht ihn. Molls Leben trennt nicht viel von Molls Tod.

Ein Mann setzt sich neben sie. Er sieht aus wie jeder Soldat. Er spricht zu ihr mit ruhiger Stimme. »William Dennis sagt, er wird Sie heiraten.«

»Ganz und gar nicht«, sagt sie.

»Helena«, sagt er, »die Braut von Dennis, die tausend Schiffe versenkte.«

»Nein, und auch nicht die, die unbedachte Türme verbrannte.« Sie erhebt sich. Sie möchte entrüstet sein. »Sie sind ein bisschen zu belesen für einen Soldaten.«

»Hab auf Goodrichs Schiff angefangen. Ein ziemlich gebildeter Mann.«

»Der Pirat?«, fragt sie. »Und da wagen Sie es, sich unter amerikanische Männer zu mischen.«

Er steht vom Sofa auf und blickt sie von der Seite an. Helen ist hin- und hergerissen zwischen Neugier und Verlegenheit. »Ich nehme Sie eines Tages mit auf ein Segelschiff. Wohin immer Sie möchten.«

Sie schüttelt den Kopf. »Ich werde seekrank.«

»Haben Sie Angst?«

Seine Augen werden tiefer, je länger sie hineinschaut. »Ich kann nicht schwimmen«, sagt sie.

»Das sagen die Hasenherzigen.« Er wendet sich zur Tür und nimmt seine Mütze vom Ständer in der Diele. Helen folgt ihm. Durch die offene Tür kann sie Mrs. Eastons geräuschvolles Abschiednehmen hören.

Helen streckt die Hand aus, um ihn aufzuhalten. Es ist beinahe Nacht, doch sie kann ihn noch sehr gut erkennen. Er wartet, ihre Hand fast auf seinem Arm.

Viertes Kapitel

Sie sitzt auf der Kante des Sofas, damit ihre Füße den Boden berühren. Ihre Röcke mit den roten Blumenranken bauschen sich über ihren Knien und reichen bis kurz über die Satinspitzen ihrer Schuhe. Sie kennt erst seit Kurzem einige weibliche Kunstgriffe. William Dennis hockt ihr gegenüber auf einem Stuhl und hantiert so heftig mit seiner Tasse, dass Tee in die Untertasse schwappt. Obwohl die Fenster geöffnet sind und sie hören können, wie eine Brise durch die Blätter streicht, kommt ihr das Zimmer stickig vor.

»Nächste Woche zieht das Regiment ab«, sagt er.

Helens Verstand kriecht langsam im Kreis. Sie sucht nach einer höflichen Erwiderung. »Und werden Sie Beaufort vermissen?« Das ist die falsche Frage.

»Ich werde ganz gewiss seine Schönheiten vermissen«, sagt William. Er streckt den Kopf bedeutsam vor, sieht aber aus wie ein Welpe, der nach der Zitze sucht.

»Nun, wir sind alle stolz, Sie dort draußen zu wissen. Dort können Sie ihren Heroismus in größeren Dimensionen unter Beweis stellen.« Sie hält inne, um ihm Zeit für eine Antwort zu lassen, die aber ausbleibt. »Ich bin sicher, Ihre Mutter wird Sie vermissen.«

»Und Sie?« Er hat rote Flecken auf den Wangen.

»Ich bete jede Nacht für all unsere Soldaten.« Sie erhebt sich und versucht, ihren Rock auszuschütteln, der sich in dem rauen Stoff ihrer Unterröcke verfangen hat.

Die Kleidung junger Frauen erscheint ihr vollkommen absurd. Aber selbst während dieser Ausfragerei bemüht Helen sich, schön zu erscheinen. Sie ist sich der herausgerutschten Locken, die ihren Halsansatz umrahmen, sehr bewusst, und als sie die Hand ausstreckt, um das Ende der Teestunde anzudeuten, freut sie sich schon auf Williams Verwirrung, wenn er ihre zarten Finger drückt.

»Darf ich vor unserem Aufbruch noch einmal wiederkommen?«, fragt er, ihre Hand immer noch in der seinen.

»Wir würden Sie doch niemals abweisen, Captain Dennis.«

*

Der Friedhof neben der Kirche ist von einer niedrigen Steinmauer eingefasst, und nachmittags wandert die Sonne als gemächliche Scheibe durch die Eichen. Der Wind scheint sie über die Gedenksteine zu schieben. Die Gräber sind in Gruppen über den Friedhof verstreut, Familien liegen beieinander. Nachtigallen hüpfen durch den Baldachin aus Stechpalmen und Zedern, auf dem Boden fehlt jedoch alles Vogelleben, er ist kühler als jeder Schatten.

»Glauben Sie, dass wir die Geister spüren?«, fragt John. Er steht vor einer Reihe kleinerer Grabkreuze, deren Größe dem geringen Lebensalter der Toten entspricht.

Helen geht einige Schritte vor ihm und dreht sich jetzt um. »Es ist nur wegen der Steine kühler. Ich hätte Sie nie für abergläubisch gehalten.«

Ihre Stimmen scheinen hier fehl am Platz. Er fürchtet, dass sie niemals Worte füreinander finden werden.

John hatte ihrem Vater heute einen Besuch abgestattet, sich kurz vorgestellt und Helen um einen Spaziergang gebeten. Beide, Vater und Tochter, machten skeptische Gesichter. Aber Helen hatte eingewilligt, und bislang haben sie wenig gesprochen. Er führte sie von Long Ridge auf der von Eichen gesäumten Straße in die Stadt, dann durch die Front Street, wo die Stimmen der Fischer das Schweigen zwischen ihnen beiden ausfüllten, und wieder in einer Schleife auf der Ann Street zurück. Er wäre nicht über den Friedhof gegangen, hätte sie ihn nicht darum gebeten.

Wenn er erklären müsste, was ihn zu ihr hinzog, würden ihm nur ein paar wenige Dinge einfallen. Ihre anfängliche Zurückhaltung beim Cembalospiel; ihre Konzentration auf die Weite vor dem Fenster in einem Zimmer voller befreundeter und fremder Menschen; ihr Blick, der so direkt und unerschrocken war wie der eines Habichts. Das Gefühl ihrer Hand nur Zentimeter von seinem Arm entfernt. Er hält sich nicht für einen einsamen Mann, und dennoch braucht er dieses Gewisse in ihrem Blick. Aufrichtigkeit vielleicht oder Überzeugung.

John ist als ehemaliger Pirat und Soldat nach Beaufort gekommen, nicht als heimkehrender Sohn, nicht als Bruder. Seine Jugend hat er im Hinterland verbracht – ohne den Atem des Ozeans –, dort, wo die Farm seines Cousins in die Felder anderer Farmen überging. Es gab wenig, was zu besitzen sich lohnte. Er hatte weder Mutter noch Vater, die ihn hätten in den Arm nehmen und ihm sagen können, er sei ein wertvoller Mensch; es gab seinerseits auch niemanden, den er hätte lieben können. Es hatte belanglose Freundschaften gegeben, Nachbarmädchen, die Frau, die seine Mahlzeiten kochte, aber niemals jemanden wie sie. Jemanden, der einen Platz in der Welt hatte.

John wartet, während Helen vor einem Grab stehenbleibt, das sich in nichts von den anderen unterscheidet. Eine Wölbung im Boden, niedrig, von Ziegelsteinen bedeckt. Als er eine der Reihen von Gräbern entlangblickt, die wie Buckel aus dem Boden treten, wirkt das Ganze für ihn wie eine Seeschlange oder wie Meereswellen.

»Sie sehen aus wie halb vergrabene Kanonenkugeln«, sagt sie, seinen Augen folgend.

Er schaut auf. Natürlich.

»Haben Sie Familie hier?«, fragt sie.

Ein Sonnenstrahl wandert über ihr Gesicht, streift ihre Schulter. Er fühlt sich angezogen von der Weichheit unter der Schale routinierten Auftretens, von der Traurigkeit, die sie zum Grab ihrer Mutter geführt hat; erst jetzt sieht auch er den Namen auf dem Stein. Er fühlt sich angezogen von jenem Teil in ihr, der ihm niemals verraten würde, dass das hier das Grab ihrer Mutter ist. Von der Furcht hinter der Furchtlosigkeit.

Er setzt sich auf einen flachen Grabstein, und sie setzt sich auf einen anderen, und er erzählt ihr die Kurzfassung seiner Kindheit, vom Tod seiner Eltern bis zur überfüllten Matratze im Haus seines Cousins. »Ich käme nie auf die Idee, einen Ort wie diesen aufzusuchen, um nach meiner Familie zu suchen. Ich glaube, man hat mir erklärt, wenn sie einmal gegangen seien, dann sei es für immer.«

»Und es wäre kein Trost, sie wiederzufinden?«

»Die Vergangenheit interessiert mich nicht besonders«, sagt er. Das Leben ist das, was vor ihm liegt. Diese Grabdenkmäler um sie herum wecken keine Erinnerung an die Körper darunter. Es sind einfach Steine auf der Erde, Hocker, auf denen man sitzen kann. Das Fehlen von Vögeln beunruhigt ihn nicht; sein Gerede von Geistern hatte romantisch wirken sollen. Vielleicht war es mit ihrem Widerspruch dagegen ebenso.

Er blickt zu ihr, hängt in Gedanken dieser stillen Übereinkunft nach und wartet darauf, dass sie sich ihm zuwendet, Zustimmung im Blick.

Stattdessen steht sie auf, streicht ihren Rock glatt und reicht ihm ihre Hand, damit er sie schüttelt. »Vielen Dank für den Ausflug«, sagt sie, und bevor er antworten kann, ist er allein auf dem Friedhof.

*

Zwei Tage später steht er wieder vor ihrer Tür. Helen will nicht mit ihm spazieren gehen. Sie kann nicht immer ja sagen, und sie ist müde, hat zu wenig geschlafen. Gedanken an ihn haben sie den Schlaf gekostet. Sie führt ihn über den Rasen hinunter zum Ufer, wo sich eine Stechpalme über ein Ruderboot neigt, das im Schlick festsitzt. Sie steigen hinein und nehmen einander gegenüber auf den Bänken Platz.

»Soll ich uns rudern?«, fragt er.

Helen kann nicht sagen, was sie zu diesem Menschen hinzieht. Er hat nichts mit Plantagenverwaltung zu tun, nichts mit ihrem Vater, nichts mit der Kirche. Nichts an ihm ist ihr vertraut. Nachts, wenn sie eigentlich träumen sollte, hat sie sich an ihm abgearbeitet wie an einem Rätsel. Vielleicht nur deshalb, weil sie auf diese Weise etwas zum Nachdenken hat. Er könnte der Kiesel sein, an dem sie so lange herumreibt, bis er eine Perle ist und geliebt wird.

»Wo würden Sie gern hinfahren?«

»Wenn dieses Boot im offenen Wasser läge?« Helens Fantasie ist nur deshalb schwach, weil sie sich noch nie etwas ganz verzweifelt gewünscht hat.

»Ich bringe Sie nach Barbados. Sie hätten einen Hut mitnehmen sollen, als Schutz gegen die Sonne.«

»Was werden Sie machen, wenn der Krieg vorbei ist?«

Er holt die trockenen Ruder ein. Sein Gesicht ist offen und klar, als fühle er keine Verpflichtungen und deshalb auch keine Schuld. Diese Offenheit ist hypnotisierend. Helen stellt fest, dass sie gern mit dem Finger über seine Stirn streichen würde.

»Ich suche mir irgendwo Arbeit oder etwas Farmland«, sagt er.

»Sie könnten ein Fährmann für junge Damen sein.«

Er schüttelt den Kopf. »Zu gefährlich. Mein Herz ist schon an Land zu empfänglich.« Er rollt die Ärmel seines Hemds auf und beugt sich vor, die Ellbogen auf die Knie gestützt. »Und was ist mit Ihnen? Was werden Sie tun, wenn Sie Ihr Gewehr weglegen?«

»Ich würde gern ein wenig von der Welt sehen. Dinge tun, die ich noch nicht gemacht habe. Und dann wäre ich gern eine Pfarrerin.«

Noch nie hat sie es so genossen, dass sie einen Mann zum Lachen bringen kann, und es fühlt sich nicht an wie ein Sieg, wie sie hätte vermuten können, sondern wie eine Kapitulation. Als er lacht, möchte sie in ihn hineinschwimmen. Sie weiß, dass er nicht über die Absurdität ihres Traums lacht, sondern darüber, dass dieser Traum so gut zu ihr passt.

Hier in diesem Boot unter der Stechpalme gibt es keine Geister, die sie heimsuchen könnten. Als John seine Hand ausstreckt, ist er überrascht, dass sie sie nimmt. Ihr Lächeln bei der Berührung kommt unerwartet.

*

Die Nachricht, die Asa von Witwe Dennis erhält, ist nicht vorwurfsvoll gemeint, nur besorgt. Ihr Junge zeige Anzeichen von Melancholie. Sie hat William erklärt, dass Frauen es verstehen, die Männer an einem Faden durch die Wälder der Liebe zu führen, aber ihr Sohn kann in Helens Verhalten keinen Hoffnungsschimmer entdecken. Asa faltet den Brief in immer kleinere Quadrate. Dann ist der Junge vielleicht gar nicht verliebt. Er wirft das kleine Päckchen auf seinen Schreibtisch, wo es wieder aufgeht. Liebe bringt Illusionen hervor.

Asa weiß, dass seine Tochter seit einiger Zeit aus ihrem Herzen ein Geheimnis macht. Er hat Moll bestochen, ihm Hinweise zu geben, aber es gibt Dinge, die ein Vater nie erfahren wird. War der Vater seiner eigenen Frau damals auch von allem so ausgeschlossen gewesen? Er könnte Helen zur Rede stellen, ihr das Erbe verweigern, sobald er irgendetwas von einer unpassenden Verbindung flüstern hört, aber damit täte er sich keinen Gefallen. Es gibt keine anderen Erben, nur entfernte Cousins, die niemals in eine schrumpfende Stadt am kümmerlichen Ende von North Carolina ziehen würden. Die Jahre des Kriegs, in denen Schiffe gebaut und Schiffe versenkt worden sind, haben aus seiner Farm ein Unternehmen gemacht; er könnte alles versilbern, wenn ihm ein Regierungsposten angeboten würde, könnte Helen das Geld geben, sich statt um seine Bäume um die Bürger kümmern. Aber warum hat er dann eine Familie gegründet? Was wird von ihm auf dieser Erde zurückbleiben, wenn sein Fleisch vermodert? Wenn es einen Himmel gibt, was wird er von dort aus sehen?

Wenn es einen Himmel gibt, dann hat er keine Vorkehrungen dafür getroffen.

Ganz gleich, ob für Asa nun Reichtum oder ein Gouverneursposten vorgesehen ist, seine Tochter wird keinen elternlosen Freibeuter heiraten. Er selbst hat sich sein Ansehen hart erkämpft, immerhin waren seine Großeltern nur Hilfsarbeiter, Einwanderer in ein offenes Land. Er hat Ansprüche erworben und wird sie nicht aufgeben. William Dennis' Vorfahren haben Afrikaner an diese Küste gebracht und Kohlfelder in Reisplantagen verwandelt. William Dennis' Leute haben einen hellen Streifen im Dunkel der Vergangenheit hinterlassen.

Er schiebt den gefalteten Brief beiseite und nimmt sich einen sauberen Bogen vom Schreibtisch. Mit unsicherer Feder beginnt er: »Meine sehr verehrte Dame.«

*

Im letzten Tageslicht schlüpft sie hinaus, eilt bis zum Rand des Sumpfs, schreckt eine Schar Regenpfeifer auf. John hat einen Stock in den Schlamm gesteckt und wartet, eine dunkle Silhouette vor blassem Violett. Sie bleibt stehen, bevor der Boden matschig wird und wartet, dass er sich umdreht. Sie spielen ein Spiel, bei dem er sich zentimeterweise auf sie zu bewegt, den Raum zwischen ihnen verschluckt, ihre Reglosigkeit abwägt, bis sie lacht und sich wegdreht, wieder auf Abstand bedacht. Jetzt hat er sich ihr bis auf dreißig Zentimeter genähert.

»Ich werde Ihnen mehr aus meinen Piratentagen erzählen, dann vermissen Sie mich nicht.«

»Tun Sie das nicht«, sagt Helen. »Sonst verrate ich Sie.«

»Wir haben Kapitänsfrauen entführt und ihre feinen Kleider beim Angeln als Köder benutzt. Wie oft habe ich mir nicht beim Bestücken der Haken mit Schleifen und Spitze in den Finger geschnitten.«

Sie hält ihre Hand hoch, und er hebt seine, so dass sie die dazwischen entstehende Wärme spüren. »Dass Ihre Geschichten erlogen sind, macht sie nur noch garstiger«, sagt sie.

Er wirft seinen Stock in den Sund, wo er forttreibt. »Haben Sie vor, William Dennis zu ermutigen?«

»Er ist ein Freund meines Vaters.«

»Er weiß, dass ich mich manchmal mit Ihnen treffe.«

»Sie haben es erwähnt, nicht wahr?« Sie wünschte, sie hätte ihren kleinen Klappstuhl mitgenommen. Ihr Körper ist müde. Sie macht sich auf den Rückweg zum Haus.

»Er hat mich gebeten, ein gutes Wort für ihn einzulegen. Ihnen gegenüber seine Verdienste zu erwähnen.«

»Tun Sie das«, ruft sie zurück.

»Ich werde Ihnen nicht für meinen Waffenbruder den Hof machen.«

Helen bleibt stehen, sie kann schon die geöffneten Blüten des Stechapfels sehen, den sie gepflanzt hat, damit er die Vordertreppe am Haus einrahmt. Sie dreht sich um, John hat sich nicht gerührt. Seit zwei Wochen tauschen sie schon Geschichten von Meer und Land aus, haben aber keine Luftschlösser gebaut. Es hat keine Versprechungen gegeben. Wenn Helen nach ihren Wünschen gefragt würde, könnte sie vielleicht gar nichts Sinnvolles antworten. Sie möchte, vor allem, das Richtige tun, und der Mann in seiner Sommeruniform, dessen Fingerspitzen diese Hitze ausstrahlen, passt nicht zu dem, was ihr über die Reinheit der Liebe erzählt worden ist.

Und doch umwerben sie einander, auch ohne Worte. Sei es, dass sie hungrig nach ihm ist, weil er ein Mann und sie einsam ist, sei es, dass sie hungrig nach *ihm* ist, das Band ist jedenfalls geknüpft. Er hat sich ihr als ein Freund genähert und sie daran erinnert, wie wenige sie hat. Sie hat zu begreifen begonnen, wie klein ihr Leben ist, und alles Kleine kann sie nicht akzeptieren.

Sie setzt ihren Rückweg zum Haus fort, antwortet nicht.

*

Helen ist mit einem sehr hohlen Gefühl im Magen aufgewacht, einem Schwindel. Die Soldaten versammeln sich heute auf dem Feld nördlich der Stadt, aber keins ihrer Alltagsgeschäfte führt Helen dort vorbei. Stattdessen packt sie ihr Nähzeug in eine Tasche und sucht den zwei Häuserblocks von der Kirche entfernten Laden auf. Sie lehnt sich gegen die hölzerne Theke, während der Junge mit der Schürze passendes Garn sucht. Er hält ein Gelb hoch, das die Farbe von verdorrtem Gras hat, und sie sagt: »Blasser.«

Als Moll mit gesenktem Kopf hereinkommt, dreht Helen sich weg. Eigentlich besteht kein Grund für Verlegenheit; die Frauen haben einander seit Mrs. Eastons Tee nicht mehr gesehen, auch Streit hat es nicht gegeben, man ist nur erwachsen geworden, was in diesem Alter so viel schneller geht als in jedem anderen. Jene Helen aus dem Juni ist der Helen der dritten Juliwoche eine Fremde. Moll piekst sie im Vorbeigehen mit dem Finger, und Helen macht einen kleinen überraschten Sprung.

Der Junge hat ihr Garn in Papier eingeschlagen, dann noch versucht, ihr einen Besen anzudrehen, und jetzt steht Helen draußen mit ihrem Päckchen und wartet auf Moll.

»Du hast kein Geld, um etwas zu kaufen«, sagt sie, als Moll mit leeren Händen herauskommt.

»Aber bald. Ich hab ihn eben gefragt, ob er Eier für mich verkauft, und er sah keinen Grund, warum nicht.«

»Und woher hast du die Hühner?«

Moll nimmt ihr das Päckchen aus der Hand und schlägt das Papier zurück, um zu schauen, für welche Farbe sie sich entschieden hat. »Moses ist das, was man einen Finder nennt.« Helen setzt sich in Bewegung, Moll macht einen halben Hüpfer, um mit ihr Schritt zu halten, und wirft ihr das Päckchen wieder zu. »Stickst du?«

»Einen Ofenschirm, denke ich«, sagt Helen. Sie konzentriert sich auf ihren Gang, dirigiert das Aufsetzen ihrer Füße, Ferse und Ballen und achtet darauf, dass ihr Kleid dabei keinen Staub abbekommt. »Ich kann mir nicht vorstellen, dass du für die Eier mehr als ein paar Schilling kriegst. Du wirst dir aber doch bald deine Freiheit kaufen wollen.« Es ist heiß, und sie würde lieber an etwas anderes denken.

»Du hast wirklich eine Art, dich über mich lustig zu machen.« Moll bleibt vor der Kirche stehen, und Helen dreht sich ungeduldig um. »Dabei hast du selbst doch nie einen Finger gerührt.«

Helen öffnet den Mund, um die Dutzend Dinge aufzuzählen, die sie allein heute schon erledigt hat, nicht zuletzt hat sie das gelbe Garn für die Grasmücke in ihrer Schäferidylle gefunden, aber Moll packt sie jetzt am Arm.

»Hast nur ein bisschen mit den Herzen anderer gespielt.« Sie steckt ihren Finger in Helens Achsel, und die schubst sie weg.

»Wenn ich mit dir über die Liebe zu diskutieren wünsche, Moll, werde ich dir selbstverständlich Bescheid sagen, aber ich habe keine Lust dazu, wenn du dich wie ein Kind benimmst.« Sie macht sich wieder auf den Weg. Das Einschlagpapier für das Garn ist jetzt feucht in ihrer Faust, und sie achtet auch nicht mehr auf ihre Schritte, so dass Staub ihren Saum rot färbt. Sie hört Moll hinter sich, und ihre Wut tut ihr leid. Morgen wird sie in dieser Kirche sitzen und einem Laien zuhören müssen, der Gottes Gnade beschreibt oder auch seinen Zorn, und sie wird all ihre Kraft brauchen, um sich an die inbrünstige Liebe zu erinnern, die sie einmal für Jesus empfand. Sie macht sich so schon genug Sorgen um ihr Herz, da braucht sie nicht auch noch Molls Sticheleien.

Zwei Männer gehen auf der anderen Straßenseite; sie sehen zu ihr herüber und nicken. Helen sieht, was sie sehen: eine weiße Frau, die vor einer Sklavin wegläuft. Die eine gibt Geld für gesponnene Seide aus, die andere nimmt Pennys für Eier ein. Helen verlangsamt ihr Tempo, um Moll zu signalisieren, dass sie ihr verzeiht. Die andere Frau wird auch langsamer, behält den Abstand bei. Als sie zur grünen Allee kommen, die nach Long Ridge führt, bleibt Helen außer Hörweite möglicher Lauscher stehen. Sie blickt Moll nicht an, weiß aber, dass sie zuhört, dieser Schatten hinter ihr.

»Ich möchte nicht heiraten.«

»Das wollte ich auch nicht.«

»Das ist was ganz anderes.«

Moll lacht. »Da hast du wirklich recht.« Als Helen sie ansieht, fällt die Sonne gerade durch die Eichen auf ihr Gesicht und malt goldene Dreiecke auf ihre dunkle Haut. »Möchtest du, dass ich mich entschuldige?«

»Manchmal wünschte ich, du würdest mit mir reden«, sagt Moll. »Und manchmal wünschte ich, du würdest mich in Ruhe lassen. Es ist eigentlich egal, was ich lieber möchte.«

»Bei dem Soldaten-Tee hast du kein Wort mit mir gesprochen.«

»Ich habe dir das Glas abgenommen.« Moll schlägt nach einer Bremse, die ihren Kopf umkreist.

»Möchtest du reinkommen? Mrs. Randolph presst gerade Limonen aus.«

»Ja, ich würde gern von einer weißen Frau bedient werden.« Moll versucht zu lächeln. »Möchtest du, dass ich dein Garn trage? Dir den Rock hebe, damit die Erde ihn nicht beschmutzt?«

»Sei nicht gemein. Ich vermisse dich, und ich bin zu müde, um Katz und Maus zu spielen. Sag mir lieber, ob diese Farbe passt.« Die zwei Frauen gehen nebeneinander zum weißen Haus am Ende der Allee. »Die Wiese mit den Kaninchen habe ich schon fertig, aber ich kriege den Himmel nicht hin. Ich fand, er sah zu leer aus, und jetzt fürchte ich, es wimmeln zu viele Vögel herum.«

*

Da seine Eltern starben, als er klein war, und er selbst von verarmten Cousins in einem Dorf jenseits der Beaufорter Welt aufgezogen wurde, betrachtet John die Liebe oder, genauer, das Verlangen als etwas, das die Welt im Angebot hat und das man beanspruchen kann wie alles andere auch. Seine Nächte sind zu Anfang nicht schlaflos. Sein Atem geht nicht unruhig. Er erinnert sich deutlich an Helens Gesicht, sogar daran, wie ihre Augen sich in den Winkeln verjüngen, verbringt die Stunden zwischen seinen Arbeitseinsätzen aber nicht damit, sich ihre Gesichtszüge wieder ins Gedächtnis zu rufen. Während William Dennis sich immer noch verzehrt, bleibt John schweigsam, und dass ihm ein Freund zum Herzausschütten fehlt, beunruhigt ihn nicht. Er ist ein Mann, der die Dinge nimmt, wie sie kommen.

Er fühlt sich nur unwohl, wenn William Dennis neben ihm auf seiner Pritsche in Witwe Dennis' Haus sitzt – sie teilen sich Williams altes Schlafzimmer – und ihn fragt, wie man die Liebe einer Frau gewinnt. John hat im Leben schon manche Gelegenheit zum Schwindeln gehabt. Also spricht er zu ihm von Mut und Geduld, nicht aber davon, dass man sich am Ende doch seinem Schicksal fügen muss, wenn man nicht an seinem Kummer zugrunde gehen will.

»Hast du denn kein Liebchen?«, fragt William.

»Es gab ein Mädchen, bevor ich Soldat wurde.«

»Hat sie erlaubt, dass du sie küsst?«

Hatte John sie küssen wollen? Wenn er an ihr Gesicht denkt, sieht er Helens. »Sie brachte süße Brötchen ins Haus meines Cousins, und auf jedem stand ein J in Rosinenschrift.«

»Sie muss doch traurig gewesen sein, als du fortgingst. Sie klingt nach einer Frau, die Briefe schreibt.«

Es gibt keine Briefe. Wenn er darüber nachdenkt, hat er sie nie ermutigt, obwohl er sie durchaus geküsst hätte. Er hat ihr keine Gegengabe gemacht, und zum ersten Mal stellt er sich jenes Mädchen zu Hause mit gebrochenem Herzen vor. Sie schickt ihm keine Briefe, weil sie ihn fühlen lassen möchte, dass sie ihm fehlt, ihn bestrafen möchte. Und er hat absolut gar nichts gefühlt, hat nichts gemerkt, bis William Dennis mit seinem Löwenherz sich zu ihrem Verteidiger aufschwingt. Würde irgendjemand Helen so im Stich lassen können? »Ich weiß nicht, was die Frauen ohne ihre Briefe machen würden«, sagt John.

Sie sind beide gutaussehende Männer. William ist aber

schmächtiger, seine Augen sind heller und verletzlicher. »Ich glaube, ihr Vater unterstützt mein Anliegen«, sagt er.

»Das würden alle Eltern.«

»Du meinst also, ich sollte fragen.«

Durchs Südfenster fällt die Sonne auf Johns Nacken. Er hat am Nachmittag schlafen wollen. Seine Nächte gehören inzwischen Helen. William wird sie längst zu einer Mondgöttin erklärt, ihre Blässe einer Hingezogenheit zu Engeln zugeschrieben haben. John hat noch nie seinen Mangel an Sentimentalität bedauert, aber vielleicht wünschen Frauen sich ein wenig Ergebenheit. Er hat jetzt plötzlich Zweifel, die er früher nicht hatte. »Wie sieht ihr Gesicht aus, wenn du mit ihr sprichst?«

»Sie ist die reine Liebenswürdigkeit«, sagt William.

»Feuchte Augen?«

»Ich glaube, sie ist zu sehr Dame, um sich zu verraten.«

Helens Arme gestern Abend. John möchte nicht an sie denken, er möchte schlafen. Er streckt sich auf der Pritsche aus, schlägt die Beine hinter William übereinander; der blickt immer noch auf seine Handflächen. »Könntest du ohne sie leben?«, fragt John mit geschlossenen Augen.

»Wer könnte das.«

Er ist immer noch so vernünftig, nicht von ihr zu träumen oder sich an seine Träume zu erinnern. Als er erwacht, ist William fort. Sein eines Bein ist taub. Soldaten sind in Beaufort nutzlos. Wohin wird er also gehen, wenn der Krieg vorbei ist? Seinen Sold nehmen, sich eine Farm kaufen, Landwirtschaft lernen. Mit einer Ehefrau kann er nicht wieder zur See fahren. Ihre Arme sind wie das Meer. Er reibt sich den Schlaf aus den Augen. Ihre Arme sind in keiner Weise wie das Meer.

*

»Du bist gar nicht mehr du selbst«, sagt Helen. Sie sitzen in der Wohnstube, umgeben von niedrigen Polsterstühlen und gemalten Damen auf der Tapete, die gemalten Männern zuwinken. Helen hat über einen von Asas Tischen ein Kruzifix an die Wand gehängt, als eine Art Ermahnung. Die traurigen Augen der Gestalt beobachten Helens Kämpfe; Jesu Wunden erinnern sie daran, dass er ein Verbündeter ist. Sie ist froh, dass Moll ihr vom Laden nach Long Ridge gefolgt ist, weil sie einander nun vergeben können.

Moll hat ihre Limonade auf dem Knie abgesetzt und reibt das bedruckte Glas mit einem Finger. Untendrunter ist das Glas feucht vom Abwaschen und hinterlässt einen dunklen Ring auf ihrem Rock. »Willst du damit sagen, dass du mich besser kennst als irgendwer sonst? Wo es dir doch egal gewesen wäre, wenn man mich mit einem Ungeheuer verheiratet oder nach Georgia verkauft hätte.«

»Ist es dieses Haus? Du fühlst dich nicht wohl hier.«

»Oh, zu vornehm für solche wie mich?«

»Also gut«, sagt Helen und steht auf. »Ich merke, dass wir nicht weiterkommen.« Sie greift nach Molls Glas. »Gib her.«

»Ich bin noch nicht fertig.«

»Du willst mich doch nur verspotten.« Sie nimmt

Moll das Glas aus der Hand. »Ich werde Mrs. Randolph sagen, du hättest den Saft zu süß gefunden. Los, auf. Wir gehen nach draußen.« Helen sammelt Gläser und Teller ein. Sie ist es müde, in ihren Absichten beurteilt und verurteilt zu werden.

Das Gras am Ufer ist trocken. Es hat seit Tagen kein Nachmittagsgewitter mehr gegeben, und manche Pflanzen sind von der Hitze versengt. Helen legt sich auf den Rücken und gräbt ihre Finger in den trockenen Sand. Moll steht neben ihr, fährt mit der Schuhspitze auf dem Boden entlang. Ihre Hände ruhen auf ihren Hüften, und sie blinzelt, um die Szene herauszufiltern: die Sonne, die sich im Wasser spiegelt, die weiße Frau in ihrem strahlend weißen Kleid auf der Erde, eine schimmernde Eidechse, die durch die Binsen gleitet, anhält, um ihren roten Hals aufzublähen. Es gibt keine schützenden Wolken. Ein Schoner mit schlaffen Segeln hinter der Linie, die Sund und offenes Meer trennt. Windstill summt das Land und wartet.

Moll setzt sich neben Helen, nimmt sich eine Handvoll vom Kleid der anderen Frau, glättet die Falten zwischen ihren Fingern, bewundert den Leinenstoff. Helens Augen sind geschlossen, und sie lächelt bei der Berührung.

»Warum musst du alles gegen mich auslegen?«, sagt sie.

Moll lässt den Stoff sinken und legt sich neben sie ins Gras. »Glaubst du, dass du verliebt bist?«

Helen richtet sich auf, stützt sich auf die Ellbogen. Eine Libelle verharrt über Molls Schulter, stupst sie, als wolle sie trinken. »Würdest du das nicht für Luxus halten?«

»Ich hätte nicht gedacht, dass irgendetwas für dich Luxus ist. Du schnappst dir einen goldenen Löffel, und dein Papa gibt dir noch einen dazu.«

»Goldene Löffel.« Helen lacht und lässt sich wieder nach hinten sinken. Sie hatte noch nie etwas gegen die Hitze von North Carolina, da immer ein Hauch von Salz darin liegt. Wenn sie den Mund öffnet, kann sie das Wetter schmecken. Falls sie zu einer Reise aufgefordert würde, vielleicht von einem Ehemann, würde sie sich bereitwillig darauf einlassen. Sie ist noch so jung, dass sie ihr Zuhause liebt und sich ebenso auf alles stürzen würde, was nicht ihr Zuhause ist. Während ihrer Mädchenjahre hatte sie ihre Pflichten allerdings sehr eng gefasst: Sie hat ihrem Vater, ihren Sklaven, dem Terpentingeschäft und den katzengesichtigen Bäumen hinter Long Ridge zu dienen. Sie ist eine Dienerin Gottes, mit einem schmalen Wirkungskreis.

»Welcher Soldat ist es?«, fragt Moll.

»Würdest du sagen, dass du Moses liebst?«

»Glaubst du etwa, in der Ehe geht es um Liebe?«

»Vater hat die Ehe arrangiert. Ich hatte nichts damit zu tun.«

»Aber du hast es durchgezogen.«

Eine Feder, Daunenflaum eines Reihers, trudelt das Ufer hinauf und lässt sich auf Helens Hand nieder, sie zuckt zusammen. Die Brust wird ihr warm vor Traurigkeit.

*

»Draußen auf deinen Schiffen, da gab es sicher keine Frauen«, sagt William, während er einen Hühnerknochen abnagt.

Witwe Dennis bringt eine Schüssel mit Reis und Zwiebeln herein. »Ja, erzählen Sie uns Geschichten von Piraten, John. Stellen Sie sie in ein besseres Licht.«

»Ich hab nur selten Schiffe gekapert«, sagt John. Zwei weitere Männer aus dem Regiment haben sich an Witwe Dennis' Tafel eingefunden, um den Armeekesseln mit Kanincheneintopf zu entkommen. Sie würdigen die Großzügigkeit der Witwe, indem sie schweigend essen. John löffelt ein wenig Reis auf seinen Teller. »Ich habe Segel bedient, Decks geschrubbt. Auch mal als Koch gearbeitet.«

»Nie einen Menschen getötet?«, fragt William.

»Kann ich nicht sagen.« John lächelt. »Wegen des Rauchs hab ich die Kanonenkugeln nie landen sehen.«

»Sind Sie in ferne Länder gefahren, John?« Die Witwe hat nichts gegessen. Wenn die Männer zum Abendmarsch aufgebrochen sind, wird sie die Reste zusammenkratzen und sich auch einen Teller zurechtmachen. Sie ist nicht mit dem Verschwenden von Essen reich geworden.

»Zu allen Inseln, die Sie sich vorstellen können. Ich habe mehr Ungeheuer als Frauen gesehen.«

»Sie hätten euch allen den Hof gemacht«, sagt sie. Sie lässt den Blick über die Männer an ihrem Tisch wandern. »Passt gut auf eure hübschen Gesichter auf, ihr Jungs. Lasst die Briten nicht zu nahe heran. Es bleibt uns sonst nicht sehr viel nach diesem Kampf.« Witwe Dennis hat ihr Silberbesteck vorsichtshalber unter dem

Holunderbusch vergraben. Sie zwinkert ihrem Sohn zu.

*

John rührt sie nicht an. Sie stehen höchstens nebeneinander und blicken gemeinsam hinaus, betrachten das Meer. Sie fixieren Punkte am Horizont und malen sich aus, sie führen dort hin: zu den Westindischen Inseln, nach Charles Town, über die sandigen Untiefen zwischen Beaufort und dem Atlantik. John erzählt ihr, es habe einst ein Fort auf Bogue Island gegeben, westlich des Meeresarms, wo die Schiffe durchkommen; es sei zum Schutz der Stadt gegen Indianer und alle, die Böses im Sinn hatten, errichtet worden, doch die Armee habe die südliche Mauer nie fertig gebaut. Das Fort habe aus Bündeln zusammengeschnürter Äste bestanden, die wie Feuerholz übereinandergestapelt waren; eine Musketenkugel hätte so vielleicht gestoppt werden können, aber Kanonen hätten diese Wand zerfetzt wie Anmachholz. Sie sagt: Wenn Sie über die Welt nachdenken, dann darüber, wie vielem sie standhalten kann; er weiß noch nicht, wie sie von der Welt denkt. Die beiden malen sich aus, wie sie sich in der Fort-Ruine ein Zuhause einrichten.

Sie haben nebeneinander gesessen, und der Saum ihres Rocks ist auf seine übergeschlagenen Knie gefallen. Er erinnert sich an solche Momente, verweilt aber nicht bei ihnen. Er hat nicht das Bedürfnis, oft daran zu denken. Aber er hat ebenso wenig daran gedacht, Helen zu heiraten; er war davon ausgegangen, dass sie sich immer nachts an unvorhergesehenen Orten treffen und ein wenig Schweigen teilen würden. Er ist nicht fürs Familienleben geschaffen. Und falls William Dennis sie nun fragt? Dann wird sie ja sagen; so haben Frauen es gelernt. Und dann, wenn er endlich bereit und nicht mehr so eingeschüchtert ist, wird es ihm nicht möglich sein, nach ihrem Arm zu greifen. Sie wird verheiratet sein und diesen Arm brauchen, um ihre Kinder zu halten.

Gegen Ende des Sommers legt das Regiment die Uniformen zusammen und füllt die Ranzen mit Proviant für unterwegs. William Dennis hat im Garten von Long Ridge den Kopf gesenkt und um Helens ganzes Herz gebeten. Er hat Trost bei seiner Mutter gefunden, die ihm einen Pudding mit dem letzten bisschen Zucker zubereitet hat. Er teilte sich die Köstlichkeit mit John und zwei anderen Männern, und sie verfluchten gemeinsam die Frauen und ließen die Nacht mit Trinken vergehen, als der Pudding aufgegessen war. Am nächsten Morgen fiel es William erst wieder ein, als er sich schon das Haar gestriegelt hatte. Da legte er sich, gebrochenen Herzens, hin bis zum Essen.

An ihrem letzten Tag in Beaufort überbringen die Soldaten ihre Abschiedsworte. In Mrs. Eastons Haus wimmelt es von dankbaren Männern, und einige junge Damen bewirten jene Männer, die erklärt haben, sie seien in Liebe entbrannt. Sie legen Löffelbiskuits auf kleine Porzellanteller und warten darauf, dass ihre Mütter sie für einen Kuss und das Versprechen von Briefen mit ihrem Verehrer allein lassen. Am Abend stattet John Helen einen Besuch ab.

»Ich erwarte nicht, dass Sie mir schreiben«, sagt sie.

Sie stehen in der Diele neben der Haustür. Seitdem Helen in Mrs. Eastons Haus zum ersten Mal nach seinem Arm gegriffen hat, erscheinen ihr Durchgangsräume als romantische Orte. Sie lässt ihn nicht ins Wohnzimmer und bietet ihm auch keine Erfrischung an. Ihre Körper passen verschämt in einen Winkel der Diele, direkt hinter dem Streifen Mondlicht aus dem Fenster. Er nimmt zwei ihrer Finger in seine Hand, dann drei. Sie ist nervös, horcht auf Asas Schritt auf der Treppe.

»Ich möchte nicht, dass Sie warten«, sagt er.

Sie zieht ihre Hand zurück. Es ist schwer, von Gefühlen zu einem Mann zu sprechen, der schon bald das Ziel britischer Musketen sein wird. Aber sie ist immer noch jung, und Gefahr ist, wie alle Dinge, vergänglich. Sie spricht mit gesenktem Kopf.

»Ich möchte, dass Sie warten«, sagt sie. John antwortet nicht, deshalb hebt sie den Kopf und wiederholt sich: »Suchen Sie sich nicht eine andere.«

Er greift nach ihrer Taille, und sie weicht zurück.

»Ich weiß nicht, ob ich Sie jemals wiedersehen werde«, sagt sie, »und ich will keine Erinnerung, an die ich mich klammern kann. Ich will nachts nicht wach liegen, weil ich an einen Kuss denke.«

»Es ist, als würde man einen Geist lieben.« Er tritt mit seinem Schuh leicht gegen ihren.

Es ist das erste Mal, dass er von Liebe spricht, und sie bedauert es. Sie hat ihr Leben stets gegen Schmerzen abgesichert, und dies ist ein neuer Wurm in ihrem Herzen. »Versprechen Sie nicht, dass Sie wiederkommen.«

»Ich werde wiederkommen«, sagt er.

Die Dunkelheit schließt sich über ihm. Alles was sie sehen kann, während sie in der offenen Tür steht, ist das Glitzern des Monds auf der wogenden See.

*

Zwei Tagesmärsche von Beaufort entfernt machen die Männer fürs Mittagessen Rast auf einer Wiese. Es ist Mitte August, und sie drängen sich wie Kühe um die Stämme von Pecannussbäumen. Der Proviantmeister verteilt gesalzenen Fisch und von einer Farm beschlagnahmte Äpfel. William Dennis' Feldflasche ist leer; er bittet John um einen Schluck aus seiner.

»Deine Mutter wird froh sein, wenn du dich wieder in Beaufort niederlässt«, sagt John. »Wenn das hier getan ist. Dann gibt's auch keinen Blaufisch mehr.« Er isst seine Ration mit den Händen, denn der Fisch ist so trocken, dass man nicht achtgeben muss.

»Glaubst du denn, wir kommen wieder nach Hause?«

John hört auf zu essen. William sitzt mit angezogenen Knien gegen den Baum gelehnt. Er fährt mit einem Fuß langsam hin und her, schabt einen Fächer in die trockene Erde und blickt John nicht an. Die Jacken der Männer liegen neben ihnen, staubfarben vom Sommer. Ein Hüttensänger raschelt über ihnen in den Zweigen, schießt für ein Insekt aus der Krone und fliegt wieder zurück in den Pecannussbaum.

»Hast du vor dem Aufbruch mit ihr gesprochen?«, fragt William.

»Ja.«

»Bist du es, den sie will?«

John schluckt den letzten Bissen Fisch hinunter. »Es

ist nicht unser Wille, der uns aufs Schlachtfeld führt und uns da liegen lässt oder wieder wegführt.« John steht auf und wischt sich die Hände an der Hose ab. »Das hat man uns erzählt. Und deshalb verstecken wir uns auch nicht alle unter unseren Betten. Wenn es keinen Gott gäbe, würdest du dann das Haus deiner Mutter verlassen?«

»Wenn es keinen Gott gäbe, würde ich gar keine Mutter haben.«

Die Männer sammeln ihre Sachen für den Nachmittagsmarsch zusammen. John kann hinter dem Baum das weiche, metallische Geräusch von jemandem hören, der sein Gewehr reinigt.

*

Ihre Schuhe stehen neben der Haustür, draußen auf der Veranda, die Absätze voller Dreck. Asa sitzt daneben in einem Stuhl mit gerader Lehne und blickt abwechselnd von seinem Rasen zu den leeren Schuhen und wieder zurück zum Rasen. Colonel Easton hat einmal dessen Größe kritisiert, dessen sehr britische Ungenutztheit. »Ich wüsste nicht, dass Gras irgendwie verwertbar ist«, sagte er, und Asa erwiderte: »Aber es sieht schön aus.« Es deutet Muße an.

Die Schuhe stehen schon den ganzen Nachmittag da. Seine Tochter hat sich in der Wohnstube mit einem jungen Herrn eingeschlossen, den Asa für jemanden hält, der irgendwie ein unstetes Leben führt, aber er hat Helen versprochen, nicht zu fragen. »Ein Kaufmann auf Geschäftsreise«, sagte sie. Das ist jetzt sein zweiter Tag im Haus, was kann er also anderes sein als ein Maler? Es gibt Damen in New Bern, die Miniaturporträts von sich anfertigen lassen, also war es nur eine Frage der Zeit, dass diese Kunst auch nach Beaufort gelangte. Asa stellt sich vor, wie seine Tochter dem Maler Modell sitzt.

Er stochert so lange an den Absätzen seiner eigenen Schuhe herum, bis sie ihm von den Füßen rutschen und einer auf die Schnalle des anderen fällt. Bei dem leisen Klickgeräusch schießt ein Falke aus der Eiche; er stürzt sich in den Wind, lässt sich wieder zurückfallen und sucht den Boden nach Bewegung ab. Asa streckt die bestrumpften Füße aus, biegt die Zehen. Gelächter dringt plötzlich aus einem Fenster. Sollte sie nicht stillhalten, wenn sie gemalt wird? Er wird es auf seinen Schreibtisch stellen, hinter seine Geschäftsbücher. Wenn sie ihm das kleine Bildnis schenkt, wird er sagen: »Wann hast du das denn machen lassen? Was bist du für eine Geheimniskrämerin!« Er schließt die Augen, um sich die Szene besser vorzustellen. Er ist bereit, Helen die Last der Verantwortung für sein Unternehmen zu übergeben, fände es aber beruhigend, wenn da schon ein Enkelsohn wäre, bevor er sich aus seinen Geschäften zurückzieht. Er weiß nicht, was mit Witwe Dennis' Sohn passiert ist. Heutzutage hoffen die jungen Damen bei einer Eheschließung auch auf ein bisschen Liebe; dagegen ist nichts zu sagen, solange die jungen Damen nicht unvernünftig werden. Asa hat seine Frau geliebt. Das heißt, er wollte immer am liebsten in ihrer Nähe sein; er betrachtete sie mit Freude; und als sie starb, fühlte er den Verlust – fühlte ihn als eine Schwäche in seinen Beinen, was ihm das Gehen schwermachte.

Ihre Eltern hatten sie einander vorgestellt, genauso wie er Helen auf William Dennis aufmerksam gemacht hatte. Sie hatten höflich in irgendjemandes Wohnzimmer gesessen, und ihn hatte damals das halb geöffnete Fenster fasziniert, durch das er einen Blick auf die Freiheit werfen konnte. Seine Mutter stellte dem jungen Mädchen Fragen, und sie antwortete so leise, dass seine Mutter manchmal »Wie bitte?« sagte. Zwischendurch sah er sich immer wieder im Zimmer um, und sie blickte ihn an wie ein Kaninchen im Wald, und er hustete, bis seine Augen tränten. So sah Brautwerbung damals aus.

Er besaß kein Bild von ihr, kein daumennagelgroßes Porträt auf Elfenbein, auch keine hastig während eines sommerlichen Picknicks gezeichnete Skizze. Doch es gibt Eindrücke, die länger haften bleiben als Tinte. Er muss Gottes Antlitz nicht sehen, um an ihn zu glauben. Es gibt ein Brennen in den Gedärmen, das nie aufhört; das ist der Daumenabdruck der Liebsten, und seine Unbestimmtheit mindert nicht seine Haltbarkeit. Wie seine Frau hat auch Gott ihn mit leeren Händen zurückgelassen, im Stich gelassen.

*

Es ist Januar, und das Leben auf der Farm ist nur noch ein leises Summen. Asa hat seine Sklaven an die Männer vermietet, die die Felder für den Reis vorbereiten. Die Kiefern beginnen, den Saft für das Anzapfen im Frühling zu produzieren. An manchem Morgen ist es schon warm, aber nicht heute. Als Helen aufwacht, ist ihr Fenster von einem Eisgespinst überzogen, durch das das Meer rau und dunstig aussieht. Unten hilft sie Mrs. Randolph, Teig für Kekse auszurollen; erst kneten sie schweigend, mit weiß bestäubten Händen. Ein Arbeiter geht hinter dem Haus vorbei, und das Geräusch seiner Füße auf dem harten Gras dringt bis zu den Frauen mit ihrem Teig.

Inzwischen ist es 1782. Seit anderthalb Jahren hat Helen John nicht mehr gesehen, und sie hat nur einen einzigen Brief bekommen, der war kurz und roch nach Schlachtfeld.

Ich bin mit drei anderen Männern in einem Zelt, irgendwo im Hinterland. Sonntag gab es Fleisch. Col. Ward ist zu uns gestoßen und scheint ein ehrlicher Mann zu sein. Daniel Foot ist hier, Sie werden sich an seine Beauforter Cousins erinnern. Er hat eine Liebste, der er schreibt, will aber nicht verraten, wer sie ist. Vielleicht sind Sie es ja. Ich habe bis jetzt noch keinen Mann getötet. Ich hoffe, das freut Sie.

Sie hatte sich dazu gezwungen, den Brief nur zweimal zu lesen, bevor sie ihn zusammenfaltete und weglegte, aber es war nicht schwer, ihn im Kopf zu behalten. Ihre Deutung der Wörter erbrachte wenig. Vielleicht ist er eifersüchtig, vielleicht möchte er, dass sie gut von ihm denkt. Mehr ließ sich nicht sicher herauslesen. Sie malt sich aus, wie sie sich eines Morgens aus dem Haus schleicht und zu ihm geht, meilenweit durch unbekanntes Gelände läuft. Sein Gesicht, wenn er sie plötzlich zwischen den Bäumen entdeckt. Ihre Hände, die seinen Hals umfassen, seine Ohren suchen. Sie beginnt also, sich Dinge vorzustellen. Aber mit zwanzig Jahren drückt sie ihre Handballen immer noch in weichen Brötchenteig, das einzige Brot, das ihr Vater isst.

Mrs. Randolph fängt an zu pfeifen. Helen streicht eine Haarsträhne aus dem Gesicht, wischt sich dabei etwas Mehl in die Stirn und lehnt sich gegen den hölzernen Tisch.

»Sie müssen nicht mehr weitermachen, Miss.«

»Wir haben es bald geschafft. Reichen Sie mir das Marmeladenglas.« Helen drückt Ringe in den Teig. »Vermissen Sie Ihren Mann, Mrs. Randolph?« Er war gestorben, als er im Westen nach freiem Land suchte und ihn ein Cherokee-Pfeil durchbohrte. Sein Kamerad hatte ihn im Westen begraben und Mrs. Randolph seine Muskete und seine Brille geschickt. Das Gewehr hängt hinter ihrer Kammertür, wo all die kleinen Randolphs es zu finden wissen.

»Am meisten vermisse ich, offen gestanden, das Geld, das er heimbrachte. Er war den Kleinen ein guter Vater und hat seine Sache ordentlich gemacht, aber es hat auch seine angenehmen Seiten, so ein Leben allein. Man kann Entscheidungen treffen, ohne dass einem jemand reinredet und sagt, nein, tu das lieber nicht. Er hat nie geglaubt, dass ich auch allein zurechtkommen würde.«

»Welch ein Glück, dass wir Sie haben«, sagt Helen.

»Sie ahnen ja nicht, was ich alles ohne ihn kann, Miss.« Sie legt die Brötchen auf ein Blech und hängt es über das Feuer, wo sie im Lichtschein schon jetzt golden aussehen.

Später trägt Helen einen Korb mit frisch gebackenen Brötchen in die Hütte, wo sie die Andachten hält. Zwei ältere Frauen sitzen auf der ersten Bank, und Moll sitzt hinter ihnen. Erst als Helen den Korb auf den Altar stellt und die vergoldete Bibel ihrer Mutter aufschlägt, entdeckt sie ihren Vater auf einem Stuhl mit Binsengeflecht ganz hinten in der Ecke, weitab von den Kirchenbänken der Gläubigen. Er hat die Arme vor der Brust verschränkt.

Sie spricht den Sklaven das Vaterunser vor, ehe sie sie den Katechismus abfragt.

»Wie heißt ihr?«

Alle rufen sie ihren Namen. Asa schweigt.

»Was ist eure Pflicht Gott gegenüber?«

Sie sprechen alle durcheinander. »An ihn zu glauben, ihn zu fürchten und ihn zu lieben mit meinem ganzen Herzen, mit meinem ganzen Verstand, mit meiner ganzen Seele und mit meiner ganzen Kraft.«

Nach dem Gottesdienst geht Helen mit Moll zurück nach Long Ridge. Sie sieht sich nach Asa um, aber er ist gegangen, als sie gerade mit Tante Caty über deren Enkel sprach. Am Grenzbach bleibt Moll stehen, und einen Moment lang hat Helen das Gefühl, sie werde den Styx allein überqueren müssen, alle Freunde, die sie in ihrem Leben gewonnen hat, würden sie noch vor der letzten Überfahrt verlassen. Sie ist noch nicht so bereit zum Verzicht wie Mrs. Randolph. Helen greift nach Molls Hand. »Komm mit mir«, sagt sie. »Nur kurz.« Sie zieht sie über den Bach, und das Gras ist an diesem späten Vormittag wieder weich unter ihren Füßen. Helens Finger umspannen Molls Hand sehr fest.

Als sie das Wohnzimmer betreten, Helen mit einem Holunderzweig im Haar, Moll die dreckigen Schuhe in der Hand, sitzt Asa in einem Sessel am Fenster. Er hat seine Jacke über den Schoß gebreitet und die Hände zum Wärmen darin vergraben.

»Hat denn heute Morgen niemand hier Feuer gemacht?« Helen lässt Moll los und geht Mrs. Randolph rufen.

Asa wendet den Kopf vom Fenster und blickt Moll an. »Hat dir der Gottesdienst heute Morgen gefallen?«

»Ihre Tochter kann schön reden, Sir.«

»Und glaubst du an die Antworten, die du in der Katechismusstunde gegeben hast?«

Moll blickt zum Sofa, und Asa nickt. Sie setzt sich. »Der Herr tut sein Bestes an uns, Sir.«

»Selbst an dir?« Je älter Asa wird, desto öfter würde er am liebsten schlafen. Sogar in diesem Moment neidet er Moll das Sofa, dessen Möglichkeit zu bequemem Ruhen. Das Gespräch, das er begonnen hat, könnte er, ohne ein Gefühl des Verlusts, einfach unbeendet versanden lassen.

Als Helen zurückkommt, schweigen beide. Sie fährt mit der Hand über den Staub auf dem Sims des kalten Kamins. Kurz darauf erscheint Mrs. Randolph mit Holz unterm Arm und kniet sich auf die Steinfliesen.

»Bist du Gott immer treu gewesen?«, fragt Asa Helen.

Sie blickt kurz zu Moll, die ihre nackten Zehen unter den türkischen Teppich schiebt.

»Ich meine, schon als Kind. Ich frage mich einfach, ob du schon immer diesen Glauben hattest.«

»Das ist etwas, das meine Mutter mir hinterlassen hat«, sagt Helen.

»Ich muss jetzt nach Hause«, sagt Moll, steht aber nicht auf.

Asa schüttelt den Kopf. »Mein Vater hat mir erklärt, dass unser Leben uns gehört und dass wir es erst, wenn wir sterben, Gott und dem Himmel übergeben.«

»Du glaubst also, er hat nichts mit unserem Schicksal auf der Erde zu tun?«, fragt Helen.

»Mir ist nicht klar, wie sie dir so etwas wie Glauben hinterlassen haben kann, wo du sie noch nicht einmal gekannt hast.«

»Wir entscheiden selbst, was wir uns nehmen«, sagt Helen.

»Von den Menschen und auch von Gott«, sagt Moll. Ihre Füße stecken jetzt ganz unter dem Teppich, und sie sieht Asa nicht an.

»Was nimmst du dir denn, Moll? Mir scheint nicht, dass du besonders gut behandelt worden bist.«

Das Feuer hat inzwischen das Brennholz aufgezehrt, und Mrs. Randolph verlässt den Raum mit gesenktem Kopf, in der Hoffnung, dass sie nicht nach ihrem Glauben gefragt wird.

»Helen sagt, die Bibel lehrt uns, pflichtbewusst zu sein. Ich verstehe, dass das gut ist, um die Leute ruhig zu halten und die Ernte rechtzeitig einzubringen. Und die Belohnung ist dann ewig. Ich glaube aber, ich bin Ihrer Meinung, Sir, dass Gott erst am Ende kommt.«

»Warum geht man dann in die Kirche?«

»Wir müssen wissen, wie wir ihn erkennen, wenn er uns holt.«

»Wenn wir ein anständiges christliches Leben führen«, sagt Helen und trommelt auf den Kaminsims, »ist er immer bei uns. Es ist nicht so, dass etwas aufhört und danach etwas anderes beginnt.«

»Aber was ist dann der Himmel?«, fragt Moll.

Helen setzt sich neben sie aufs Sofa. »Es ist einfach eine größere Nähe zu Gott. Was die Belohnung ist, wie du sagst.«

»Glaubst du, dass du deine Mutter dort siehst?«, fragt Asa.

»Das ist nicht so wichtig«, erwidert sie. »Es ist kein Ort mit richtigen Menschen.«

»Ich dachte, du hast gesagt, er ist einfach so, wie wir ihn uns vorstellen«, sagt Moll.

»Dann hast du keine Angst vor dem Tod«, sagt Asa.

Helen blickt von Moll zu Asa. »Ich habe Angst, dass du stirbst. Ich habe Angst, allein gelassen zu werden. Aber ich glaube, wenn wir gestorben sind, herrscht nur noch Güte.«

»Ich verstehe nicht, wieso Güte nicht schon herrschen kann, bevor wir sterben«, sagt Moll.

»Du meinst also, ich sollte mit Beten anfangen?« Asa fummelt an dem Kerzenhalter auf dem Tisch am Fenster, pult das getrocknete Wachs vom Silber.

Helen lacht. »Denkst du etwa, ich würde dir davon abraten?« Sie kann kein Lächeln in seinem Gesicht entdecken. »Ich glaube, Gott gefällt es, wenn sein Name gepriesen wird. Er ist doch ein Vater. Und er hört immer zu.«

»Besonders weißen Leuten«, sagt Moll. Sie zieht die Füße unter dem warmen Teppich hervor und nimmt sich, nach einem kurzen Knicks in Asas Richtung, ihre Schuhe an der Tür und verlässt das Zimmer.

Helen folgt ihr zur Hintertreppe, wo Moll mit ihrem schweren grauen Mantel kämpft. Motten haben sich durch die Schultern und die Brusttasche gefressen. »Ich wollte mich eigentlich nett mit dir unterhalten«, sagt Helen. »Ich weiß nicht, was mit ihm los ist. Vielleicht denken im Winter alle an das, was sie verloren haben.«

Moll wartet einen Augenblick, ob Helen noch etwas sagen will, und spricht dann ins Schweigen hinein. »Ich bekomme ein Baby.«

Helen packt sie am Handgelenk. »Von Moses?«

»Es wird ein weiterer seiner kleinen Bastarde sein.«

»Moll, ich freue mich so für dich. Ist das etwas Gutes? Ich merke immer wieder, dass ich neidisch auf dich bin.«

Moll knöpft ihren Mantel zu, zumindest die Knöpfe, die noch vorhanden sind. Sie hebt die Hand und streicht Helen über die Haare, die sich aus den Nadeln gelöst haben und in denen sich das wenige Licht fängt, das durch die Wolken dringt. »Irgendwie glaube ich nicht, dass dein Himmel auch nur ein bisschen wie mein Leben aussehen wird.« Sie zieht an Helens Locken und macht sich auf den Weg nach Hause.

»Lass mich seine Patin sein«, ruft Helen ihr hinterher.

»Du kannst ja nicht mal deinen eigenen Papa zum Beten bringen!«

Mit ihren Röcken, die sie bis über die Waden hochgerafft hat, und den hinter ihr her flatternden Mantelschößen sieht Moll wie ein Reiher aus, der übers Feld stakst. Helen kann sich nicht vorstellen, dass solch ein magerer Vogel Mutter wird.

*

In diesem Frühling liegt es irgendwie in der Luft, dass die Amerikaner gewinnen werden. Seit 1775 hat Asa kein Terpentin mehr an die Briten verkauft, und jetzt zahlt sein riskantes Spiel sich aus. Der Krieg ist gut für sein Geschäft, weshalb er in Ruhe hat abwarten können. Im März hat er einen Brief von der Generalversammlung von North Carolina erhalten. Man lobt sein Unternehmen, man schmeichelt seiner Loyalität, und man bittet ihn, als Abgeordneter von Carteret County an den Beratungen im Sommer teilzunehmen. Er ist bereit für eine größere Rolle bei der Gestaltung seines Staats, und wie sich gezeigt hat, ist Helen durchaus fähig, in seiner Abwesenheit die alltäglichen Geschäfte zu führen.

Als er ihr beim Abendessen seine Entscheidung mitteilt, gratuliert sie ihm.

»Sie tagen inzwischen in Hillsborough, so dass ich fast den ganzen Sommer über dort sein werde, obwohl ich natürlich nach Hause reiten kann, wenn ich gebraucht werde. Es ist nur zwei Tagesreisen entfernt.«

»Weswegen? Um meine Buchführung zu prüfen?«

Er rührt mit dem Löffel in der Suppe herum. Obwohl Herr seines Hauses, ist es ihm nie gelungen, vorzuschreiben, was ihm jeden Abend vorgesetzt wird. »Ich möchte nicht, dass du dich einsam fühlst.«

»Ich habe schon daran gedacht, einigen der jüngeren Sklaven das Lesen beizubringen. Und es gibt ein paar Kinder in der Stadt, die sonntags Zeit haben.« Helen klingelt nach Mrs. Randolph.

»Wirst du Miss Kingston bitten, dir zu helfen?«

»Jetzt Mrs. Foushee.«

»Du bist allmählich etwas zu alt, um so viel mit ihnen allein zu sein.«

Als Mrs. Randolph seine Schale fortnimmt, fällt der Löffel auf den Boden. Sie bückt sich seufzend, um ihn aufzuheben. Sie ist nicht gerade eine lautlose Dienerin, aber sie ist schon so lange bei ihnen beschäftigt, dass man sie wohl oder übel wird behalten müssen, wie eine arme Verwandte. »Er isst noch nicht mal eine Suppe mit den ersten jungen Karotten«, sagt sie. »Wo ich sie ganz süß gemacht habe und auch mit ein bisschen Sahne dazu. Sie würden mir doch Bescheid sagen, wenn Sie krank sind, Sir?«

Asa nickt.

»Der Mann ist einfach keiner für Suppen«, sagt sie und geht aus dem Zimmer, die Schale in der einen und den tropfenden Löffel in der anderen Hand.

»Was soll ich denn deiner Meinung nach tun?«, fragt Helen. »Den ganzen Tag mit ihr schwatzen? In meinem Zimmer sitzen und einen Roman schreiben?«

»Ich muss ja sagen, ich bin froh, dass du noch keinen Mann gefunden hast. Es kommt mir sehr entgegen, dass ich noch eine Tochter zum Rumkommandieren habe. Du solltest dich allerdings allmählich auf den Tag vorbereiten. Dich, zum Beispiel, ein bisschen mehr dem Kochen widmen.« Mrs. Randolph erscheint mit zwei Tellern mit Fisch, eindeutig kalt.

Nachdem sie wieder gegangen ist, lächelt Helen und wirft ihm Arroganz vor. Er greift, über den Tisch hinweg, nach ihrer Hand. »Ich wünschte, ich hätte irgendein kleines Andenken an dich, das ich mit in die Hauptstadt nehmen könnte. Ich würde es hüten wie einen

Schatz.« Er denkt an den Porträtmaler, der vor einem Jahr mit seiner kleinen Leinwand und Pinseln nach Long Ridge gekommen war. Wofür bewahrt sie es auf?

»Ich werde mir etwas überlegen«, sagt sie. »Es muss meine Tugenden herausstellen. Ich möchte ja nicht, dass du daran erinnert wirst, wie ich Mutters Vase zerbrach oder wie Moll und ich die Schlange ins Haus ließen.«

Er ignoriert den Fisch und reibt ihre Finger zwischen seinen. »Du wirst immer das Zuhause sein, in das ich zurückkehren möchte.«

Als er an jenem Abend an seinem Tisch neben dem Bett sitzt, das er einst mit seiner Frau teilte, schreibt er an den Präsidenten der Versammlung von North Carolina, er wolle die Aufgabe im House of Commons wahrnehmen. Er wird an die Stelle von William Blount treten, der Abgeordneter im Continental Congress in Philadelphia werden wird. Der Pfad, den er beschritten hat, wird jetzt zu einer Leiter, die zu Höherem führt. Auf ein anderes Blatt Papier schreibt er Anweisungen für seine Tochter: wo die Geschäftsbücher aufbewahrt werden (was sie weiß), die Liste der Neger, die Adressen seiner Lieferanten, welche Summen für neue Beile, Transportfässer, Zucker zur Verfügung stehen.

Die Zeitungen schreiben, der Krieg sei vorbei, die Briten hätten sich im Herbst in Yorktown ergeben. Doch es kreuzen immer noch Schiffe vor der Küste, als sei noch nicht alle Bitterkeit ausgetrieben. Beaufort hat die ersten sieben Kriegsjahre überstanden; die letzten paar Monate wird es auch nicht anders sein.

*

Ein Stapel zusammengefalteter Hosen liegt neben Asas Ankleidestuhl, er ist der Aufmerksamkeit aller Frauen des Hauses entgangen. Ein Dienstmann schließt und verschnürt den letzten Koffer und setzt ihn auf die anderen, die unten an der Vordertreppe stehen. Zwei Pferde stupsen sich mit den Köpfen und verscheuchen mit ihren Schweifen die ersten Sommerfliegen. Die Sitzungen beginnen am 13. April, und Asa bricht an einem Mittwoch auf, zehn Tage vorher, damit er Zeit genug für die über zweihundert Meilen hat und sich noch in Ruhe einrichten kann. Er steht direkt hinter der Kutsche und lässt den Blick über den verunkrauteten Rasen und das kleine Gehölz hinunter zum Meeresufer schweifen. Es ist ein warmer Tag, und er würde seine Jacke am liebsten in die Kutsche legen, aber er ist jetzt ein Abgeordneter von North Carolina. Er wird sich in jeder Hinsicht würdevoll verhalten. In die kleine Aktentasche, die er selbst tragen wird, hat er zwei Federkiele und ein halbes Dutzend Schreibfedern gepackt. Helen hat sie für ihn in der Stadt gekauft. Sie haben versprochen, einander alle paar Tage zu schreiben, außerdem wird er, so stellt er sich vor, Anträge zur Verbesserung seines Staates und bald schon seiner Nation schreiben. Neuerdings macht er sich Gedanken über seine Formulierungskünste.

Gestern Abend hat sie ihm ein weiches Päckchen überreicht. Er hatte nicht sofort nach dem Öffnen gelächelt, weshalb Helen hastig erklärte: »Es war eigentlich für einen Ofenschirm gedacht, aber ich wollte, dass du etwas zum Mitnehmen hast, und deshalb ist es jetzt ein Kissen geworden. Es soll Long Ridge darstellen, aber ich habe viel zu viele Vögel reingesetzt.« Er sagte, ihre Stickerei sei wunderschön, und dankte ihr. Er sagte, es könnten gar nicht genug Vögel sein.

Plötzlich hört er eine Frau durch ein offenes Fenster rufen, und kurz darauf stürzt Moll mit seinen Hosen in der Hand aus der Haustür und rennt die Treppe hinunter. »Sie wären ohne Hosen, Sir.«

Er gibt dem Kutscher ein Zeichen, der blickt von Asa zu Moll, ehe er hüstelt und nach dem Kleiderstapel greift. Moll weiß, dass das nicht zu seinen Aufgaben gehört, aber so ist es nun mal mit fast allem, was sie tun. »Ich wünsche Ihnen eine sichere Reise«, sagt sie und verneigt sich kurz. »Möge der Herr Ihre Pferde lenken.«

Da kommt Helen aus dem Haus geeilt, ein in Tücher gehülltes Bündel in der Hand. »Brötchen für unterwegs«, sagt sie. Asa nimmt das noch warme Päckchen entgegen, und nun stehen die beiden Männer mit vollen Händen da und wissen nicht recht, wie sie den Aufbruch bewerkstelligen sollen.

»Ich schreibe dir in der Kutsche«, sagt Asa zu seiner Tochter.

»Das wird kaum zu entziffern sein.«

Er drückt sie an seine Brust und küsst sie auf die Wange. Es gibt Männer, die keine Töchter haben, denkt er.

Während er in der Kutsche mit seinen Gefühlen kämpft, verpasst er die letzten Blicke auf Beaufort: den staubigen Weg, der von Long Ridge gen Westen führt, die Straße, die die Stadt vom Ozean trennt, das Sumpfland, das in Kiefernwald übergeht, der in Laubwald übergeht. Die Landstraßen liegen schon fast vollständig im Schatten, ehe er sich so weit gefasst hat, um wieder aus dem Fenster zu blicken, als Mann, als Gesetzgeber.

*

In dieser Nacht schläft Helen im Bett ihres Vaters. Sein Abdruck ist noch auf der Matratze zu sehen, und sie legt sich daneben, die Hand in der Kuhle, wo seine Schulter war. So ehrt sie ihn, aber noch vermisst sie ihn nicht; sie ist zu jung, um ihre Unabhängigkeit zu bedauern. Durchs offene Fenster kann sie das ferne Anbranden der Wellen hören. Manchmal glaubt sie, es seien Männer, die sich in Booten nähern und mit ihren Rudern das Wasser in diesem monotonen Rhythmus zerteilen. Als sie jünger war, hatte sie sich ausgemalt, wie solche Männer in Long Ridge anlegten, sich ins Haus schlichen und sie in Betttücher eingewickelt fortschleppten. Bevor sie sich ausdenken konnte, wohin die Boote sie bringen würden, war sie jedes Mal eingeschlafen.

Jetzt entwirft sie, zwischen Wachen und Träumen, Szenen des Wiedersehens. Sie sitzt, mit den Füßen im Bach, hinterm Haus, als er erscheint; sie rührt Kuchenteig; sie döst im Pavillon. In den meisten Nächten kommt sie nicht bis zu dem Moment, in dem er spricht. Er trägt eine geflickte Uniform, hat die Muskete über den Rücken geschnallt, und sie sehen einander meist einfach nur an. Einmal ist sie aber auch auf ihn zugegangen, hat ihn in die Arme genommen und so lange umschlungen gehalten, bis sie eingeschlafen war. Tagüber erinnert sie sich an diese Fantasiegebilde wie an etwas Reales. Als Mrs. Randolph sie fragt, wieso sie lächelt, muss sie an sich halten, um nicht zu sagen: »John ist heimgekehrt, und in seinen Augen sah ich, dass er mich liebt, und dann habe ich ihn umarmt.«

Heute Nacht ist der Klang der rauschenden Wellen der Klang von John in einem kleinen Boot. Sie stellt ihr Traum-Ich ans Ufer der Bucht, die nackten Füße im Wasser, und wartet.

*

Am nächsten Morgen umrunden drei Schiffe die vorgelagerten Inseln und erscheinen im Topsail Inlet. Sie drehen bei und holen die Segel kurz hinter den Sandbänken und Riffen ein, die die Stadt vor dem Meer schützen. Auf ihrem Weg in die Stadt, wo sie Kaffee kaufen will, sieht Helen sie dümpeln, ohne Beflaggung. Später am Vormittag haben sie sich immer noch nicht gerührt, und eine kleine Menschenmenge hat sich am Hafen versammelt und rätselt. Die naheliegende Vermutung lautet: Händler aus dem Norden. Ein älterer Austernfischer ruft Helens Namen, als er sie entdeckt.

»Erwartet Ihr Vater irgendwelche Lieferungen?« Er kennt Helen, wie er alle Kinder der Stadt kennt, da er selbst nie welche hatte.

Sie schaut zu den drei Schiffen. »Wir haben kurz vor seinem Aufbruch eine Ladung losgeschickt«, sagt sie, »und ich glaube nicht, dass noch irgendetwas aussteht.«

»Vielleicht sind sie wegen Johnson oder Foot hier.«

»Ich kann zu Hause noch mal in den Büchern nachsehen«, sagt sie. »Sie glauben doch nicht, dass es Briten sein könnten?«

»Die britische Flotte ist tot, Miss, und in Beaufort gäbe es ganz bestimmt nichts für sie zu holen.«

»Sieht so aus, als müsste jemand sie hereinlotsen«, sagt ein jüngerer Mann. »Sie waren anscheinend noch nie hier.«

»Sie sind nicht so dumm, durch die Untiefen zu rumpeln«, sagt der Austernfischer. »Ich glaube, sie warten auf Hilfe.«

»Sollen wir die Reismänner bitten?«, fragt sein Kamerad.

»Lieber schicken wir ein Boot raus. Sie wollen anlegen, sonst wären sie doch gar nicht so weit reingesegelt. Wir müssen zusehen, dass der Handel so schnell wie möglich wieder in Gang kommt.«

Helen kann an Deck die Silhouetten von Männern erkennen, keiner bewegt sich schnell. Vielleicht ist einer von ihnen John, der endlich zu ihr zurückkehrt, nach zwei Jahren des Kämpfens in Ehren entlassen. Sie ist müde, da sie noch vor Sonnenaufgang aufgestanden und hinaus zu den Feldern gegangen ist, um die Kiefernplantagen zu kontrollieren. Sie setzt sich auf eine Steinbank am Hang zwischen Front Street und Hafenanlage und sieht zu, wie die Fischer sich beratschlagen. Sie beschließen, mit zwei Dingis rauszufahren, jedes mit einem Lotsen; einige Männer, die ihre Netze schon eingeholt haben, nehmen in einer Mischung aus Pflichtgefühl und Neugier auf den freien Sitzen Platz. Vielleicht gibt es ja eine Belohnung von einem hiesigen Kaufmann, wenn sie dessen Waren sicher an Land bringen. Überraschungen halten die Menschheit am Leben, denkt Helen.

Sie schaut zu dem Phantom-John, einem Pünktchen

auf dem Schiff. Bietet Gott ihr seine Hand? Sie ist nicht abergläubisch, glaubt nicht an Friedhofsgespenster, aber wenn John wirklich ein Passagier auf einem dieser Schiffe wäre, würde das Schicksal ihr da nicht im richtigen Moment ein Dingi schicken? Sie sieht sein Gesicht inzwischen schon überall; sie muss es jetzt nur noch finden.

»Darf ich mitkommen?«

Der Austernfischer, der Helen zuvor gerufen hatte, löst gerade die Vertäuung des Boots. Als junger Mann nahm er die Kinder immer huckepack. Er blickt erfreut zu ihr hoch. »Sie hätten nichts gegen einen kleinen Ausflug, Miss?«

Brachen alle Entdecker mit so viel Freude ins Unbekannte auf? Sie sammelt ihre Einkäufe zusammen und eilt mit kleinen Schritten, um nicht zu stürzen, den Abhang hinunter. Der Austernfischer streckt die Hand nach ihren Paketen aus, sie lässt sie in seinen Schoß fallen und klettert hinter ihm ins Boot. Sie hat ihr ganzes Leben am Meer verbracht, sich auf Schiffen aber trotzdem nie wohlgefühlt. Von Wasser umschlossenes Land ist in seiner Festigkeit etwas besonders Kostbares, und genau das liebt sie an ihrem Zuhause, nicht das Wasser als solches. Der Austernfischer hilft ihr auf die Bank neben sich und legt ihr seinen Arm um die Taille. Es gefällt ihm, dass er sich eine junge Dame gesichert hat.

»Haben Sie Angst vor dem offenen Sund, Miss?« Sein weißer Bart fliegt in der Brise wie Wollgras.

Sie schüttelt lächelnd den Kopf. »Nicht mit Ihnen an meiner Seite.«

In seiner neuen Rolle als Kavalier überlässt der Austernfischer die harte Arbeit des Ruderns anderen. Die jüngeren Männer im Boot übernehmen die Riemen und steuern nach Süden, zur Meerenge, wo die Schiffe immer noch warten. Die Sonne steht senkrecht über ihnen. Helen hätte Mrs. Randolph Bescheid sagen sollen, damit sie nicht mit dem Essen wartet, doch Gedankenlosigkeit ist schließlich Teil des Abenteuers. Sie begräbt ihr Schuldgefühl unter der Angst vor dem Ozean. Der Austernfischer erzählt ihr Geschichten von Meerpferden und anderen Ungeheuern, und als sie schließlich an dem ersten der großen Schiffe beidrehen, schmerzt ihr Bauch vor Lachen. Ein Mann wirft eine Strickleiter herunter, und die jüngeren Männer klettern als Erste hoch, um ihnen den Weg zur Küste zu zeigen. Helen will gerade nach dem Seil greifen, als sie Schreie an Deck hört.

Sie hält inne, aber wohin kann sie fliehen? Sie befindet sich auf einem kleinen Boot im Sund und hält mit einer Hand eine Strickleiter. Die Gesichter zweier Männer erscheinen über der Reling des Schiffs. Sie scheinen verduzt, doch dann brüllen sie, sie solle hochkommen. Sie blickt zum Austernfischer, der sich die Hände an seinem Hemd abwischt und den Kopf schüttelt. Als sie wieder hochschaut, sieht sie, dass einer der Männer eine Muskete auf sie richtet. Wo ist John? Haben sie ihn eingesperrt? Die Leiter hochzuklettern ist die unwürdigste und mutigste Tat, die sie jemals vollbracht hat, und sie erlebt sie wie in Zeitlupe. Das Seil in ihren Händen ist borstig und warm, und vom Wasser, das an der Schiffswand hochschwappt, werden ihre Knöchel nass. Stimmen kommen von oben und von unten. Keine klingt freundlich. Sie ist sich bewusst, dass der Wind ihr unter die Röcke fährt und der alte Mann, der noch im Boot sitzt, ihre Beine sehen kann. Als sie die Hälfte geschafft hat, verwandelt sich ihre Furcht in Erwartung: Wenn dies Johns Schiff ist, gibt es dort – denn John war doch einst ein Pirat – selbstverständlich auch Männer mit Gewehren. Also ist das hier nur der theatralische Teil seines romantischen Plans. Doch ihre Euphorie hält nicht lange an. Vielleicht hätte sie besser Feder und Papier dabei haben sollen, um ihrem Vater Lebewohl zu schreiben. Aber dann kann sie den Namen am Bug des Schiffs lesen, *Peacock*, und beschließt, dass das kein gefährlicher Name ist. Zumindest ist dies kein spanisches Schiff. Der Rumpf sieht rau und rissig aus, hat gar keinen Anstrich mehr. Und zu viele große Vögel umkreisen die Schiffe, als hätten die Matrosen ihr schlecht gewordenes Fleisch über Bord geworfen, weil sie fest von frischem Nachschub ausgehen. Sie sind immer noch im Krieg; natürlich. Helen streckt einen Arm über die Reling, und ein junger Mann in Rot reicht ihr seine Hand. Sie akzeptiert, so sittsam, als bäte er sie zum Tanz. Sie wird an Bord gehievt und mit vorgehaltener Waffe zum Großmast geführt, an den ihre Begleiter gerade mit Händen und Füßen festgebunden werden.

Fünftes Kapitel

Nach allem, was man hört, ist der Krieg beendet. Die Briten haben im Herbst in Yorktown verloren. Es hat danach noch Scharmützel in der Karibik gegeben, wo es noch so warm ist, dass menschliches Blut in Wallung geraten kann, aber auf dem Kontinent hat der Winter den Kampfgeist der Armee abgekühlt. Nur die Indianer kämpfen immer noch. Generäle sprechen mit Generälen, und es werden Verträge entworfen. Die Partei von König George hat im Parlament nicht mehr das Sagen, und jeder ist für Frieden, von den Müttern bis zu den Söhnen. Die Amerikaner blicken schon hungrig nach Westen. Gras beginnt über den Gräbern der Männer zu wachsen, die in den Krieg zogen und niemals zurückkehrten.

In der Generalversammlung hört Asa zu, wie die anderen Abgeordneten Pläne für ihre Bezirke diskutieren: Denkmäler, Postämter, Kanäle. Manche sind nervös, weil die Kontrolle der Briten fehlt, und hoffen auf eine starke Verfassung; andere sind froh, dass jetzt losregiert werden kann, ohne dass eine komplizierte Vergangenheit die Zukunft des Landes behindert. Sie werden sich hinsetzen und entscheiden, was wahr zu sein hat, und alles andere weglassen, ganz einfach. Asa verliert sich in Tagträumen.

Er hat von Kriegen nie viel zu befürchten gehabt. Die schlimmste Gefahr, der er jemals ausgesetzt gewesen ist, erlebte er als Junge von gerade mal sechzehn Jahren. Eine Flotte spanischer Piraten war im Hafen von Beaufort gelandet und verbrachte den Sommer damit, Schiffe zu kapern und die Stadt zu plündern. Mehrere Jahre lang benutzten die Spanier Cape Lookout als Stützpunkt, von dem aus sie vorbeifahrende Schiffe attackierten. Für den Fall eines Angriffs baute die Stadt einen Pulverturm und bestückte ihn mit Schießpulver und Schrot. Im Sommer wechselten sich Jungs, die dort spielten, mit der Bewachung ab. Nachdem die Spanier 1747 dann Beauforts Fischerflotte geraubt hatten und noch einmal wiederkamen, um sich sein Silber und frisches Rind- und Schweinefleisch zu holen, das auf See nicht zu haben war, kam der Pulverturm zum Einsatz. Und kaum wurde er gebraucht, war er auch schon erobert.

Asa ist inzwischen so alt, dass er sich nur noch bruchstückhaft an jenen Sommer erinnern kann. Er muss Angst gehabt haben, erinnert sich aber nur an die Aufregung. Major Ward, der damals sehr jung und tapfer war, rief die Soldaten, die Farmer und die Hufschmiede zu den Waffen. An die hundert Männer trieben die Spanier zurück auf ihre Schiffe, töteten eine Handvoll, und, unsicher, was sie mit den Leichen machen sollten, begruben sie einigermaßen respektvoll auf dem Friedhof der Stadt, schließlich waren auch sie Christen. Danach erhielten sie Geld vom Gouverneur für die Errichtung eines Forts auf Bogue Island, begannen auch mit dem Bau, brachten ihn jedoch nie zu Ende, weil seitdem Frieden herrschte.

Hatte Asa eine Waffe getragen? Nein, er hat zwar die Geschichten über Männer gehört, die auf die Schiffsrümpfe der weichenden Spanier schossen, aber nie das Gewicht einer Waffe in der eigenen Hand gespürt. Jedenfalls nicht, als eine Waffe benötigt wurde. Er ist nicht neidisch auf jene Farmer, die die spanischen Piraten aus dem Hafen jagten, und er möchte auch jetzt keine Waffe tragen. Er hat sich dazu entschlossen, Dinge aufzubauen, Vorhandenes wieder zusammenzusetzen, das im Gefolge von Kriegen durcheinander geraten ist, und eine Familie zu ernähren, die seinen eigenen vergänglichen Ruhm überdauert. Er muss Angst gehabt haben, als die Spanier damals landeten. Aber sein Vater verbot ihm, sich den Farmern anzuschließen, und seine Mutter hielt ihn von der Küste fern, weshalb er sich jetzt nicht mehr an die Furcht erinnert. Das ist es, was Eltern tun: Sie formen die Gefühle, die später die Erinnerung prägen.

Jetzt ist er kein junger Mann mehr. Seine Tochter ist erwachsen und klug, und sie betritt eine friedliche Welt. Unterdessen diskutieren die Gesetzgeber monoton weiter. Asa ist stolz auf seine Rolle als Staatsdiener. Er entlockt dem Chaos Ordnung, und wenn er nach Beaufort zurückkehrt, wird er sich die furchtlosen Augen seiner Tochter als Verdienst anrechnen. Und nach seinem Tod wird sie ihn ihrerseits vielleicht als schwach, aber doch gern in Erinnerung behalten. Womöglich lässt er sich von ihr sogar noch vom Himmel überzeugen. Der Krieg ist zu Ende, und die Generalversammlung genießt die Aprilwärme in Hillsborough.

Aber die Briten haben das Kämpfen noch nicht beendet.

*

Ein Kurier erscheint im Feldlager von New Bern mit einem Brief, der ausführlich die Heimtücke der Briten in Beaufort beschreibt. Colonel Easton fragt ihn, wie lange das her sei, und der Mann blickt in den sternenübersäten Himmel und sagt: »Einige Stunden.« Die Männer machen sich bereit, ziehen ihre Mäntel über und binden Pulverhörner an ihre Musketenriemen. Mit der Kavallerie als Vorhut werden sie im Laufe der Nacht in Etappen ankommen, da die übrigen Männer noch Pferde und Wagen in der Stadt beschlagnehmen. Easton erklärt ihnen, die Briten hätten die Hafenzufahrt versperrt und es seien Gefangene gemacht worden. Sie werden von Norden her vorrücken und sich draußen vor der Stadt versammeln und auf Befehle warten. John begreift, dass Easton Zeit gewinnen will. In seinem Kopf geht alles durcheinander. Es gibt Wege von Long Ridge, die nach Norden und nach Westen führen, Moll wird sie kennen, wird alle in Sicherheit bringen. Moll, die ihre Herrin vielleicht liebt, vielleicht auch nicht. Er hat Beaufort seit fast zwei Jahren nicht wiedergesehen, Jahre, vertan mit belanglosen Schlachten und tagelangen Märschen. Seit er in New Bern stationiert ist, hat er sich Nacht für Nacht seine Flucht ausgemalt, die Straße, die ihn südwärts durch die Marschen nach Beaufort und zu Helen bringen würde. Niemals sind ihm zwei Jahre so langsam vergangen. Und jetzt, wo er und die Armee direkt vor ihrer Tür stehen, ist sie in Gefahr.

Die Nacht schreitet voran. Sein beschlagnahmtes Pferd ist ein Ackergaul und schwitzt und schlägt aus, wenn es galoppieren soll. John lenkt den Gaul langsam durch den dichter werdenden Wald, lässt ihn an Bächen trinken und treibt ihn in die Marschen, wo er den Geruch von zwei Dutzend anderen schnaubenden Pferden aufnimmt. John hat seit dem Herbst keinen Brief mehr von ihr bekommen, und da war die Schrift so klein und verkrampft, dass er die Hälfte der Wörter kaum entziffern konnte. Sie berichtete ihm endlos von der Farmarbeit, davon, wie schön das Harz bei warmem Wetter fließe und wie es dann dickflüssiger werde, um mit dem Frost zu versiegen. Zuerst überflog er die Seiten auf der Suche nach zärtlicheren Worten, bis er dann aufgab und noch einmal von vorne anfing und auf die Namen von Unkraut und Sklaven achtete. William Dennis hätte vielleicht helfen können, da dieselbe Lehrerin auch ihm die Hand geführt hatte, aber John konnte nicht auf Williams Wissen zurückgreifen, etwa darauf, wie sie bei ihrem großen S einen Schnörkel machte. Und doch wird dieser Brief mit seinen Informationen über die Harzgewinnung in seiner Brusttasche langsam brüchig. Um sich selbst hat er bislang noch keine Angst.

Am Rand der Stadt wachsen die Bäume weniger dicht. Er kann ihre skelettartigen Umrisse in der mitternächtlichen Schwärze erkennen. Easton steht neben seinem Pferd; einige Männer geben ihren Pferden etwas Wasser aus ihren Feldflaschen, da ihre Mäuler grau vor Schaum sind. Johns Gaul zittert, er spürt das Beben der Tiermuskeln an seinen Beinen. Man wird erst einmal klären, ob die Stadt noch in amerikanischer Hand ist, und sich dann an der Küste verteilen, um die Briten an der Landung zu hindern. Im Brief des Kuriers hat gestanden, sie hätten die Lotsen festgenommen, aber natürlich könnten die Lotsen sich jetzt weigern, sie in den Hafen zu führen. John überlegt, welche Fischer er in Beaufort kennt.

Er bittet um den östlichen Küstenstreifen. »Den hat Dennis«, sagt Easton. Er fragt, ob er ihn begleiten dürfe, und Easton sagt, das sollten sie unter sich ausmachen. Der vorausgeschickte Bote kehrt mit einem Bericht des Gemeinderats zurück, der sich im Rathaus versammelt hat und mögliche Abwehrstrategien entwirft.

»Die Briten sind immer noch auf den Schiffen, Sir. Sie liegen in der Meerenge hinter dem Bird-Island-Riff.«

»Und die Gefangenen?«

Der Bote blickt auf das Papier in seiner Faust. »Namen sind noch nicht bestätigt worden. Für einige Ehefrauen ist ein abwesender Mann gar nicht so ungewöhnlich, weshalb sie weder das eine noch das andere bestätigen wollen. Mindestens zwei Boote mit Fischern. Einer behauptet, er habe eine Frau mitfahren sehen.«

»Die Briten nehmen keine weiblichen Gefangenen«, sagt Easton.

»Sie werden nicht gewusst haben, dass die Frau dabei ist, Sir.«

*

John und William führen ihre Pferde zu Fuß in die Stadt, wo Fenster erleuchtet sind und Schatten sich hinter Vorhängen bewegen. Die Masten der Schiffe ragen wie tote Stöcke über den Horizont, schlaff herabhängende Segel atmen im Nachtwind. Selbst die Möwen schweigen.

»Sie hätte doch gar keinen Grund gehabt, am Hafen zu sein«, sagt William.

John reibt die Zügel in der Hand. Einige unbewaffnete Männer haben sich auf der Front Street versammelt, um die Schiffe zu beobachten. Die beiden Soldaten wenden sich am Wasser nach links und halten auf die Terpentinplantage zu.

»Ihr Vater hätte den Ratsherren sicher Bescheid gesagt. Man würde längst wissen, dass sie verschwunden ist. Es muss eine der Lotsenfrauen sein.« William steigt auf. »Ich reite voraus.«

Was bleibt John anderes übrig, als ihn ziehen zu lassen? Die Sehnsucht zerreißt ihm schier die Brust, sein Herz zieht es zu ihr wie die Kompassnadel zum Pol. Sein Anspruch auf sie ist, anders als Williams, unausgesprochen. Sie haben einander nichts versprochen, und was könnte Zuneigung stärker befeuern? Er sieht, wie sie in der Einsamkeit ihrer Angst die Hände nach William Dennis ausstreckt. Ihre Hand an seiner Wange, ihre Fingerspitzen, die mit seinem Haar spielen.

Johns Pferd bleibt bei einem Büschel Schlickgras stehen. In der Stille kurz vor Anbruch der Morgendämmerung klingen die mahlenden Zähne des Pferds wie eine marschierende Armee. John setzt sich auf den Bordstein, die Zügel locker in der Hand. Der Himmel versinkt kurz in endgültiger Schwärze, bevor das Violett hervorbricht. John sitzt immer noch da, als William Dennis von Osten her angeritten kommt, die Knie in die Seiten seines Pferds gedrückt, sogar noch, als er es schon zum Stehen gebracht hat.

»Es ist niemand im Haus.« Das Pferd scheut unter ihm. »Niemand da.«

»Hast du Moll gefunden?«

»Moll? Nein, niemand da.«

John steigt aufs Pferd und lenkt es in Richtung Straße. Er reitet zu Mrs. Randolph, ohne William, der ihm folgt, Bescheid zu sagen, wohin er will, ohne sich selbst zu fragen, was Helens Abwesenheit bedeutet. Er hat einfach nur Angst, dass schon zu viel Zeit vergangen ist.

Mrs. Randolph hat sie nicht gesehen, will Moll fragen, der Vater sei verreist. Die Schiffe hätten sich nicht gerührt. Zwei ihrer Kinder weinen im vorderen Zimmer. Im Kamin liegt nur glühende Asche.

Mrs. Randolph drückt den Soldaten gerade Brot in die Hand, als sie von der Küste Musketenfeuer hören. Die Männer besteigen ihre Pferde, werden aber von einem weiteren Soldaten angehalten, der auf dem Weg nach Norden ist.

»Sie haben sich in Ruderbooten an Land geschlichen«, sagt er. »Wir ziehen uns zur Ausgangsposition zurück.« Eine weitere Salve folgt.

»Die Gefangenen?«, fragt William.

»Auf den Schiffen oder tot. Wir ziehen uns zurück. Sie sind übers Sumpfland angerückt, von Osten her. War niemand, der sie aufgehalten hätte. Easton fordert Verstärkung aus New Bern, aber die könnte erst nachmittags hier sein.«

»Das heißt, wir lassen die Bürger ohne Verteidigung?« John hätte doch am östlichen Küstenabschnitt patrouillieren sollen.

»Die wollen nicht die Menschen. Nur den Hafen. Die Versorgung fürs Hinterland verhindern. Sie haben Charles Town zwei Jahre lang besetzt gehalten, und sie knüpfen keine Damen auf.« Der Mann galoppiert los, wirft sein Pferd jedoch noch einmal herum. »Aber uns erschießen sie, sobald sie uns sehen.«

In ihrem ersten Feldlager, dem skelettartigen Kiefernwäldchen nördlich der Stadt, hat Easton eine Karte auf dem Boden ausgebreitet. Das mit Bleistift gezeichnete Bild von Beaufort – das Gitternetz der Stadt, wellenartig umgeben von Sumpf und Marsch und Sund – wird von der Laterne eines Soldaten angeleuchtet. Der Colonel markiert die Artilleriestellung der Stadt, eine Linie aus vier aufs Meer gerichteten Sechspfünder-Kanonen, und den Pulverturm mit einem Fass Pulver und einigen Gewehren. Lohnt kaum die Belagerung, ist aber das Einzige, was eindeutig verteidigt werden muss. Easton vermutet, dass die Artilleriestellung schon in britischer Hand ist, weshalb er sechs Männer zum Pulverturm schickt, ehe die Briten ihn finden, und weitere zwei Männer nach New Bern, wo sie Truppen aus dem Westen anfordern sollen. Es scheint sich um ein absurdes Geplänkel zu handeln, da die Briten doch eigentlich längst besiegt sind. Was der Colonel vor allem tun kann: verhindern, dass auch nur ein einziger weiterer Mann stirbt. Easton ermahnt seine kleine Truppe, die da in der Frühlingsdämmerung steht, selbst auf ihre Sicherheit zu achten. »Wir werden die Gefangenen nach Hause holen«, sagt er, »aber wir werden kein Blutvergießen riskieren, nur das Notwendige tun.«

Im Pulverturm, einem Backsteinbau, kaum größer als ein kleiner Lagerraum, sitzt John und betrachtet das Pulverfass. Es steht in einer dunklen Ecke. Die Männer haben das einzige Fenster mit Brettern vernagelt, so dass kaum Tageslicht auf den Boden fällt. Während John auf das Fass starrt, fragt er sich, wieso es in einem Pulverturm überhaupt ein Fenster gibt. Es muss sich ursprünglich um ein normales Haus gehandelt haben, ein Einraumhaus, das Haus eines Junggesellen. Wenn Helen doch jetzt hier in diesem Raum wäre. Aber stattdessen drängen sich fünf weitere Männer auf engstem Raum, schwanken zwischen fröhlicher Grobheit und Angst. Das einzig Gefällige in dem Pulverturm ist das runde Fass, dessen geschwungene eiserne Reifen an weibliche Rundungen erinnern.

Der Mann, der an dem vernagelten Fenster steht, sagt, er kann draußen britische Truppen vorbeiziehen sehen. »Sollen wir sie nicht erschießen?«

»Wir könnten diese Gewehre und das Pulver mit zum Lager nehmen«, sagt ein anderer. »Der Turm an sich hat doch keinen Wert.«

»Wenn wir herauskommen, hieße das, wir ergeben uns.«

»Was ist mit Kugeln für die Kanonen? Sind die nicht direkt auf die Schiffe ausgerichtet?«

»Haben keine Kanonenkugeln. Kein Geld.«

»Gibt's denn niemand, der aus Eisenschrott welche schmelzen könnte?«

Die Männer schurren mit den Schuhen über den hölzernen Boden und blicken einander nicht in die Augen.

»Glaubt ihr denn nicht, dass sie uns hier töten?«, fragt William.

John presst die Handflächen gegen die kühle Ziegelwand. »Ich glaube, sie wissen nicht, dass das hier ein Pulverturm ist«, sagt er. Es ist wahrhaftig kein Ort für heroische Taten.

Nachdem die britischen Truppen vorbeimarschiert sind, ist die Welt draußen wieder still. Nirgends ein Anzeichen, dass heute Freitag in einer Fischerstadt ist, dass sie nur drei Häuserblocks von einer Hafenanlage entfernt sind. Dass es April ist, wo Kinder nicht im Haus zu halten sind. John holt einen Keks aus seiner Tasche. Die anderen Männer sehen zu und warten.

*

Helen hat noch nie so viel Zeit auf einem Schiff verbracht, auch nicht auf einem, das vor Anker liegt. Wenn das Schiff in der langen Dünung rollt, dreht sich ihr der Magen. Ihre Augen sind müde von Sonne und Salz, und ihre Beine stolpern wie die eines Kinds. Sie hat die meiste Zeit in der Kabine des Kapitäns verbracht, die, nachdem seine Karten, seine Briefe und sein Gewehr herausgeräumt worden waren, in ein Damenzimmer verwandelt worden ist. Dieses Zeichen des Respekts hat ihr die Angst genommen. Wenn sie über ihre Lage nachdenkt, gilt ihr erster Gedanke nicht Gott, sondern John. Und Johns Welt ist so viel größer; ihr Mut wächst darin. Zwei Dinge zählen jetzt vor allem: ihre Verdauung und wie sie die Einnahme ihrer Stadt verhindern kann. Sie hat sich geschworen zu schweigen, ihr erster Akt der Auflehnung.

Als die zweite Nacht hereinbricht, sucht sie den Austernfischer auf, der mit den anderen Männern aus Beaufort an Deck schläft. Ein britischer Soldat, kaum älter als sechzehn, bewacht sie mit halb erhobenem Gewehr. Die an den Mast gebundene Laterne ist gelöscht worden; sie wollen den Beauforter Kanonen kein leichtes Ziel bieten. Helen packt den Fischer im Dunkeln an seinen Handgelenken und befühlt das Seil darum. Der britische Junge tritt einen Schritt näher.

»Es gibt wenig Hoffnung auf Rettung, Miss«, sagt der Austernfischer und kratzt sich mit dem Seil die Knie. »Außer, Sie nehmen diesem jungen Mann da das Gewehr weg und schwimmen dann ans Ufer. Können Sie schwimmen?«

Helen schüttelt den Kopf.

»So ist es von Gott gedacht. Sie werden Ihnen nichts tun, Miss. Haben sie ja auch bisher nicht, oder? Sehen Sie, ich wusste doch, dass sie gar nicht so schlimm sind. Ich will nicht behaupten, dass es groß Hoffnung gibt – im Krieg weiß man nie, wie vernünftig einer denkt –, aber mir scheint, sie wollen uns zum Tauschen behalten und nicht, um ein Exempel zu statuieren. Zu schade, dass Sie nicht schwimmen können.« Mit seinen gefesselten Händen kratzt er sich im Bart und pult Essensreste heraus.

Der Junge, der bis jetzt geduldig war, winkt Helen mit der Spitze seines Gewehrs fort.

Kaum eine Stunde nachdem Helen in der Kapitänskabine eingeschlafen ist, wird sie von einem Rütteln an der Tür geweckt. Sie kriecht leise aus dem Bett und greift sich das ans Fenster gelehnte Messingfernrohr. Sie stellt sich hinter die Tür, hält das Fernrohr, bereit zum Schlag, und wartet zitternd. Ein Mann auf der anderen Seite beginnt zu stöhnen; er fährt mit den Fäusten über das Holz und bittet um Einlass. Sie kann seinen Alkoholatem durch die Tür riechen.

»Gehen Sie«, flüstert sie. Sie legt das Fernrohr weg. Ihre Hände zittern.

Als es wieder still ist und der Mann entweder gegangen oder in Schlaf gesunken ist, schiebt Helen eine Truhe vor die Tür und kriecht ins Bett. Sie schmiedet Pläne. Ihr Vater würde schon Bescheid wissen und sich inzwischen mit einem Regiment aus Männern von Hillsborough der Stadt von Norden nähern; sie werden vielleicht morgen Abend ankommen. John würde hier sein. John muss schon hier sein. Sie würden nicht mit der Kanone schießen und das Leben der Gefangenen aufs Spiel setzen. Da ihre eigenen Hände nicht gefesselt sind, ist sie die Einzige, die handeln kann.

Obwohl sie nie richtig schwimmen gelernt hat, kann sie sehr gut Wasser treten, sie hat ihre Kindheit damit verbracht, im seichten Wasser des Sunds herumzuplanschen. Wenn sie mehrere Stunden Zeit und genügend Pausen zur Verfügung hätte, könnte sie vielleicht ans Ufer schwimmen oder zumindest bis Bogue Island, wo jemand sie finden würde. Aber das könnte sie nur schaffen, wenn niemand sie sah, kein Soldat an Deck wachte und niemand sie im Wasser erschoss. Ihr zweiter Plan sieht vor, dass sie einen Mann überrumpelt und ihm sein Gewehr wegnimmt. In ihrer Vorstellung erfordert das nur ein paar schnelle Bewegungen, ein Verdrehen des Handgelenks. Wenn sie erst einmal das Gewehr hat, kann sie die Soldaten zwingen, ihre Waffen niederzulegen, solange sie sie einzeln überrascht. Es wird ein Spiel sein, bis sie schließlich alle Feuerwaffen an Deck eingesammelt hat und die Briten an die Masten gefesselt sind. Die Fischer können dann mit den Booten an Land segeln, und sie werden frei sein. Ihr dritter Plan sieht vor, mit den Waffen einer Frau zu kämpfen und zu flehen. Einzusetzen, was immer ihr Körper ihr zur Verfügung stellt. Den Mann an der Tür hereinzulassen, ihn zu benutzen.

Sie schläft ein, bevor sie alles bis zum Ende durchdacht hat.

Der dritte und vierte Tag verlaufen nicht viel anders; sie bekommt Brot und Wasser und darf sich frei an Deck bewegen. Sie redet nicht mit den Briten, von denen einige ihr frische Erdbeeren schenken, die sie in den Gärten der Stadt gestohlen haben. Sie isst sie ohne ein Lächeln. Sie bedenkt jeden Mann mit einem Blick, der sagt, sie werde ihn ermorden, wenn er sie anrührt. Die Soldaten fahren in Dingis zum Ufer und kehren mit Beute zurück. Durch die Fischer, die ohne Skrupel mit dem Feind reden, erfährt sie, wie es in Beaufort aussieht: Die Stadt ist ein zerfallender frischer Kadaver, an dem die britischen Plünderer herumpicken. Es wird von Schüssen berichtet, doch es gibt keine Toten. In den meisten Häusern wurden zuerst Brot und Fleisch gestohlen, dann kamen die Männer noch einmal für das Silber zurück – nicht schlimmer als gewöhnliche Räuber. Die amerikanischen Regimenter würden sich zurückhalten, heißt es, nachdem die Briten gedroht hätten, die Stadt niederzubrennen. Einige Beauforter Männer hätten sich im Pulverturm verbarrikadiert, aber die Briten hätten weggesehen, als Einwohner ihnen heimlich zu essen und zu trinken brachten, so als sollte man die Demütigung von sechs in einem einzigen Raum festsitzenden Männern am besten ignorieren. Helen versetzt John in all diese Szenarien: an die Front, zu den Verwundeten, in den Pulverturm. Erst, als sie auch nach Tagen nichts von einer Leiche gehört hat, denkt sie daran zu beten.

*

In der sechsten Nacht, als der Himmel voller Sterne ist, nimmt sie ihren Nachttopf und kippt ihn über der Reling aus, während ein Soldat in die andere Richtung schaut. Sie ist dankbar, dass ihr die Würdelosigkeit des Vordecks erspart bleibt, wo die Männer auf offenen Löchern über dem Meer hocken. Aber auch Verurteilte wurden vor dem Hängen manchmal gut behandelt. In der anderen Hand hält sie das Fernrohr, nur für den Fall. Sie würde damit gern in die Sterne gucken, nur wüsste sie dann nicht, was hinter ihr geschieht.

Sie kehrt in die Kapitänskabine zurück und zieht ihr Mieder, ihre Unterröcke und die Schuhe aus. Sie hat ihr Abendbrot aufgespart und wickelt die gekochten Kartoffeln jetzt in ein Taschentuch. Die Wasserflasche bindet sie sich mit einer Kordel um die Taille. Sie steigt ins Bett und wartet, dass die Geräusche auf dem Schiff verstummen. Zuerst der harte Tritt von Stiefeln, wenn die Männer über Deck patrouillieren. Das Gelächter der letzten Esser in der Messe. Das Knarzen der Winden, wenn die Taue straff gezogen werden. Das Aufklatschen der Abendessensreste, die über Bord geworfen werden. Schiffsgeräusche, an die sie inzwischen gewöhnt ist.

Als sie erwacht, pfeift der Wind durch die Türritzen. Wo die Flasche sich in ihre Seite gegraben hat, tut es weh. Sie friert, weil sie nicht unter die Decken gekrochen ist, also wickelt sie sich in den Mantel des Kapitäns und steckt die Kartoffeln in seine Tasche. Das Knarzen der Tür wird vom allgemeinen Ächzen des Schiffs verschluckt. Ohne ihre Schuhe macht sie so viel Lärm wie eine Möwe, die übers Deck spaziert. Zwei Jungen liegen zusammengerollt auf dem Achterdeck, einer mit einer Muskete im Arm. Die Beauforter Fischer sind kreuz und quer am Ladebaum festgebunden, manche liegen mit dem Kopf auf dem Bauch eines anderen. Einer ist wach, lehnt am Schandeck, betrachtet die Sterne oder denkt vielleicht an Zuhause. Er blickt Helen an, als sie vorbeigeht.

Das Schiff ankert im Kanal zwischen Bird Island und den Shark Shoals, jenen kleinen, mit Strandhafer bewachsenen Sanddünen, die die Stadt vor Stürmen schützen. Die Gefangenen wurden alle auf das dritte Schiff gebracht, dessen Bug jetzt nach Bogue Island und dem Ozean dahinter weist. Helen kann den weißen Sand sehen, der in der Dunkelheit leuchtet.

Sie denkt nicht an Haie oder Meerpferde, als sie über die Reling klettert und sich wie ein Sack in das schwarze Wasser fallen lässt. Sie denkt auch nicht daran, wie ihr die Luft wegzubleiben drohte, als sie mit Moll am Bach entlangrannte. Sie bleibt so lange dicht bei dem mit scharfen Muscheln besetzten Rumpf, bis sie sicher ist, dass sich auf dem Schiff nichts rührt, dann hält sie, einen Arm vor den anderen setzend, zitternd im kalten Wasser eines frühen Aprils, auf den funkelnden Streifen Sand zu.

Als sie zum ersten Mal Pause macht, um ihre Arme

auszuruhen, hat sie Mühe, den Kopf über der Wasseroberfläche zu halten, die sich wie ein Tier bewegt. Es gibt keine Wellen, keine Gischt, nur ein starkes, beängstigendes rollendes Wogen, das ihren Mund überschwemmt, wenn sie ihn öffnet. Sie beginnt, am Ozean zu ziehen, ihn in ihre Arme zu zerren. Manchmal kann sie die Insel sehen, und manchmal verschwindet sie in der wabernden Schwärze. Sie merkt, dass sie in die falsche Richtung blickt, zwingt ihren Körper, sich so lange zu drehen, bis der Sand wieder auftaucht, jetzt mit Sicherheit näher. Sie ist unendlich schwer. Auf halber Strecke zur Insel windet sie sich aus dem Kapitänsmantel und lässt ihn unter sich versinken. Ihr Körper schnellt wieder an die Oberfläche, und während der wenigen nächsten Meter ist sie voller Hoffnung, ein schlanker Fisch. Sie hat nicht genügend Kraft, um das Geräusch, das sie im Wasser macht, unter Kontrolle zu halten. Ihr Platschen wird wohl durch den Nachtwind fortgetragen, denn sie hört keine Schüsse.

Sie hält wieder inne, dreht sich auf den Rücken und lässt sich treiben, ohne sich darum zu kümmern, in welche Richtung der Ozean sie trägt. Ihre Glieder sind taub und kraftlos. Über sich, in den Sternen, sucht sie nach Mustern, kann die Augen aber nicht lange genug auf eine Stelle konzentrieren. Wenn der Ozean rollt, rollt der Himmel mit. Hierhin hat ihr Leben sie also gebracht, jenes Leben, das sie so sorgfältig aus Pflicht und Güte zusammengesetzt hat. Die Liebe hat sie umgebracht. Wenn dies die Strafe ist, wenn Gott jetzt auf sie hinunterblickt und ihr verdrehtes Herz sieht, wird er sie sicherlich sinken lassen. Der Ozean ist der Raum unter der Hand, die er wegzieht, der Raum, in den ihr Körper fallen wird. Ihre Knochen bei den Fischgräten, ihre Schönheit aufgelöst und zerstört. Und sie wird erfahren, ob ihre Mutter dort wartet, wo die Toten warten, oder nicht.

Sie schließt die Augen vor den Sternen, wartet darauf, dass die Hand weggezogen wird. Sie wartet. Aber sie treibt immer noch. Nicht das Leben hat sie in diese Lage gebracht, sie selbst, Helen, hat sich in diese Lage gebracht. Niemand, der zuschaut. Es ist auch niemand nötig. Sie beginnt, das Wasser unter sich nicht als eine riesige Leere zu empfinden, sondern als ein Fahrzeug, mit dem sie reist. Sie spürt die Kälte nicht mehr. Ein Glaube erwacht in ihr, unabhängig von ihrem Überleben. Das Fahrzeug bewegt sich, ob sie nun mitfährt oder nicht.

Sie dreht sich wieder auf den Bauch und stößt sich vorwärts in die Dunkelheit. Sie hat sich entschieden, und sie bewegt sich, und ihr Wille ist Gottes Wille. Die Nacht trägt sie, und als sie sich das nächste Mal aufrichtet, um Luft zu schnappen, streifen ihre Füße über Sand. Ihre Zehen graben sich in den Boden, gierig nach Halt, sie tritt und krault den Rest der Strecke nach Bogue Island, schleppt Seegras an den Knöcheln hinter sich her.

Sie liegt auf dem feuchten Sand, bis ihr Atem gleichmäßiger geht. Die Reise kann kaum mehr als eine halbe Stunde gedauert haben, trotzdem erwartet sie, dass bald schon der Tag anbricht. Sie versucht, ihre Muskeln dazu zu bewegen, sich zu entkrampfen, und nach und nach geht das Zittern in ein ruhiges, knochentiefes Frieren über. Sie wartet erneut auf Schüsse. Auf Händen und Knien kriecht sie auf die nächste Düne und lässt sich in die Senke dahinter gleiten. Der Sand ist noch ein wenig warm vom Tag, und sie rollt sich hinein, bedeckt ihre nassen Glieder mit grobem weißem Sand. Trotz all der Mühsal und trotz ihrer Angst genießt sie das Wilde dieses Moments. Es ist, als wäre sie nie ein Mensch gewesen. Ganze Schichten von Anstand und Schuldgefühl sind weggeschrubbt. Sie schläft.

Das sanfte Grau vor Morgenanbruch weckt sie, und sie schleppt ihren steifen Körper weiter ins Inselinnere, über eine zweite hohe Düne, durch Teppiche aus Leberblümchen und Wasserholder, bis zum halbfertigen Fort. Dessen gebündelte Äste sehen wie aufgestapeltes Feuerholz aus. Sie kriecht an der Seite entlang, durch die unvollendete Mauer und kauert sich gegen die Lehmtünche, die die Wände innen fleckig bedeckt. Durch das offene Dach sehen die Wolken wie Dutzende dicker Knollen aus. Ihr Magen zieht sich zusammen, und sie tastet in ihrem Kleid nach dem Taschentuch mit den Kartoffeln. Sie findet nichts. Sie waren in der Manteltasche. Helen beginnt zu weinen, und mit der Wildheit ist es vorerst vorbei. Die Flasche hängt aber noch an ihrer Taille, und so trinkt sie und schläft wieder ein. Ihre Träume sind leer.

*

Am Mittwoch, dem 10. April, läuft eine Gruppe britischer Soldaten an der Artilleriestellung der Stadt entlang, geht von Geschütz zu Geschütz und treibt Stifte mit Widerhaken in die Rohröffnungen, damit aus den Kanonen nicht aufs Meer geschossen werden kann. John hört das Hämmern im Pulverturm, der zu einem Gefängnis geworden ist. Drei Männern war es gelungen, nachts hinauszuschlüpfen, aber später kam Meldung vom Colonel, sie sollten die Stellung halten. Sie leeren regelmäßig den Nachteimer, wenn keine Soldaten in der Nähe sind, doch der Gestank bleibt. Es gibt keinen Grund, bei einer Belagerung ein Fass Pulver zu verteidigen. Die Briten könnten die Häuser einfach nacheinander in Brand stecken; das Pulver brauchen sie gar nicht. John hätte sich auch davongemacht, doch als armer Mann und Waise kann er seine Anstellung nicht aufs Spiel setzen. Abgesehen von dieser ehrenhaften Position gibt es keine Zukunft für ihn, und um die Zukunft kreisen seine Gedanken in letzter Zeit fast ausschließlich. Er muss sich immer wieder klarmachen: Helen ist entweder tot oder lebendig, und darauf hat er keinen Einfluss. Genau in diesem Augenblick ist sie entweder tot oder lebendig.

Ein Hämmern gegen die Tür weckt John aus seinem morgendlichen Dösen. Ein Bote von Colonel Easton berichtet, die Briten hätten sich auf die Schiffe zurückgezogen und seien an Verhandlungen interessiert.

»Was für Verhandlungen?«, fragt John. »Sie bestimmen doch die Regeln dieses Spiels.«

»Im Gefängnis von New Bern saßen vier britische Offiziere«, sagt der Bote. »Sie sind zum Austausch hergebracht worden.«

»Sind unsere Gefangenen heil und gesund?« William Dennis tritt in den Morgen hinaus und blinzelt. Eine schwere Wolkendecke bauscht sich über ihnen. »Die Frau?«

»Wir geben und nehmen«, sagt der Bote und befiehlt ihnen, sich beim Feldlager im Kiefernwald vor der Stadt zu melden. »Der Colonel will auch die Gewehre und das Pulver.«

»Jetzt will er das Pulver«, sagt der dritte Soldat, und zusammen mit John packt er das Fass, während William die verstaubten Musketen und Kugeln einsammelt.

Die britischen Offiziere mit ihren Fußfesseln sind schon im Lager und unterhalten sich mit den amerikanischen Soldaten. Sie seien in New Bern gut behandelt worden, besonders von den Damen. Das erntet einige Klapse und etwas Gelächter. Gefährlich wird es nur, wenn Männer vergessen, dass sie Männer sind.

Am Nachmittag wartet eine Reihe amerikanischer Soldaten unten am Kai, die gefesselten britischen Gefangenen hinter ihnen. Ein großes Ruderboot mit vier uniformierten Offizieren und sechs Fischern nähert sich vom Kanal. Als es am kurzen Pier anlegt, werden alle Gewehre gehoben. Colonel Easton tritt mit einem der Offiziere zu einer Besprechung beiseite. John beobachtet ihre Hände, die sich erst mit steifer Höflichkeit, dann erregt bewegen. Es ist für jedermann offenkundig, dass sich auf dem Ruderboot keine Frau befindet.

Easton befiehlt den Soldaten zurückzutreten. Er winkt die britischen Männer heran, und William Dennis löst ihre Ketten, während die Fischer von ihren Fesseln befreit werden. Die beiden Grüppchen trotten aneinander vorbei. Kein Gewehr senkt sich, bevor das Ruderboot nicht die Hälfte der Strecke zu den ankernden Schiffen zurückgelegt hat.

»Sie haben zwei Lotsen behalten«, sagt Easton, »die sie aus der Bucht geleiten sollen. Sie werden freigelassen, sobald die Schiffe das offene Wasser erreicht haben.«

»Sie fahren also weg?«

»Sie haben versprochen, nach ihrem Aufbruch die Lotsen zurückzuschicken.«

»Da war eine Frau dabei«, sagt William.

Easton entfernt sich ein paar Schritte vom Kai, macht dann kehrt. Er zieht seinen Säbel und bohrt die Spitze in die Planken des Landestegs. »Sie können die Frau nicht finden.«

William sieht zu John, und John sieht auf seine Schuhe, ihm dröhnt der Kopf.

»Sie könnte entkommen sein.«

»Niemand hat was gesehen?« Einer der Soldaten dreht sich zu den Fischern am Wasser um, die sich immer noch die wundgescheuerten Handgelenke reiben.

»Einer der Männer, nicht gerade für seine Nüchternheit bekannt, behauptet, er habe sie vom Schiff klettern sehen«, sagt Easton.

»*Klettern*?«

»Es gibt keinen Grund zu der Annahme, die Briten hätten ihr etwas angetan. Vielleicht ist sie geflohen. Vielleicht wird sie aber auch zusammen mit den Lotsen zurückgeschickt. Wir haben keine besonders starke Verhandlungsposition.«

Ein paar Soldaten gehen hinunter zum Wasser, um sich von den Fischern die Geschichten ihrer Gefangennahme anzuhören, ehe Easton sie zum Lager zurückbeordern wird. Sie begreifen nicht, was das für eine Schlacht sein soll – eine Schlacht, die kein Ende nimmt, wo Frauen wie Hexen verschwinden und wo es nichts zu verteidigen gibt. Die zwei Flüsse, zwischen denen Beaufort liegt, der North und der Newport, haben diese

Männer keinen Deut reicher gemacht. Easton hat ihnen gesagt, wenn die Briten Beaufort einnähmen, nähmen sie auch New Bern und dann das Hinterland, doch selbst die Männer, die keine Kämpfe erlebt haben, wissen, dass dies hier ein sterbender Krieg ist. Sie sind müde, haben Heimweh. Die Soldaten marschieren in Formation ins Lager zurück, ihre Beine fliegen nicht mehr so hoch wie früher. Und die Fischer verschwinden in ihre Häuser, wo die Frauen gleichzeitig dankbar und verärgert sind.

Als sich die Wolken verziehen und es allmählich dunkel wird, richtet sich das Beauforter Regiment auf einen ereignislosen Abend ein. In einem Zelt teilt ein Soldat bei Kerzenschein Karten aus. Zwei Männer stehen hinter einer Kiefer und rauchen gemeinsam Pfeife. William liegt auf seiner Pritsche, die Hände über dem Gesicht. John wandert in den Wald. Ohne dass ihm jemand folgt, geht er weiter bis in die Stadt. Er schleicht sich in das Haus eines Kaufmanns und erwirbt Brot und Käse und Kartoffeln von der Ehefrau, die froh ist, dass sie für den Diebstahl bezahlt wird. Unten am Kai macht er ein Boot los und rudert mit flachen Schlägen in den Kanal, wobei er alle paar Minuten innehält, als wäre er nur ein wriggelnder Pelikan und nicht ein amerikanischer Soldat.

Der trunksüchtige Fischer, der nach sechs Tagen Gefangenschaft gar nicht mehr betrunken sein konnte, hatte John berichtet, die Frau sei über den Bug des dritten Schiffs geklettert, der nach Süden, aufs offene Meer zeigte. Dann sei sie wohl entweder ertrunken oder irgendwo gestrandet, hatte John vermutet. Der Mann hatte ihm zugezwinkert.

Der Kanal wird von zwei schmalen Sandbänken flankiert, die zwischen Beaufort und den größeren Sandbänken weiter draußen im Sund liegen. John hält auf die Shark Shoals zu, den westlichen Streifen Land. Er fährt so lange am Ufer entlang, bis er außer Sichtweite der britischen Schiffe ist, die immer noch dunkel im Kanal liegen. Er braucht eine halbe Stunde, um das Schiff über die Insel zu schleppen. Selbst ein kleines Boot lässt sich nicht so einfach durch feuchten Sand ziehen. Alle paar Schritte pfeift er, aber niemand antwortet. Er sucht den östlichen und südlichen Strand ab, aber nur Fischskelette liegen hin und wieder in dem feinen Sand. Als er am anderen Ufer der Sandbank ankommt, kann er die Umrisse von Bogue Island sehen. Wenn ihre Leiche nicht dort liegt, wird er zu den Shackleford Banks hinüberrudern, gründlich suchen und wieder zurück zur Bird Island fahren. Dann wird er nach Hause zurückkehren und am nächsten Morgen von Neuem beginnen.

*

Es ist nach Mitternacht, und Helen schläft. In der Hand hält sie einige Stängel Strandhafer, die Reste ihres Abendessens. Tagsüber hatte sie versucht, immer im schmalen Schatten der Fortmauern zu bleiben, sich in ihn zu hocken, während er das Gebäude umkreiste. Gegen Mittag – der Sonne war nicht mehr zu entgehen – machte sie sich auf die Suche nach Essbarem. Sie grub ein Büschel Strandhafer aus und nagte an den Wurzeln, bis sie hinter sich im Kanal die britischen Schiffe sah. Sie kroch zum Fort zurück und wusch sich mit dem Rest Wasser in der Flasche den Sand aus dem Mund. Sie sah Geister in den Dünen herumkriechen. Morgen würde sie versuchen, wieder nach Hause zu finden. Wenn sie geschlafen hätte.

Als sie erwacht, ist es noch dunkel. Ihr brennt der Mund vor Durst. Ihre Röcke sind klamm vom Tau, und ein Mann hält sie umschlungen. Seine Hände sind über ihrem Bauch gefaltet, sie kann sie mit ihren Fingern fühlen.

Ihr Schrei klingt wie ein heiseres Keuchen. Er hält ihr den Mund zu, und als sie still ist, fährt er einmal mit den Fingerspitzen über ihre Lippen und löst sich dann von ihr. Er kriecht weg und wartet darauf, dass sie spricht.

Sie kann nicht sprechen. Da ist ein Mann, den sie liebt und der nicht ihr Vater ist, und Gott, der sie hierhergebracht hat, ist bereit, sie wieder von hier fortzuführen, aber sie kann sich nicht an ihr Zuhause erinnern und ihm dabei helfen. Gott hockt da und wartet auf sie. In ihr ist nicht genug Flüssigkeit für Tränen, weshalb ihre trockenen Augen brennen. Die Männer werden sie finden, sie packen, sie fesseln, dabei will sie nur ihr Zuhause – nein, nicht ihr Zuhause: ein Gefäß für ihren Glauben. Sie ist es nicht, die flieht, es ist Gott, der sie weiterschleppt, der ihr erklärt, eine kaum gelebte Liebe sei überhaupt keine Liebe. Er hockt da, zu weit entfernt, als dass er sich berühren ließe, und bittet sie, ihr Herz auszuschütten – dieses Gefäß, das sie in sich trägt, in die verborgenen Ecken auszugießen. Ihre Lunge wächst und weitet sich.

Gott schraubt den Deckel von einer Feldflasche und hält sie ihr hin. Sie kriecht zur Flasche und trinkt.

*

Es wird Tag, und die Schiffe feuern auf Beaufort. John füttert Helen, die abwechselnd wacht und schläft, mit angefeuchtetem Brot. Er kann Rauch sehen, der im Norden über der Düne aufsteigt, hinter der sich die Stadt verbirgt. Kleine Kringel, noch kein Feuersturm. Er bettet ihren Kopf auf seinen Mantel und geht zum Ufer. Eine amerikanische Schaluppe brennt im Hafen. Er weiß nicht, wo Helen in Sicherheit wäre, aber sie können nicht sehr viel länger im Fort bleiben. Sie brauchen Wasser.

Am Nachmittag erwacht sie aus einem weiteren kurzen Schlaf und beobachtet einen Wasserläufer, der sich pickend nähert, hier und da stehen bleibt, im Boden gräbt oder sich den Schnabel an seinem Gefieder abwischt. Als er sie sieht, neigt er den Kopf und hält reglos inne.

»Wie geht es Ihnen?« Bei Johns Stimme zuckt der Vogel erschreckt und flattert aus ihrem Blickfeld.

Sie sieht John an, kann nicht verstehen, was auf dieser Insel vor sich geht. »Wann sind Sie gekommen?«

»In der Nacht. Sie sind vom Schiff weggeschwommen.«

»Ich wusste nicht, wo Sie waren.«

Er sitzt so weit weg von ihr. »Mein Vater?«

»Wir wussten nicht, dass Sie es waren. Man hat ihn über den Angriff informiert, aber er kann nicht in die Stadt kommen. Er glaubt Sie in Sicherheit.« Ein Wummern vom Hafen lässt sie hochfahren, aber als sie mit dem Gesicht in die Sonne gerät, schwankt sie und sinkt wieder zu Boden. John bleibt, wo er ist. »Wir müssen fort.«

»Ja, wir können hier nicht bleiben. Sie allein mit mir«, sagt sie.

»Ich habe ein Boot. Wir brechen heute Nacht auf, wenn das Schießen aufgehört hat.« Er zieht ein paar kleine Kartoffeln aus seiner Tasche und hält sie ihr in der offenen Hand hin.

»Meine Kartoffeln«, sagt sie. »Sie haben sie gefunden.«

*

Als es dämmert, hat sie sich ein wenig erholt. Johns Feldflasche ist leer, und in seinem Beutel ist nur noch ein Brotkanten. Sie ziehen das Boot über die Düne zurück ans Ufer, wo es sich im Dunst kaum von Treibholz unterscheidet. Sie setzen sich im Windschatten des Boots in den Sand und warten, dass die Flut kommt. Sie greift nach seiner Hand. Sie ist warm und trocken, und Helen erinnert sich zum ersten Mal an seine Finger auf ihrem Mund. Sie kann den Gedanken nicht ertragen, dass sie die Insel verlassen sollen, das Fort aus Reisigbündeln. Es gibt nichts, vor dem sie nicht Angst hätte.

»Sie haben so selten geschrieben«, sagt sie.

»Sie haben von der Farmarbeit geschrieben«, sagt er.

Sie wird mit ihm überall hingehen.

Er legt ihre Hand auf seine Brust, bis sie im gleichen Rhythmus atmen. Der letzte goldene Hauch am Himmel verschwindet, und die Rauchfahnen über der Stadt verlieren sich jetzt in der Dunkelheit.

Sie lassen das Boot zu Wasser, rudern hinter den schlafenden britischen Schiffe vorbei zur Bird Island Shoal, ziehen das Boot über den Sand und rudern weiter, vorbei an der Hafenanlage im Osten und bis ans andere Ende der Stadt, wo sie das Boot ins Sumpfland hochziehen, das an Long Ridge grenzt. Die Reise hat mehrere Stunden gedauert, und als sie es endlich bis zum Haupthaus geschafft haben, die Treppe hinauf und durch die Tür, die William Dennis gewaltsam geöffnet hatte, bricht Helen in der Diele zusammen.

John hebt sie hoch, und sie sagt, er solle gehen. Er durchsucht das Haus, bis er das Schlafzimmer mit Blick aufs Meer findet. Er legt sie sanft aufs Bett und wartet. Ihre Augen sind geschlossen. Er will ihr die Schuhe ausziehen, doch sie hat gar keine an. Ihre Strumpfsohlen sind zerfetzt und dunkel vor Dreck. Er kann einer Frau nicht die Strümpfe ausziehen. Sie sagt ihm, er solle gehen. Sie streckt ihre Hand in der Dunkelheit aus. Er nimmt sie zwischen seine beiden Hände, als wäre sie alles von ihr. Er küsst die Hand. Sie richtet sich auf und streckt ihm ihre andere Hand hin, und als er näher kommt, umfasst sie seinen Hals. Sie findet seinen Mund, sie hält ihn mit ihrem fest und will ihn nicht loslassen.

Als er sie zurück aufs Bett sinken lässt und mit seinem Daumen ihren Wangenknochen reibt, sagt sie, er müsse wiederkommen. Er hat sich zwei Nächte und einen Tag von seinem Regiment entfernt. Vielleicht werden sie ihn wegen Fahnenflucht auspeitschen, und er wird sehr bald wieder zurück sein. Sie lächelt, und er deckt sie gut zu.

*

Auf seinem Rückweg zum Lager macht er bei den benachbarten Sklavenhütten auf Cogdells Land halt. Ein Mann sitzt auf einer Veranda und isst ein Stück weißen Kuchen. Er trägt kein Hemd, und im Licht der Öllampe sieht John glänzendes Blut auf seinem Rücken. Unnötiges Schuldgefühl überwältigt ihn. John fragt nach Moses' Hütte, und der Mann weist ihm die Richtung.

Er klopft leise. Moll öffnet die Tür einen Spalt. Als sie John sieht, schlüpft sie heraus und schließt die Tür hinter sich. Sie zeigt auf das Reisfeld hinter den Hütten, und sie machen sich auf den Weg. »Haben Sie sie gefunden?«, fragt sie.

»Sie ist wieder auf Long Ridge. Kannst du bei ihr vorbeischauen?«

»Ich gehe morgen früh hin. Es gibt im Augenblick keine Arbeit; wir warten alle.«

»Ein Mann ist geschlagen worden.« Er dreht sich um und blickt zu der Hütte mit dem Licht auf der Veranda.

»Hat wegzulaufen versucht. Ist nach Norden gelaufen, anstatt nach Süden, und direkt im Feldlager der Soldaten gelandet. Sie versuchen, irgendwie noch einen Rest von Ordnung aufrechtzuerhalten.« Sie hat die Arme vor der Brust verschränkt. »Tante Caty hat ihm etwas Nachtisch aus der Küche gestohlen.« Als sie über den harten Boden zwischen den Hütten und den tiefen Reisfurchen laufen, hören sie in der Nähe einen Froschchor quaken. »Sie gehen jetzt besser. Ich werde nach ihr sehen.«

Er legt ihr eine Hand auf die Schulter und bedankt sich.

»Ich finde es fast schade, dass Sie beide nicht einfach

durchgebrannt sind. Das wäre, glaube ich, genau das Richtige für Helen gewesen.«

»Es scheint, als gebe diese Stadt die Menschen nicht frei«, sagt er. Er begleitet sie zurück zu ihrer Hütte. Als er an dem Mann auf der Veranda vorbeikommt, nickt er ihm zu. Der Mann hat seinen Kuchen aufgegessen und leckt sich die Finger ab.

Zurück im Lager, schleicht John sich auf seine Pritsche neben der von William Dennis, dessen Augenlider flackern. Er hätte ihnen sagen können, sie sei tot. Er hätte Helen bitten können, ihn zu heiraten. Sie hätten nach Wilmington rudern können. Er presst die Lippen zusammen, erinnert sich und schläft ein.

*

Am Freitag, dem 12. April, erhält Colonel Easton eine schriftliche Warnung von Gouverneur Burke. Es seien drei Schiffe mit zweihundertundfünfzig britischen Soldaten auf dem Weg nach Beaufort, nachdem man gehört habe, die Stadt besitze eine große Menge militärischer Ausrüstung für die kontinentale Armee. Einige Verwirrung entsteht, als einer der Hauptleute den Männern zuruft: »Es kommen noch drei Schiffe!«. Aber der Brief ist eindeutig auf den 3. April datiert und nur zu spät überstellt worden. Dass die militärische Ausrüstung von Beaufort hier im provisorischen Lager unter eine einzige Plane passt, hat für Easton durchaus etwas Ironisches. Er ignoriert Johns vorübergehende Abwesenheit, und als William Dennis ihm berichtet, John habe die weibliche Gefangene gefunden und gerettet, beschließt er, ihm zu glauben. Es sind schon zwei andere Soldaten verschwunden, und deren Rückkehr ist sehr unwahrscheinlich.

Das Geschützfeuer dauert noch den ganzen regnerischen Samstag hindurch. Am Sonntag versammeln sich Easton und seine Hauptleute im Haus von Mr. Foushee, wo sie auf die Ratsherren der Stadt treffen sollen. Mrs. Foushee, die ehemalige Miss Kingston, nimmt John beiseite; sie möchte, dass er ihr hilft, Fleischtörtchen auf einem Tablett zu arrangieren.

»Es geht ihr gut«, sagt Mrs. Foushee und nimmt die kleinen Törtchen aus einem Korb auf der Anrichte. »Möchten Sie nicht eins probieren? Hier. Sie ist ein wenig erkältet, aber nichts Besorgniserregendes. Will mir nicht verraten, was passiert ist, nur, dass sie ans Ufer schwamm und Ihnen ihr Leben verdankt.«

»Weiß ihr Vater, dass sie in Sicherheit ist?«

»Muss da noch mehr Salz dran? Ich könnte etwas drüberstreuen. Ja, und sie hat auch einen Brief von ihm bekommen. Er ist in New Bern und wartet darauf, dass die Bewohner wieder in die Stadt gelassen werden. Sie müssen es nicht aufessen – hier, Sie werden sehr erschöpft und in Sorge sein. Sie hat eine hohe Meinung von Ihnen, das kann ich Ihnen verraten. Kommen Sie, setzen Sie sich zu den Männern. Ich wollte Sie nur richtig begrüßen. Und Ihnen danken.«

Er trägt das Tablett hinein und reicht es unter den Soldaten herum. Sie spekulieren über den Ausgang der Belagerung, wobei sie die Möglichkeit einer Niederlage mit besonders viel Stolz in der Stimme zu überdecken versuchen. Der Belagerungszustand schmerzt sie. John kann dem Gespräch nicht folgen. Er stellt sich in eine

Ecke des Zimmers, lehnt Schultern und Kopf gegen die Wand und ist froh über die Entlastung seines Hinterkopfs. Er kann sich nicht länger von der Zeit forttragen lassen, kann nicht länger Entscheidungen aufschieben und seine Empfindungen ignorieren. Er ist jetzt abhängig in seinem Glück. Wenn sein Verstand zur Ruhe kommt, dann ruht er in ihr. Der Lärm im Zimmer mit all seinen Militärs, den Kaufleuten, Hauptleuten und Fischern erinnert ihn nur an Helens Ruhe, ihre feuchte Hand in seiner, die unordentlichen Strümpfe. Die Stimmen der Männer werden zu ihrer heiseren Stimme. Die Unterhaltung schwillt an, Köpfe werden geschüttelt, und er sieht Helen, mit zitternden Gliedern in dem nächtlichen Fort. Jetzt gibt es leisen Beifall und ein allgemeines Händeschütteln, einige Gesichter lächeln. Muss er sich ihrem Vater vorstellen? Welche materiellen Aussichten kann er in Kriegszeiten überhaupt offerieren? Ein Cousin von ihm hat ein Haus hier und keine Erben, aber das sind seine einzigen Aussichten. Easton kritzelt Anweisungen auf Papier, und die Soldaten sind aufgestanden, strecken sich, bereit zum Abmarsch. Er könnte in dieser Schlacht immer noch sterben, und sie wäre wieder allein. Mrs. Foushee zwickt ihn in den Ellbogen und lächelt ihm zu, als er sich den aufbrechenden Männern anschließt. Dann sind sie wieder draußen, und der Abend ist kühl vom vielen Regen. Sie wird heute Nacht allein in einem großen Haus sein.

Im Lager sagt William Dennis: »Und? Bist du nicht froh, dass wir das Pulver gerettet haben?«

*

Am Sonntag schläft Helen lange, denn es ist niemand da, der sie weckt. Als sie die Füße auf die Bodendielen setzt, ist deren Knarzen das erste Geräusch, das sie hört, das erste Anzeichen von Leben in der Leere des Hauses. Sie ist hungrig, aber Mrs. Randolph muss am anderen Ende der Stadt ihre eigenen Kinder bekochen. Moll gibt ihrem Ehemann zu essen. Irgendein Gastwirt wird Asa wohl versorgen. Es gibt keine Brötchen in der Speisekammer. Hinten im Garten schlafen die Hühner im Gebüsch; niemand hat sie in den Stall gebracht, und würden sie gezählt, fehlte bestimmt eines. Noch in Strümpfen sucht sie nach Eiern, langt mit der Hand unter Büsche und hinter Zaunpfähle, bis sie zwei findet, braun und getüpfelt. Sie verquirlt sie in einer Pfanne mit Butter und Zwiebeln und brät sie über dem Feuer.

Sie zieht ein sauberes Mieder und einen Rock an. Nachdem sie zwei Tage im Bett gelegen hat und von den Frauen, die sie besuchten, umsorgt wurde, ist sie bereit, wieder auf eigenen Beinen zu stehen. Sie nimmt Stift und Papier mit zu den Kiefernäckern und notiert, wo Rinde bearbeitet, wo Unkraut beseitigt und wo Bottiche ausgetauscht werden müssen. Die katzengesichtigen Bäume sind vernachlässigt worden. Und die Fässer mit Terpentin, die, bereit zur Verschiffung, in der Mühle standen, sind von den Briten geleert worden. Wenn die britischen Schiffe fort sind und die Sklaven ihre Arbeit wieder aufnehmen, wird sie dafür sorgen, dass sie ihr Arbeitspensum verdoppeln, damit der Vorrat wieder aufgefüllt wird.

Erst kurz vor Mittag merkt sie, dass Sonntag ist. Sie geht zu Cogdells Hütte, aber die Bänke sind leer, und sie setzt sich allein vor den Altar. Eine Echse döst auf dem Fensterbrett, und als Helen die Hand nach ihr ausstreckt, macht sie ein paar faule Schritte und hält dann inne. Ihre Haut ist glatt und papieren, und die kleine Brust schrumpft und dehnt sich unter ihren Fingern. Helen kniet sich hin, um die Augen des Tiers zu sehen. Sie sind schwarz und tief, und sie spiegeln: Helen kann ihr eigenes Gesicht darin sehen. Heute suchen keine Sklaven nach Gott.

Alle, denen sie später auf dem Weg in die Stadt begegnet, verhalten sich still und wachsam. Die Masten der drei Schiffe im Kanal ragen in den Horizont. Die Kirche in Hafennähe hat eine Ecke des Dachs durch eine Kanonenkugel verloren, und Helen muss über einen Schuttberg steigen, um das Kirchenschiff zu betreten. Eine Frau und ein Mann sitzen zu beiden Seiten des Gangs. Helen setzt sich neben den Mann, der seinen Bart zaust. Er lächelt, als er sie sieht.

»Wie ist es Ihnen denn auf Ihrer Flucht ergangen?«, fragt er.

»Wahrscheinlich hätte ich noch ein paar Stunden warten sollen. Es freut mich, Sie wiederzusehen.«

Der Austernfischer tätschelt ihr Knie. »Wir werden alle irgendwann geholt. Ich war auch bereit dazu und bin froh, dass sie mich wieder gehen ließen. Ich versuche, nicht zu sehr am Leben festzuhalten.«

»Ihre Frau muss Sie aber vermisst haben«, sagt sie.

»Wer weiß schon, ob sie sie nicht morgen holen kommen?«

Ihr Geflüster hallt von den Kirchenmauern wider, und die Frau in der ersten Bank dreht sich stirnrunzelnd zu ihnen um. Helen beugt sich zum Ohr des alten Mannes. »Ich dachte, ich könnte nicht schwimmen, aber der Ozean hat mich einfach zur Bogue Island getragen, genau wie Sie gesagt haben. Am Ende hatte ich keine Angst mehr. Und dann kam ein Soldat mich suchen und hat mich nach Hause gebracht.«

»Am nächsten Morgen haben sie uns ans Ufer gerudert, die Stricke losgebunden und uns noch an Ort und Stelle übergeben. Fünf Tage meines Lebens musste ich nicht mit Sonnenaufgang aufstehen und in den Austernbänken arbeiten. Und Sie haben recht, sie war froh, als sie mich wiederhatte, und sie hat es auch gezeigt.«

»Warum sorgen wir uns dann überhaupt?«

Die Frau in der ersten Bank, die vielleicht für ihren Sohn gebetet hat, steht auf und verlässt die Kirche.

*

Am Montagabend finden sich ein paar Männer in Long Ridge ein. Sie haben Knüppel und Äste gesammelt, die sie nun zu Flößen zusammenbinden und mit Pech bestreichen. Im Dunkeln, auf der abschüssigen Wiese, die bis ans Wasser heranreicht, sind sie ziemlich gut vor den Briten verborgen. Helen hat ihnen den Platz und rohes Pech zur Verfügung gestellt und bringt ihnen jetzt Becher mit heißer Schokolade. Die Männer aus der Stadt arbeiten an dem einen Floß, und die Soldaten bauen ein zweites. Helen reicht John keinen Becher, seine Anwesenheit macht sie nervös, also spricht sie stattdessen mit William Dennis, dessen Finger jetzt fahrig an den Seilen und Ästen nesteln. Als sie dann weitergeht, hat er sich mehrere Holzsplitter eingefangen. Die Frauen stehen in Gruppen bei der Vordertreppe.

Sechs Männer tragen jeweils ein Floß auf den Schultern. Ihr Gang hinunter zum Hafen erinnert an eine Prozession. Am Kai zurren John und William das Pulverfass auf einem Floß fest und wickeln die lange Zündschnur ab. Die Männer lassen beide Flöße langsam ins flache Wasser gleiten, ganz ohne ein Platschen schaffen sie es aber nicht. Alle halten die Luft an, aber die Schiffe bleiben dunkel und still. Es herrscht Ebbe, und das Wasser zerrt an den Flößen. Bevor die Männer die erste Fackel anzünden, ist nur eine dünne Mondsichel zu sehen.

Die Flamme frisst sich langsam in das Pech, flackert leise. Die Männer schieben die Flöße in den Hafen hinaus, und der Wind facht das Feuer an. Männer und Frauen weichen vom Ufer zurück. Die Ebbe nimmt sich Zeit, und die Flöße schaukeln auf dem Wasser. Nach wenigen Minuten erscheinen winzige Lichter auf den Decks der Schiffe. Rufe schallen zum Hafen hinüber. Die Flöße sind jetzt beinah am Ziel, brennen lichterloh, ein Flammenspektakel, das die Gesichter am Kai erhellt.

Unbeobachtet und etwas abseits sucht und findet Helen John, nimmt seine Hand und küsst sie. Sie schiebt ihm ein kleines eingewickeltes Päckchen in die Manteltasche und verschwindet wieder in der Menge. Ihm verschlägt es den Atem.

Alle hören, wie in dem Moment, als die Winschen die britischen Anker hochziehen, das Fass in einer Orgie aus Lärm und Licht explodiert. Brennende Holzscheite fliegen ins Wasser und in hohem Bogen auf die Sandbänke, wo sie weiter brennen und knacken. Glühende Funken fressen schmale glimmende Linien ins Gras. Inmitten all dieses Lärms bleiben die Menschen in der Stadt vollkommen still, beobachten und sammeln alles an Beweisen für Gottes Wirken, was sie nur finden können.

Die Flöße bleiben im sumpfigen Gelände vor der Bird Island Shoal stecken, wo das Feuer sich langsam durch das Pech bis zum feuchten Holz durchfrisst, die Überreste knacken und seufzen, bis die Flammen sterben. Die Rauchfahnen sind noch stundenlang zu sehen.

Am nächsten Morgen sind die drei Schiffe verschwunden, und die letzten beiden Lotsen rudern in einem Dingi nach Beaufort, froh, dass sie nicht mit verbrannt sind.

*

Long Ridge sieht verwahrlost aus, dabei war Asa nur zehn Tage fort. Er hatte erst einen Nachmittag im Ratssaal von Hillsborough zusammen mit anderen klugen Grundbesitzern verbracht, als ihn die Nachricht erreichte und er in Panik geriet. Er erklärte den anderen, seine Plantage sei in Gefahr, das Haus, höher als die anderen, seine kostbaren Kiefernäcker. Doch denken konnte er nur an seine Tochter – an Helen als schreienden Säugling, als Kind in ihrem ersten blauen Kittelchen, als kleiner Haustyrann, an Helen mit Windpocken, zu Weihnachten, zusammen mit Moll, an den Mandelkuchen, den sie ihm zum Geburtstag gebacken hatte, an das gemalte Porträt, das er nie gesehen hat, an ihre Küsse, bis sie zu alt für diese Küsse war. Eine Frau sei gefangen genommen worden, hatte Easton gesagt, und Asa wusste, es war Helen.

Ob seine Erinnerungen an die spanischen Piraten und seine Fahrlässigkeit etwa zu dieser grausamen Wiederholung geführt haben? Doch anders als er selbst als Junge während der Belagerung damals war Helen allein. Sie hatte keine Eltern, die ihr hätten sagen können, sie solle sich fernhalten, sich keine Sorgen machen. Er hatte sie im Stich gelassen, und jemand anders musste sie retten.

Auf dem Gras sind schwarze Pechstreifen, auf der Vordertreppe Sandspuren. Seine Tochter selbst ist unverändert. Sie ist sehr dünn, ihr Gesicht sonnenverbrannt, ihre Füße sind bloß, aber sie ist wie immer. Er nimmt sie in die Arme und küsst sie auf die Stirn, und sie lässt es zu. Sie setzen sich ins Wohnzimmer, und er kann ihren Arm nicht loslassen.

»Eigentlich waren sie sehr anständig«, sagt sie. »Ich hatte keinen Ärger.«

»Gott hat über dich gewacht.«

»Vermutlich.«

»Gott war der Vater für dich, als ich nicht da war.« Er erinnert sich an all die Worte, die er gegen den Glauben seiner Tochter geäußert hat. »Ich sollte etwas für den Wiederaufbau der Kirche tun.«

»Ich bin froh, dass du wieder zu Hause bist. Erzähl mir, wie es war.«

Er steht auf, um seine Aktentasche zu holen und ihr die Papiere zu zeigen, an denen er mitgearbeitet hat, aber kaum will er sie verlassen, kehrt seine Angst zurück. Er setzt sich wieder. »Ich werde dort auf eine Weise gebraucht, wie ich hier nicht gebraucht werde«, sagt er. »Ich arbeite dort nicht nur für uns, sondern, wie es scheint, für alle. Für das, was in Zukunft eine Nation sein wird. Natürlich ist es wunderbar, dass du hier bist und das Geschäft weiter führst.«

»Du gehst also dorthin zurück?«

»Die Briten werden nicht wiederkommen«, sagt er. »In Philadelphia wird schon an den Verträgen gefeilt. Du musst keine Angst haben.«

»Ich habe auch keine Angst«, sagt sie, steht vom Sofa auf und befreit sich aus dem Griff ihres Vaters. Sie gießt ihm ein Glas Madeira ein. Als es an der Haustür klopft, verschüttet Asa etwas in seinen Schoß. »Ich kann nicht immer hier bleiben«, sagt sie.

»Da ist jemand an der Tür.«

»Hast du schon einmal daran gedacht, was sein wird, wenn ich heirate?«

»Das ist noch lang hin.«

»Ich habe hier alles getan, was ich kann. Ich habe mich um die Kiefern gekümmert und die Sklaven unterrichtet. Du bist ja nicht mehr da.«

»Brauchst du jemanden, der sich um alles kümmert?«

»Hauptsächlich eigentlich um mich.«

Es klopft erneut.

»Bitte, Liebes«, sagt er.

Als sie ins Wohnzimmer zurückkehrt, ist John bei ihr, den Hut in der Hand. Jemand hat seine Uniform gesäubert, oder er hat sich eine saubere von einem Kameraden geliehen. Er riecht immer noch nach Rauch von den Flößen. Asa erhebt sich, um ihm die Hand zu geben. »Wie ich höre, muss ich Ihnen meinen Dank aussprechen.«

»Ich habe nur einem Flüchtling beigestanden«, sagt John und blickt zu Helen, als suche er ihre Bestätigung.

Bevor die Männer sich gesetzt haben, erklärt Helen ihrem Vater, sie habe sich verliebt.

Asa fühlt sich schwach, leer im Magen. Nachdem sie William Dennis abgewiesen hat, war aus seiner Enttäuschung eine Art Gewissheit geworden. Sie würde also nicht heiraten, manche Frauen taten das nicht. Umso besser. Er hat sein Leben neu um ihre Unnachgiebigkeit herum gebaut, und jetzt braucht er sie. Er hört gar nicht, dass John seinen Segen erbittet, auch wenn er seine Augen nicht vom Gesicht des Soldaten abwenden kann. »Wer sind Sie denn?«, fragt er. »Sie glauben, Sie können in mein Haus einheiraten? Wer sind Ihre Leute?« Er sollte bei diesen Worten aufstehen, doch er traut seinen Beinen nicht.

»Ich kann nur wenig bieten, was Sie wertschätzen würden, Sir.« John würde lieber wieder in den Krieg ziehen, als diesen Mann um seine Tochter bitten.

»Sie werden mein Land nicht bekommen, wenn es das ist, worauf Sie es abgesehen haben. Durch sie bekommen Sie gar nichts.« Er blickt wieder zu Helen. »Wann ist das alles passiert?« Er ist hintergangen worden.

Sie fasst nach seiner hängenden Schulter, doch er schüttelt sie ab.

»Darüber gibt es nichts zu reden. Sie werden uns jetzt verlassen, Sir. Ich bin erst vor Kurzem aus Hillsborough zurückgekehrt, und ich würde mich jetzt gern mit meinem Kind in meinem Haus ausruhen.« Er hat das sichere Gefühl, dass er sich gleich übergeben muss.

Helen stellt sich neben John.

Sein Reich zerbröckelt. Er versucht, sich an seine eigene junge Liebe zu erinnern, an die Braut, die er heimgeführt hat, hierher auf diese einsame Farm. An ihr scheues Gesicht, ihre scheuen Füße. Sie ließ nicht zu, dass er sie unbekleidet sah. Als sie bei Helens Geburt nackt und bloß dalag, war er schockiert, und dann wurde sie genauso leise wieder fortgetragen, wie sie gekommen war. Eine Frau, bis auf die Knochen entblößt und einfach in nichts aufgelöst. Dies war nicht seine Helen. Er würde nicht zulassen, dass ein Mann sie so sah. Er würde nicht zulassen, dass sie geliebt wurde, und schon gar nicht, dass er sie verlor.

»Nein«, sagt er und wiederholt es, lauter. »Verlassen Sie dieses Haus.« Er steht auf und nimmt den Arm seiner Tochter, stützt sich auf sie und hält sie gleichzeitig fest. John wendet sich zur Tür. »Es ist vorbei. Dieses Haus ist vollständig. Gott hat uns so gesegnet, wie wir sind.« John ist schon aus der Tür und die Treppe hinunter, und Asa ruft ihm, mit Helen an seiner Seite, noch von der Veranda aus hinterher: »Kommen Sie ja nicht wieder hierher. Sie sind der Sohn von niemandem, und Sie werden nicht der Meine sein.«

Ihm bricht die Stimme, und Helen führt ihn ins Haus. Sie setzt ihn in einen Sessel am Nordfenster, das auf die Kiefernwälder hinausgeht, und reicht ihm noch ein Glas Madeira. Es überrascht Asa, wie gefasst und tränenlos ihr Gesicht ist. Sie kniet zu seinen Füßen.

»Long Ridge gehört uns«, sagt er. »Und nicht einem armen Soldaten, nicht einem Piraten. Der fühlt sich doch niemandem verpflichtet. Du glaubst, er liebt dich? Er würde dich an die Cherokee verkaufen. Er würde Long Ridge für eine eigene Schaluppe eintauschen.« Je mehr er redet, desto deutlicher hört er, wie seine Worte wie Münzen in einen leeren Brunnen fallen. »Deine Mutter würde sich schämen.« Helen verzieht keine Miene. »Ich hätte dich zusammen mit Moll mit sechzehn verheiraten sollen. Weißt du, dass sie schwanger ist? Ich möchte dich nicht mehr sehen. Nein, bleib. Bleib.« Er legt ihr seine Hand aufs Haar. »Manchmal kann ich deine Mutter in dir sehen. Irgendwo in dir ist ihre Sanftheit verborgen.« Er lächelt. »Liebling. Im Herbst hast du dich malen lassen. Mach kein so erstauntes Gesicht – ich wusste, dass der Maler hier war. Was ist es, eine Miniatur? Du musst sie für meinen Geburtstag aufbewahrt haben. Schenk sie mir jetzt, damit wir uns wieder gut sind. Ich besaß nie ein Porträt deiner Mutter.«

»Ich habe es nicht mehr.«

Seine Hand wandert zu ihrer Wange, streicht sanft über die glatte Haut. »Ich will doch nicht böse mit dir sein.«

»Ich habe es für jemanden anders machen lassen.«

Er legt die Hand wieder in seinen Schoß. Da ist ein Fleck von dem verspritzten Madeira. Er muss die Hose Mrs. Randolph geben, sobald sie wieder da ist. Wo ist sie nur gewesen, während Helen sich verliebte?

»Ich habe es weggegeben.«

»Erzähl mir, wie es geworden ist.« Es ist erst Nachmittag, und er denkt schon an Schlaf, daran, was ein nächtlicher Schlaf bei ihm bewirken könnte. Er hat die Kraft zum Kämpfen verloren; morgen früh wird es besser gehen.

»Es war nur ein kleines Ding. Mein Gesicht, meine Haare. Es ist nicht sehr ähnlich geworden.«

»Erzähl mir davon.«

An ihm vorbei kann sie durchs Fenster die fernen Bäume mit den Katzengesichtern sehen.

*

Einige Tage später laufen die ersten Handelsschiffe wieder in den Beauforter Hafen ein. Asa verspricht dem Pfarrer Gelder für die Reparatur der Kirche. Kinder sammeln die britischen Kanonenkugeln ein und verkaufen sie weiter ans Regiment, das im Begriff ist sich aufzulösen. Die Soldaten werden nirgends mehr gebraucht. Am Tag bevor Asa wieder nach Hillsborough aufbricht, packt Helen seinen Koffer und bereitet unter Mrs. Randolphs Anleitung das Abendessen zu. Sie höhlt harte Brötchen aus und füllt sie mit Austern und Soße und legt sie auf Kohlblätter. Sie schmort ihm einen Apfel als Nachtisch. Während er schläft und träumt, packt sie ihre eigene Tasche: einen Mantel, den Brief von John, ihre Geburtsurkunde für ihre Heirat.

Am nächsten Morgen verlässt ein Schiff aus Barbados den Hafen, segelt auf dem Kanal zwischen den Sandbänken hindurch, vorbei an Bogue Island und den Shackleford Banks, in den Atlantik hinaus. Sie ist fort.

DRITTER TEIL

1793-1794

Sechstes Kapitel

Nachdem sie sie auf dem Friedhof begraben haben – der Hilfspfarrer hat die Liturgie und die Worte der ewigen Ruhe verlesen –, sprechen sie nicht miteinander. John kehrt ins leere Haus zurück, das Fenster im oberen Zimmer ist immer noch geöffnet, und Asa geht zurück nach Long Ridge. Die warmen Oktobertage sind vorüber. Asa zündet in der Wohnstube ein Feuer an und legt sich auf dem Sofa auf die Seite, die Arme eng an die Brust gedrückt, die Hände gefaltet, fast in Büßerhaltung. Mit geschlossenen Augen stellt er sich Tabitha vor. Sein einziges Enkelkind, die Letzte in einer Reihe von Frauen. Ihr Körper in ein Fass gezwängt, nass, konserviert. Er hatte darum gebeten, sie in einen Sarg umbetten zu lassen, aber John lehnte ab. Vielleicht wollte er ihren Körper als etwas Unauflösliches in Erinnerung behalten. Beide Männer waren müde; es gab wenig Streit.

Auch einen Sieg konnte keiner für sich beanspruchen. Asa schwor, das Kind werde sterben, wenn es ihm weggenommen würde, und das Kind starb, und was hat das zu bedeuten? Nichts. Wir alle sterben.

Morgen ist er vielleicht zorniger. Jetzt kann er nur vergeblich den Schlaf suchen. Als das Feuer erlischt, ist er immer noch wach. Er könnte sich eine Decke holen, aber so viel Schwäche gesteht er sich nicht zu. Er hält sich die Hände vor den Mund und bläst hinein. Sein

Atem wärmt ihm das Gesicht, wie der Atem eines Kindes.

*

Mrs. Randolph erscheint, um Asa das Frühstück zuzubereiten, und weckt ihn. Sie sind jetzt beide langsamer. Als sie sich bückt, um die Asche im Kamin zusammenzufegen, sagt er, sie möge das bitte sein lassen, er mache das, wenn er aufgestanden sei. Sie nickt und bleibt einen Augenblick auf den Fliesen knien, ehe sie sich wieder erhebt. Ihre Kinder sind jetzt älter, einige schon verheiratet, und er hat sie wiederholt gebeten, nach Long Ridge zu ziehen, denn er ist noch nie so einsam gewesen wie jetzt. Doch sie liebt ihre Unabhängigkeit.

»Sie sollten den jungen Mann hier wohnen lassen«, sagt sie. Er antwortet nicht, also steigt sie in den Keller hinunter, um Schalotten und Speckstreifen zu holen. Seit Helens Tod sind die Vorräte geschrumpft, und die Hälfte der Regale steht leer. Mrs. Randolph betrachtet die Gläser mit Zucker und Kakao und fragt sich, wozu er sie jetzt noch braucht, wo Tabitha nicht mehr für etwas Süßes vorbeikommt. Wenn es nur eine andere Frau gäbe, die ihn besuchen käme. Die arme Witwe Dennis ist gestorben; da hätte ein Paar draus werden können. Sie beschließt, sich besser um den Einkauf zu kümmern. Es ist schwierig, einen alleinstehenden Mann zu versorgen. Sie muss jetzt auch bei John vorbeischauen – sich vergewissern, dass er etwas isst und keine Ratten ins Haus kommen. Es ist Stolz, der die beiden Männer voneinander fernhält und ihr die doppelte Arbeit beschert.

Asa beschließt, sich nicht vom Sofa zu erheben. Wer sieht denn schon, ob er seinen Platz an einem leeren Tisch einnimmt? Mrs. Randolph hat ihm seine Mahlzeit auf einem Tablett hingestellt, und er betrachtet den Teller so lange, bis alle Wärme verschwunden ist und Mrs. Randolph das Haus verlassen hat, um den Garten abzuernten, erst dann steckt er den Finger hinein. Der Haferbrei wird schon hart. Er löffelt ihn mit der Hand und isst so sauber wie möglich. Er taucht die Finger in den Krug mit Apfelmost, den sie ihm ebenfalls gebracht hat, und leckt sie ab. Wenn er blind wäre, gäbe es keine Bilder, die ihn verfolgen. Er schläft wieder ein.

Mrs. Randolph holt eine Decke und breitet sie über ihn. Sie fegt die Asche zusammen.

*

Jede Ecke in Johns Haus ist eine Ecke, um die sie früher gebogen ist. Die Wände tragen noch ihre Fingerabdrücke. Als der Wind unten durch ein hochgeschobenes Fenster zieht, klingt es, als wäre Tab im Zimmer; John dreht sich immer wieder vergeblich nach ihr um. Sie besucht ihn nicht einmal in seinen Träumen, in denen er gehetzt hinter ihr her jagt, auf einsamen Wegen ihren Namen ruft, aufrecht in einem Boot steht und nach ihrem Kopf in den Wellen sucht. Wenn er wach ist, fühlt er sich, als wäre ihm ein Stöpsel aus den Fußsohlen gezogen worden und all die unnennbaren Dinge wären aus ihm herausgeflossen. Wenn er einen Türknauf berührt, eine Gabel hochnimmt, fürchtet er, ganz und gar auseinanderzubrechen. In dieses Haus hier sind sie zu zweit eingezogen, es ist kein Haus für nur eine Person.

Er schleift seine Matratze über die Straße zum Laden, wobei er eine Spur im Staub hinterlässt, und breitet sie im Hinterzimmer aus, in dem noch ganz schwach ihre Anwesenheit zu spüren ist. Drei Tage schläft er dort, ehe er den Laden wieder öffnen kann. Das Einzige, was es zu essen gibt, sind Süßigkeiten und Trockenobst, und er verschlingt alles, sucht Tab in der Süße. Die ersten Kunden finden einen durchwühlten, geplünderten Ort vor. Er verkauft seine Waren wortlos, auch wenn das Schweigen ihn nicht tröstet. Manchmal wünscht er sich, Asa würde vorbeischauen oder auch nur Blue Francis, damit er einen Mann beim Ärmel packen und sagen könnte: »Weißt du noch damals? Und wie ihre Augen so hübsch in ihr Gesicht passten?« Sie würden ihre eigenen Hände betrachten und von Tabs Fingernägeln sprechen, die muschelrosa waren. Er ist dankbar, dass Asa nicht zu Besuch kommt und auch Blue Francis nicht, der sie kaum kannte.

Eines Nachmittags erscheint ein Junge mit Eiern, die er verkaufen möchte. John betrachtet ihn über die Ladentheke hinweg: sein verzotteltes Haar, die großen Augen, den kleinen Strohkorb.

»Sind ja nur fünf Eier«, sagt John.

»Mehr hab ich nicht«, sagt der Junge.

»Wer soll denn fünf Eier kaufen?«

»Für einen Auflauf oder so was.«

»Die halten nur einen Tag.«

»Dann ist es eben ein Eiertag.«

John zählt ihm einen Vierteldollar in Münzen hin. Der

Junge zählt sie noch einmal nach. »Bringst du das Geld deiner Mutter zurück?«, fragt John.

»Es sind meine Hühner.«

»Und wofür gibst du es aus?«

»Haben Sie irgendwelche Schalen?«

»Zitrone oder Orange?«, fragt John, bevor ihm einfällt, dass er beides nicht hat. In der vergangenen Nacht, als die Stadt in Dunkelheit versank, hat er auf seiner Matratze in dem fensterlosen Raum gesessen und sämtliche kandierten Schalen aufgegessen, sie waren das Einzige, was in dem schwachen Licht glänzte. Sie flimmerten in seinen Händen. Als sie weg waren, war wieder etwas, das ihn an Tab erinnerte, verschwunden, und er schlief erneut ein.

»Orange, bitte«, sagt der Junge.

»Spar dir dein Geld für etwas Schöneres. Moll wird es nicht gefallen, wenn du es für Süßigkeiten ausgibst.«

Der Junge tritt gegen die Theke. John hat Molls Sohn nie richtig kennengelernt, obwohl sie manchmal gemeinsam in den Laden kamen. Er wurde geboren, nachdem John und Helen zur See gegangen waren, und als sie zurückkehrten, mussten sie sich um Helens eigene Schwangerschaft kümmern. Ohne Helen neben sich, fand John es schwierig, Moll gegenüberzutreten. Er trug eine Schuld, die alle Männer tragen, die ihre Frauen im Kindbett verloren haben, der Anblick anderer Frauen machte ihn verlegen.

Aber hier ist ein Junge, der elf oder vielleicht zwölf ist und auch – oder stattdessen – hätte sterben können.

John sieht zu, wie er durch den Laden streunt, mit den

Fingern über Dinge streicht, die er mit einem Vierteldollar kaufen könnte. Einmal bleibt der Junge stehen, um etwas genauer anzuschauen, er stellt sich auf die Zehenspitzen und federt in den Knöcheln. John kann sich die Kraft, die dafür nötig ist, kaum vorstellen. Wenn er auch nur eine weitere Woche hier allein bleibt, wird er die Fähigkeit verlieren, sich überhaupt noch zu bewegen. Er wird die Augen schließen und in den Boden hineinwachsen, und eine raue Erdschicht wird ihn bedecken. Er schließt die Augen, um das Gefühl auszuprobieren. Er spürt eine Ruhe in seinen Gliedern, die sehr weich und angenehm ist, und er kann kaum atmen aus Angst vor sich selbst.

Ein Knopf trifft ihn an der Stirn. Er öffnet die Augen. Der Junge hat sich hinter einen Ständer mit Besen verkrochen und lächelt.

Er ist nur ein Kind. Hat nichts verloren.

»Wie heißt du noch mal?«

»Davy.«

»Möchtest du vielleicht ein bisschen arbeiten? Ich kann Hilfe gebrauchen. Einräumen und Waren an Kunden ausliefern.«

»Neue Waren ordern?«

John stützt die Arme auf die Theke und sieht den Jungen aufmerksam an. »Das überlässt du lieber mir.«

»Ihnen sind aber, scheint's, Sachen ausgegangen, Schalen zum Beispiel.«

*

Die Rechnungen auf Asas Schreibtisch sind ungeordnet. Seit John mit Tabitha fortgegangen ist, hat er sie nicht mehr in sein Geschäftsbuch übertragen, aber die Post kommt weiter, und die Papiere stapeln sich. Seine Terpentinproduktion hatte sich nach dem Krieg, und nachdem Helen gegangen war, verringert, und jetzt sieht er kaum noch einen Grund, sich anzustrengen. Das Imperium, das er für sich entworfen hatte, schrumpft. Cogdell, sein Nachbar im Westen, hat Asa ein Angebot für ein Drittel seiner Kiefernäcker gemacht, vielleicht, um dort Tabak anzubauen. Asa sieht keinen Grund, es abzulehnen. Alles entgleitet ihm. Sein Körper verliert den Zusammenhalt, wie altes Papier, das zu Staub zerfällt. Asas Stammbaum ist an sein Ende gelangt. Er hat aufgehört, sich eine Zukunft vorzustellen, so wie er es einst tat, als er jung war und jeder neue Weg zu einer verbesserten Version seines Lebens führte. Die Wege werden schmaler und enden irgendwann; seine Beine sind müde.

Er möchte John zum Essen einladen, möchte ihn bitten, bei ihm zu wohnen. Long Ridge ist nicht für einen alten Mann errichtet worden. Doch als er die Rechnungen und die ungeöffneten Briefe beiseiteschiebt und ein leeres Blatt vor sich legt, erstarrt er. Er kann die Einladung nicht schreiben. Dieser Mann hat ihm in seinem Egoismus alles genommen, was er liebte. Seine Tochter, seine Enkelin. Beide am Meer geboren und jetzt tot. Vielleicht deprimiert es ihn am meisten, dass John keine direkte Schuld trägt. Frauen sterben im Kindbett. (Aber Helen hätte ja auch *nicht* heiraten können, das wäre immerhin eine Möglichkeit gewesen. Hätte er auf Tab als Möglichkeit verzichtet, um Helen zu behalten? Hätte er

Helen geopfert, um seine eigene Frau heil und gesund zurückzubekommen? Es hat einen Grund, dass die Menschen nicht selbst über ihr Schicksal bestimmen.) Gelbfieber ist unberechenbar. Wenn Tab hatte sterben sollen, dann wäre sie an Land oder auf See gestorben. (Aber John stahl Asa die Möglichkeit, zuletzt bei ihr zu sein, sich um ihre Seele zu kümmern. Wo ist ihre Seele jetzt ohne das Siegel der Religion?) Seine Gedanken drehen sich einfach im Kreis und führen ihn mal zu Selbstvorwürfen, mal zu Hass auf seinen Schwiegersohn. Die Wege seiner Jugend, die sich einst unendlich verzweigten, sind zu einer geschlossenen Schlaufe geworden. Der Tod ist eine Tatsache. Aber wo bleibt sein eigener Tod? Er kann nur vermuten, dass Gott ihn verschont, damit er leidet.

Es sind zu viele Kreuze zu tragen, er kann nicht mehr, er ist daran zerbrochen. Erschöpft wartet er auf das Ende seines Körpers, seine Gelenke ächzen unter dem Gewicht der Kreuze auf seinem Rücken. Er hat nicht die Kraft, an Vergebung zu denken. Er taucht die Feder in die Tinte und lädt John zum Essen ein.

*

Moll hatte das erste Kind geliebt, weil sie keine Wahl hatte. Es kam aus ihrem Körper und war noch mit ihm verbunden, und seine Abhängigkeit erzeugte Hingabe. Sie liebte, bevor sie sich dagegen entscheiden, bevor sie sich davor hüten konnte.

Zwei Jahre vergingen, bevor das zweite Kind kam, und da hatte sie längst begriffen, dass diese Babys jemandem anders gehörten. Liebe war Schwäche. Wer liebte, sagte damit, dass die Welt in Ordnung war, und das konnte sie nicht. Die Kinder waren wunderschön, und sie verdienten Zuneigung, und Moll tat ihr Bestes, aber nach ihrem erstgeborenen Sohn gab es nichts, was sie sich gernzuhaben gestattete.

Sie fragt sich, ob ihre Eltern, wer immer sie waren, auch so empfunden hatten. Ob die Farm in Virginia, von der sie nichts als Grünflächen und harte Arbeit in Erinnerung hat, ihnen jegliche Liebe unmöglich machte. Waren sie weggelaufen? Waren sie zu Tode geprügelt worden? Würde das etwas ändern?

Sie kriecht neben Moses auf die Matratze, berührt ihn aber nicht. Davy sitzt in der Ecke und schaukelt das Baby in seiner hölzernen Wiege.

Moses redet leise. »Warum nimmst du sie nicht mit auf die Felder?«

»Das ist gefährlich. Es gibt Schlangen.«

»Die anderen Frauen nehmen ihre Babys aber mit.«

»Einige.«

»Alle, die sie stillen wollen.«

»Ich habe die anderen auch nicht mitgenommen.«

»Davy schon.«

Davy hatte sie tatsächlich mitgenommen. Jeden Morgen beim Aufwachen war sie überrascht, dass er neben ihr lag. Seine Fäustchen wie Blumenknospen. Selbst als er älter war und die anderen Kinder von der ›Großmutter‹ gehütet wurden, die auf alle Sklavenkinder aufpasste, lud sie ihn auf den Rücken, sang für ihn auf dem Feld oder band ihn in einer Schlinge an einen Ast, wenn sie müde war. Sein Lächeln, seine kleinen Perlenzähne gehörten nicht auf die Plantage, gehörten weder Cogdell noch Moll. Nicht einmal Gott besaß ihn.

Doch ihr Vorrat an Liebe war endlich. Sie besaß nur ein Glas voll, und nachdem sie es ihm gegeben hatte, war nichts mehr übrig.

Als das zweite Kind kam, konnte Moll klarer sehen. Sie sah es als das, was es war: eine Last, ein Gewicht, das ihr ans Bein gebunden war, eine Erinnerung an ihr gemeinsames Schicksal. Ein Opfer. Wenn sie das früher begriffen hätte, hätte sie ihren Sohn vielleicht nicht geliebt.

Das neue Baby ist nichts, nur ein weiterer Körper. Das sagt sie sich, um zu überleben.

»Sie wird leben«, sagt sie zu ihrem Ehemann.

*

John zieht gerade sämtliche Pakete mit Watte und Kordel und Kanzleipapier aus den Regalen im Hinterzimmer des Ladens, als Davy ihn findet. Johns Matratze mit dem schmuddligen feuchten Laken ist übersät mit Päckchen. John stakst ungeschickt zwischen alldem herum, und als er über eine kleine Schachtel stolpert und auf die Knie fällt, beginnt er, mit der Faust auf das weiche Bett einzuhämmern.

»Ich bin wegen des Jobs hier«, sagt Davy, der in der Tür stehen geblieben ist. »Suchen Sie was?«

John kriecht weiter gebückt zwischen den Päckchen herum, weshalb Davy sich in den Laden zurückzieht. Eine junge Frau befühlt dort gerade einen Ballen Rohwolle und sieht Davy gedankenverloren an. Weil Davy sich noch gar nicht auskennt, lächelt er nur und breitet die Hände aus, wie er es Ladenbesitzer hat tun sehen. Er ist zu nervös, um etwas zu sagen, steht einfach stumm mit ausgebreiteten Händen da und hofft, sie begreift seine Rolle in dieser Sache.

»Ich hätte gern etwas Wolle«, sagt sie, und ein Hauch von Besitzerstolz wärmt Davy.

Er zieht die Stränge, die sie haben möchte, aus dem Ballen und trägt sie zur Ladentheke. Dort bleibt er einen Moment stehen, begutachtet die Ware, genießt den Umgang damit, bis ihm einfällt, dass er auf der anderen Seite der Theke stehen sollte. Mit einem lauten Husten kaschiert er seinen Fehler und hastet nach hinten. Er akzeptiert das Geld, das sie ihm gibt, weil er den Preis der Wolle nicht kennt und keine Hinterlist in ihrem Gesicht entdecken kann. Hinterlist ist etwas, womit er aufgewachsen ist. Während er ihr für das Geld dankt, blickt er ihr direkt in die Augen: Wehe, sie bestraft ihn! Sie nimmt die Wolle mit einem Lächeln – sie ist beinahe noch ein Mädchen –, und er bleibt allein zurück, am Ende doch noch Herr über den Laden.

John kommt aus dem Hinterzimmer und überrascht Davy dabei, wie er die Gläser mit den Gewürzen nach Farben ordnet, von den dunklen Nelken bis zu dem hellen gemahlenen Ingwer. Die flammengelbe Muskatblüte steht auf dem Regal für sich, noch nicht einsortiert. John nimmt das Glas, und es ist ein Trost. Es rührt ihn, wie der Junge hier Ordnung schafft. Er würde sich gern an Helen erinnern, daran, wie sie ihre Schiffsschätze so liebevoll der Größe nach aufreihte und wie sein Körper damals den ihren umschlang, aber er hat einen größeren

Kummer, dem es gerecht zu werden gilt. Wenn er all seine Erinnerungen bewahren wollte, könnte er nicht überleben.

»Ich sollte eine Schürze tragen«, sagt Davy. »Sonst glaubt man vielleicht nicht, dass ich zum Laden gehöre. Außerdem brauchen Sie mehr bunte Sachen, sonst kommt niemand rein und kauft was. Und Körbe. Meine Mutter sucht immer nach einem guten Korb. Weil sie dauernd kaputtgehen oder zerfransen.«

»Weißt du, wo mein Haus ist?«, fragt John.

»Ich glaube schon.«

»Im Kaminzimmer müsste auf einem der Regale ein Paket in braunem Papier liegen.«

»Eine Schachtel?«

»Flach und weich. Würdest du mir das holen?«

»Einfach reingehen? Ist da denn niemand?«

John stellt das kleine Glas mit Muskatblüte oben auf den Ingwer. Wäre es leichter gewesen, einen Sohn zu verlieren? An einem Jungen ist etwas, das sich nicht schützen lässt. Ob der Weg, den er vor sich hat, ins Leben oder in den Tod führt, liegt allein in seiner Hand. Aber Tab – ebenso wie Helen – lag einfach still da, wartete mit angehaltenem Atem darauf, dass die Welt Vergeltung übt. Er hätte besser auf sie Acht geben sollen. Es ist seine Schuld. Allein seine Schuld. Er versucht, diesen Gedanken loszuwerden. Er kann jetzt schon besser mit der Dunkelheit umgehen. In Momenten der Lähmung hilft ihm die Gewissheit, dass es niemanden mehr gibt, um den er noch trauern könnte, wieder aus der Verzweiflung. Mehr Kummer ist einfach nicht denkbar. Er war am Boden und hat das Schlimmste erlebt, was Gott einem zufügen kann. Ein Mann, der seine Tochter an die Welt verloren hat, ist sich selbst Strafe genug. John vergisst allmählich, wie seine Tochter wirklich war, wie sie sich auf alles Unbekannte stürzte, sich in die Einsamkeit zurückzog und träumend ins Schlachtgetümmel stürzte.

Davy hat Angst, verprügelt zu werden, weshalb er auf einer Schürze besteht, bevor er zu Johns Haus geht. Er blickt den Menschen, denen er begegnet, in die Augen und fühlt sich wie ein König in seinem weißen Kittel. Das Haus ist nicht verriegelt, und als er den Kopf durch die Tür steckt, sieht er in der Diele eine Frauengestalt auf den Knien, die den Kiefernholzfußboden mit kreisförmigen Bewegungen schrubbt, die so träge und ziellos wirken, als würde ein Krebs sich mit nur einer Zange durch den Sand schieben. Er erkennt Mrs. Randolph an ihrem wilden weißgrauen Kraushaar. Sie muss vom großen Haus in Long Ridge ausgeliehen worden sein. Einmal hat sie ihnen Brot vorbeigebracht, als seine Mutter zu krank war, um zu backen. Moll war stolz und wollte es nicht essen, weshalb Davy ihr nicht erzählte, dass das Brot der weißen Frau besser schmeckte. Sie hatte wohl ein wenig Zucker hineingetan.

Der Junge weiß nicht, wie er die ältere Frau ansprechen soll. Sie schreckt zusammen und spritzt einen Schwall Schmutzwasser gegen die Wand. Er sieht das Entsetzen in ihren Augen, bevor sie ihn erkennt.

»Ist das nicht Molls Junge? Was hast du hier zu suchen?«

»Ich arbeite jetzt im Laden«, sagt er, tritt ins Haus und schließt die Tür hinter sich, als gehörten ihm die Tür, ihre Angeln und ihr verrosteter Eisenriegel. »Ich muss für Master John ein Paket holen.«

»Master John heißt er jetzt also? Los, dann mach, du scheinst ja zu wissen, was du suchst, aber es wird nichts aus der Speisekammer stibitzt.«

»Ich *arbeite* doch im Laden«, sagt er noch einmal und schlüpft ein wenig verächtlich an ihr vorbei.

Das Kaminzimmer ist ein Trümmerfeld aus Kisten und Kasten, Gläsern, losen Papieren und Staub. Es sieht aus, als wäre ein Oktobersturm hindurchgebraust und niemand hätte danach Ordnung geschaffen. Davy nimmt ein paar kleinere Kisten und stapelt sie in einer Ecke auf eine Holztruhe. Sie hinterlassen Hohlbilder im Staub, Geisterumrisse. Er bittet Mrs. Randolph um einen Besen und schiebt den Staub hin und her, holt ihn unter Stuhlbeinen hervor und schiebt ihn im Kreis herum, bis die einzelnen Flöckchen zueinandergefunden haben wie eine Familie. Er öffnet die Hintertür und fegt den Haufen mit dramatischen Schwüngen hinaus, jeder von einem unterdrückten Freudengeheul begleitet. Jetzt ist der Boden für Mrs. Randolphs nassen Lappen bereit. Davy wendet sich den Regalen zu, rückt die Gläser zurecht, füllt die verschütteten Perlen, Metallhäkchen und Fingerhüte wieder ein. Ein Topf mit eingelegten Feuerbohnen ist zerbrochen, und er stochert in den Scherben, kostet ein wenig von der essigsauren Pampe, genießt das Salz. Er wischt die Regale trocken und sortiert die Gläser von links nach rechts danach, wie voll sie sind, stellt die schwersten auf das oberste Regal. Als er da oben nach einem fehlenden Deckel sucht, ertastet er ein weiches Päckchen. Er überlegt, ob er es dort lassen soll.

Auch weiße Menschen verstehen sich auf Zauberei, und Davy ist sehr davor gewarnt worden, sich in Dinge einzumischen, bei denen er sich nicht auskennt. Seine Mutter sagt, der Teufel kommt stets in unerwarteter Gestalt.

Aber jetzt ist er ein Arbeiter, und ihm ist aufgetragen worden, etwas zu holen, und vielleicht wird er sogar dafür bezahlt. Auf der Farm zerstampfen sie den Reis, der im September geerntet worden ist. Sie werden den Reis bis ins neue Jahr stampfen, und dann können die Felder neu bestellt werden, aber Davy ist noch nicht alt genug, um seinen Beitrag zu leisten. Sie haben errechnet, wann ein Junge das Alter erreicht, mit dem die Gefahr, dass er stirbt, ab- und seine Arbeitskraft zunimmt. Er wird seinen Lohn so lange für sich behalten, bis sein Master auf der Plantage es herausfindet, erst dann wird er etwas davon abliefern. Zusammen mit seinem Eierverkauf und dem Aufräumen von Kaminzimmern kann er schon bald, so malt er sich aus, seine Mutter freikaufen, und dann wird sie ihn freikaufen, und am Ende werden sie sich ein richtiges Haus kaufen. Direkt am Wasser, wo er nie hat spielen dürfen.

Er nimmt das Päckchen in beide Hände, trägt es mit ausgestreckten Armen aus dem Kaminzimmer, vorbei an Mrs. Randolph – die sich auf die Fersen sinken lässt, um diesem feierlichen Gang zuzusehen – und den ganzen Weg bis zur Stadt, wobei das Päckchen ihn führt. Es schlackert mächtig hin und her, wie eine tote Katze. Davy zuckt es im Rücken.

*

Eines Abends bekommt John Besuch in seinem leeren Haus. Ein Matrose aus alten Segeltagen. Der Mann hatte in der Stadt nach ihm gefragt und so hergefunden. Er weiß nichts von einer Ehefrau und einem Kind, sagt aber, John sehe gut aus, immerhin habe er noch beide Beine und scheine wohlgenährt.

»Ich bin schon seit Jahren nicht mehr zur See gefahren«, sagt John. Die vier Tage mit seiner Tochter zählt er nicht mit.

»Da sitzt er nun vor dir«, sagt er, »ein Mann mit festem Wohnsitz.«

John holt etwas Brot und einen Krug mit altem Bier, und sein Freund quittiert es mit Rum aus seinem Seesack. Sie trinken auf ihren alten Freund Tom, von dem es heißt, er sei tot, fürs Hamstern von Limonen aufgeknüpft.

»Das hätte auch ich sein können«, sagt der Seemann, und John nickt. Piratenmotto. Das Seil, auf dem du zwischen Leben und Tod balancierst, ist sehr dünn.

Der Mann hebt an mit fantastischen Geschichten von Kaperbeute – Gold und Jungfrauen – und fuchtelt in dem dunklen Zimmer mit den Händen in der Luft: Die Ungeheuer waren größer, die Seuchen schlimmer, und die Spanier hatten mehr Kanonen, als er je gesehen hat. Aber als es endlich Nacht wird und die Rumflasche, die er mitgebracht hat, fast leer ist, versickern seine Geschichten, und John weiß das Schweigen nicht zu füllen. Die Männer werden müde, sanftmütiger und auf angenehme Weise gemeinsam melancholisch.

»Und weißt du was, ich hab auch alles aufgegeben, genau wie du«, sagt der Mann. »Ich bekam immer Briefe von meinem alten Vater, der sich Sorgen machte. Er dachte, ich würde schon beim ersten Windstoß über Bord gehen. Da hab ich meine Sachen gepackt und mir ein Stück Land im Westen gekauft. Es ist hübsch dort, viel Platz zum Bewegen und viel Arbeit, die auf einen wartet.«

John beugt sich vor und reibt seine Knie. »Was für Arbeit?«

»Bäume hauptsächlich. Man kann tagelang fällen, und sie werden nicht weniger.« Der Mann legt die Fäuste aneinander und schwingt sie auf und nieder. »Hack, hack. Von morgens bis abends, tagelang.«

»Sind da nur Männer?«

»Ja, und ein paar Ehefrauen. Ist gefährlich, wenn man nicht die Augen aufhält, aber sie bringen es einem bei, und es passieren nicht viele Unfälle. Verletzen tun sich nur Männer, die an was anderes denken, an die Familie zu Hause und den Preis von Tabak, aber ich habe nichts, woran ich sonst noch denken könnte, also ist es mir sehr recht so.« Er streckt die Füße vorm Kamin aus, der nicht angezündet ist, und hofft, das bringt seinen Gastgeber auf die Idee.

John friert nicht. Oder, genauer, er hat akzeptiert, dass er mit Recht zu frieren hat. Er könnte fortgehen. Wenn ohnehin nichts mehr da ist – und hier gibt es eindeutig nichts Sichtbares mehr –, könnte er sich selbst retten. Hier entwickelt der Schmerz einen Sog, dem er sich nicht entziehen kann, ganz gleich, wo er ist, ob in seinem Haus oder hinter der Ladentheke oder knietief im Schilf und nach Spuren von Dingen Ausschau hält, die verloren sind. Der Wunsch, sich zu retten, ist eine neue und, wie er findet, eine gesunde Regung. Es ist eine andere Art des Loslassens.

»Gibt es da noch Arbeit?«, fragt John.

»Einige Männer ziehen irgendwann weiter. Und ich gehe auch zurück nach Maryland, jetzt, wo mein Vater gestorben ist. Hast du Interesse? Ich könnte dir Namen von ein paar Männern nennen, die dir nützlich sein würden. Es würde dir gefallen, wo du selbst doch nur ein einsamer Mann bist.«

John leert die letzten Tropfen Rum in ihre Tassen. Die Wände scheinen gepflastert mit Tabithas Händeabdrücken; er kann den Nachhall ihrer Anwesenheit fast hören. Und es fällt ihm schwer zu glauben, dass sein Besucher nichts von dieser Aura im Haus spürt; trotzdem kann er es nicht verneinen. Er ist tatsächlich allein.

»Wie weit?«

»Eine Tagesreise hinter der Westgrenze von Carolina. Inzwischen gibt es gut ausgebaute Wege, manche noch von den Indianern. Ich würde aber nicht allein reisen. Alles Mögliche könnte dir passieren. Such dir einen Mann, der dich begleitet, dann kommt ihr gut zurecht.« Er blickt sich um, schnieft. »Das hier ist ein schönes Haus, aber du könntest dir im Handumdrehen hundert Morgen Land besorgen. Die Menschen ziehen nach Westen. Das ist die Zukunft, schätze ich. Ich bin nicht sentimental, aber es ist wirklich ein wunderschönes Land. Herrlich am Morgen. Kühl.«

John überlässt dem Besucher das Wohnstubensofa, weil es in seinem Schlafzimmer keine Matratze mehr gibt, trägt eine Decke in den Raum, wo Tab einst schlief, und breitet sie auf dem Boden vor ihrem Fenster aus. Die

Scheibe ist immer noch verschmiert. Von ihren Fingern? Ihrer kleinen Nase? Er hält die Hand wenige Zentimeter vor die Scheibe und schließt die Augen. Mit jedem Tag, an dem sie nicht von den Toten aufersteht, wiegt die Erinnerung an sie schwerer. Was ist denn überhaupt noch von ihr übrig, das er im Stich ließe, wenn er ginge?

In der Nacht döst und wacht er abwechselnd und fragt sich, was Fortgehen hieße.

*

Die Sklaven arbeiten jetzt nicht mehr auf den Feldern, sondern in der Scheune, wo der Reis getrocknet, gedroschen und gereinigt wird. Bald wird das Stampfen beginnen und den ganzen Winter dauern. Moll hat Mühe, den Takt zu halten, und als ihr schwindelig wird, tragen zwei Männer sie nach draußen und lehnen sie gegen eine Ecke an der Scheune. Moses, der seine Arbeit nicht unterbrechen kann, schickt nach Davy; der Junge kommt mit Wasser und Brot, um seine Mutter zu stärken.

Er taucht einen Lappen ins Wasser und legt ihn auf ihren Kopf. Sie hebt eine schwache Hand und schiebt ihn sich auf Stirn und Wangen und in den Nacken. Die Oktobertage sind noch warm, und bei all den vielen Menschen heizt die Scheune sich rasch auf.

»Jemand sagt, du könntest –« Er klopft auf ihren Bauch und bläst die Backen auf.

Sie blickt ihren Sohn argwöhnisch an.

»Und? Isst du auch genug?«

»Ich esse genug«, sagt sie. »Der Herr stehe uns bei, wenn da wieder eins in mir ist.« Wenn Moses sie wieder anrührt, wird sie ihm seine Männlichkeit abschneiden. Sie ist fertig mit ihm, fertig mit Menschen, die sich einfach nehmen, was ihr gehört.

»Also«, sagt Davy und greift nach ihrer Hand, »ich habe nichts gegen Babys. Vielleicht kriegst du ja sogar einen Jungen.«

»Gott behüte.« Sie steht auf, stützt sich mit einer Hand an der Wand ab. »Komm mal her.«

Davy duckt sich weg, glaubt, es sei ein Spiel.

»Komm her«, sagt sie.

Er macht ein enttäuschtes Gesicht, nimmt den Lappen von ihrer Schulter, wringt ihn aus, taucht ihn wieder ins Wasser. »Sei nicht albern«, sagt er.

Sie legt ihm die Hand um den Nacken, zieht ihn zu sich heran. Sie ist immer noch größer als ihr Sohn.

Er windet sich unter ihrem Griff.

Moll hält sich nicht für eine übertrieben mütterliche Mutter. Sie überschüttet ihre Kinder nicht mit Lob, versucht vor allem, Ärger von ihnen fernzuhalten. Ihr Sohn und die Töchter, die ihm wie lauter Trittsteine eine nach der anderen folgten, sind noch jung, leben noch fern der Gewalt, die irgendwann für sie alltäglich sein wird. Doch eins würde sie ihrem Sohn gern sagen, wenn sie die Worte fände und wenn er still sitzen und zuhören würde, nämlich: Er ist der Grund dafür, dass sie immer noch existiert. Die Töchter kamen, weil Babys das so machen, sie kommen eben, aber keine konnte sie so von ihren Zweifeln befreien, wie Davy es tat. Er ist das Licht, das sie am Leben hält.

Sie ist froh, dass Helen ihn nie kennengelernt hat, der Junge ist das Einzige, was unverbrüchlich ihr gehört.

»Los, geh nach Hause«, sagt sie und stößt ihn fort. Als er lacht, zwickt sie ihn in die Nase. »Mir geht es gut, ich habe einfach zu hart gearbeitet.«

»Aber vielleicht wird dir schlecht.«

»Und vielleicht wird mir schlecht, das stimmt.«

Er klemmt sich den Wasserkrug unter den Arm und macht sich auf den Rückweg zu den Hütten, wo er gerade geputzt hatte.

»Davy«, sagt sie. Er dreht sich um. »Du warst das einzige Baby, das ich wirklich behalten wollte.«

*

John erscheint zum Essen, und Asa ist hinten im Garten und schneidet die letzten Rosen, bevor sie der Frost holt. Er bevorzugt die stark gefüllten Blüten, die an Frauenröcke erinnern. Am Staketenzaun wächst eine Prärierose, ihre einzelne Blüte wirkt nackt, und die goldenen Staubgefäße haben etwas Grobes. Sie war die Lieblingsblume seiner Frau, an die er in diesen Tagen neuen Verlusts nur selten denkt. Sie hatte einen Ableger von der wilden Rose im Garten ihrer Eltern mitgebracht und sie in die sandige Erde hinter dem Haus gepflanzt. Als sie wuchs und gedieh, bat seine Frau ihn, einen Zaun darum zu bauen, und setzte später Stöcke, als sie in alle Himmelsrichtungen kletterte, nach jedem Horizont griff. Sie zupfte jede Woche das Unkraut unter der Rose weg und kam erst zurück ins Haus, wenn ihre Finger vor lauter Stichen rot und geschwollen waren. Der Rosenstamm war mit kleinen Dornen übersät, deren Spitzen wie gekrümmte Katzenkrallen waren. Von dieser Rose schnitt sie nie Blüten fürs Haus, und so tut er es jetzt auch nicht. Sie haben die Farbe erhitzter Frauenlippen, die geküsst worden sind. Er ist nie so zärtlich zu ihr gewesen, wie er es hätte sein können.

Die Abwesenheit geliebter Wesen schafft Raum für neue Schuldgefühle, es gibt so vieles, was er versäumt hat. Reue entsteht erst dann, wenn die Möglichkeit, zu handeln, verstrichen ist. Asa zählt im Geiste hundert Dinge auf, die ihn vor Gottes Strafe hätten retten können – kleine Gesten, liebevolle Berührungen. Indem er sie sich vorstellt, kann er fast so tun, als hätten sie einst stattgefunden. Sie sitzt im Garten auf einem niedrigen Hocker, knapp über dem verfilzten Gras, die Hände in den Nacken gelegt. Er lässt sich hinter ihr auf die Knie nieder und beginnt, ihre Schultern zu kneten. Er drückt die Wange an ihren Rücken. Seine Hände umfangen sie, und sie wärmen einander in der schon warmen Sonne. Das ist etwas, das er nie getan hat. Wer ist die Frau in dem Garten? Das ist nicht wichtig; er hat sie nie fest umarmt.

Er mischt einige Astern unter die gepflückten Rosen und trägt den Strauß nach drinnen. Mrs. Randolph kümmert sich zu Hause um ein krankes Kind, weshalb er Moll gebeten hat, ihm bei den Vorbereitungen fürs Abendessen zu helfen. Er bringt ihr die Blumen und bittet um eine Vase. Sie sieht müde aus, nimmt sie aber und drückt seine Hand. Mit ihrer Anwesenheit kommt er noch nicht gut zurecht. Es tut weh, eine junge Frau im Haus zu haben, die genauso groß ist, wie seine Tochter jetzt wäre, und die seine Tochter kannte, die nun schon zehn Jahre nicht mehr da ist. Er blickt Moll an und muss daran denken, wie die zehnjährige Helen mit Windpocken im Bett lag, und plötzlich glaubt er zu ersticken, denn es wird ihm so klar wie nie, dass dieses Kind wirklich tot ist. Nein, es ist gar nicht Helen, es ist Tabitha. Tab ist das kleine Mädchen. Er versucht krampfhaft, sich ihr Gesicht vorzustellen. Wo ist dann aber Helen? Helen ist auch fort. Als Moll ihm schließlich die Blumen in einer blauen Glasvase bringt, verübelt er ihr, dass sie noch am Leben ist, dass sie warme Hände hat und ihre Füße sie noch geräuschvoll über den Steinfußboden tragen.

Mit dem Strauß auf dem kleinen Esstisch, den zwei Stoffservietten neben den Weingläsern und den Porzellanschalen für die Suppe sieht das Zimmer fast wieder belebt aus. Asa setzt sich und reibt den Stiel seines Glases, etwas, das er seit jeh tröstlich findet. Durch den schlanken Kristallstiel ziehen sich zwei dunkle, ineinandergeschlungene Bänder, wie Tintentropfen in Wasser. Er verfolgt sie mit den Augen, trennt sie, geht den Spiralen nach, vom Kelch des Glases bis zu seinem Fuß. Unten verschwinden die Bänder in einem welligen klaren Teich mit einer einzelnen eingeschlossenen Blase. Dann fängt er von Neuem oben an.

Als John kommt, sitzt Asa über den Tisch gebeugt und starrt konzentriert auf sein Weinglas.

Sie schütteln einander die Hand und sprechen während der ersten beiden Gänge über die Landarbeit, den erwarteten Frost und wie die Generalversammlung wohl über die Exportraten entscheiden wird. Als Asa mit dem zitternden Suppenlöffel gegen sein Kinn stößt und ein paar Tropfen auf seinem Hemd landen, senkt John den Blick. Sie verstummen, als Moll ihnen die Untertassen mit gewürzten Äpfeln bringt. Männer können durchaus friedlich zusammensitzen, ohne etwas zu sagen, aber nicht, wenn sich eine Leerstelle von der Größe eines Kindes im Raum befindet. Keiner der beiden weiß, wie es weitergehen soll. Sie schieben ihre Äpfel von einer Seite auf die andere.

John will etwas sagen, aber sein Hals ist trocken, und die Worte werden zu einem Hustenanfall. Asa zuckt zusammen, und ein Stück Butterapfel fliegt von seinem Löffel auf das weiße Tischtuch.

»Da ist etwas – entschuldigen Sie bitte. Etwas, über das ich nachgedacht habe«, sagt John.

Asa möchte nicht getadelt werden, wenn Moll den Fleck auf dem Tischtuch entdeckt. Er isst das Apfelstück vom Tisch und zieht sein Glas näher heran, bis der Fuß über dem braunen Fleck steht. Sie wird nicht mehr wissen, auf welcher Seite er saß.

»Ich finde es schwierig«, sagt John.

»Der Herr prüft uns.«

»Ich glaube nicht, dass ich so etwas wie ein normales Leben weiterführen kann. Hier.«

Asas Gedanken schweifen wieder ab. So etwas wie ein normales Leben. Er kann sich nicht vorstellen, was das meint. Inzwischen ist es Nachmittag, und die Sonne fällt auf das Kristall, kleine Lichtblitze fliegen von dort in die Zimmerecken. Nicht alle Menschen heiraten und haben Kinder, und auch sie gehören zu Gottes Herde. Natürlich gibt es für jeden in diesem Schauspiel eine Rolle, und Geduld wird belohnt. Asa muss daran glauben, dass Gott alles sieht. Und als ihm das einfällt, lächelt er John ermutigend zu.

»Ein Mann, mit dem ich zusammen zur See fuhr, hat weiter im Westen eine Farm und Arbeit als Holzfäller gefunden. Das Land ist dort billig, und Arbeit wird gebraucht. Es ist einfach, neu anzufangen, sagt er, und sich noch mal ein Leben aufzubauen.«

Asa nickt. Er kann sich selbst von außen sehen, ein Bild der Geduld, ein moderner Hiob.

»Westlich der Berge. Ich wollte nicht fortgehen, ohne mich mit Ihnen zu beraten. Ob Sie vielleicht etwas brauchen.«

»Sie wollen verreisen?«

John fährt mit den Händen auf den hölzernen Lehnen seines Stuhls hin und her. »Ich denke daran, im Westen neues Land zu kaufen«, sagt er. »Im Südwest-Territorium, in der Nähe von Watauga. Ich habe etwas Geld gespart und werde fürs Holzfällen in den Wäldern dort gut bezahlt. Gibt da viel Hartholz, mehr als hier bei Beaufort.«

»Für den Schiffbau? Nein, zu weit weg für Schiffe, man kriegt das Holz nicht zum Hafen transportiert.«

»Es ist für Häuser gedacht, glaube ich, und für Straßen und Zäune«, sagt John. »Der Westen wächst.«

»Ja, Häuser. Das macht einen Mann zum Mann, sich sein eigenes Haus bauen.« Asa macht eine ausholende Geste. »Das hier war einmal gar nichts, nichts als Pfosten und Bretter.«

»Ich habe vor, nächste Woche aufzubrechen, wenn ich einen Käufer für meinen Anteil am Laden finde.«

»Warum geben Sie den Laden auf?«

»Ich werde ins Südwest-Territorium auswandern.«

»Ins Südwest-Territorium«, sagt Asa. Er runzelt die Stirn. »Und was ist mit Tabitha?«

John wartet. Ob Asa es etwa vergessen hat, ob er gar nicht zerstreut, sondern in Wirklichkeit senil ist? Das Gesicht des älteren Mannes verrät nichts. John kämpft gegen seine Schuldgefühle an, sie drohen ihn zu ersticken. »Ich kann mir nicht vorstellen, dass ihr Geist mich jemals verlassen wird.«

»Sie sind wohl ein Optimist?«

Moll kommt herein, um den Nachtisch abzuräumen, merkt, dass die beiden Männer einander stumm und ratlos anblicken. Als sie fragt, ob sie die Karaffe bringen soll, schaut Asa sie mit flehend hochgezogenen Augenbrauen an.

»John sagt, er will uns verlassen.«

»Stimmt das?« Moll stellt sich, eine Hand in die Hüfte gestemmt, neben Asa, verbündet sich mit ihm. »Kann den Kummer nicht ertragen?«

John erhebt sich, faltet mit ein paar schnellen Griffen seine Serviette. »Mir ist woanders eine Chance geboten worden, und ich möchte lieber irgendwo nützlich sein. Entschuldigen Sie mich.« Er geht hinaus auf die Vorderveranda und setzt sich auf einen Schaukelstuhl, nicht unhöflich genug gegenüber seinem Gastgeber, um ganz und gar zu verschwinden.

Nach einer Zeitspanne, die eine Mutter ihrem schmollenden Kind schenken würde, geht Moll nach draußen und setzt sich neben ihn. »Ich habe nicht so viel Zeit für sie gehabt, wie ich gewollt hätte«, sagt sie. »Sie hat mich an Helen erinnert, aber natürlich musste ich meine eigenen Kinder großziehen. Sie haben es auch allein sehr gut gemacht, da hatte ich keine Bedenken. Aber jetzt wünschte ich, ich hätte Tabitha besser kennengelernt.«

Sie bindet ihre Schürze ab und rollt sie zu einem Ball zusammen. »Wollen Sie ihn wirklich hier allein zurücklassen?«

»Ich bin Asa nicht besonders nützlich.«

»Ich glaube, es fällt Männern schwer, zu begreifen, dass sie überhaupt jemandem von Nutzen sein können. Er wird bestimmt noch einsamer sein, wenn Sie fort sind. Und Sie – was werden Sie machen, ohne einen Freund in der Welt?«

Er schweigt.

»Und Sie wollen es da draußen allein schaffen?«

»Ich habe meine Reise noch nicht genau geplant, Moll, aber ich bin kein Baby.«

»Hab mir nur gedacht, es würde nett sein, jemanden zum Reden zu haben auf so einer langen Reise. Wenn Sie es sich allerdings in den Kopf gesetzt haben, kann ich wenig sagen. Einen Feigling nenne ich Sie aber trotzdem.« Sie wartet und berührt dann ganz kurz seinen Arm.

Das Meer ist heute spiegelglatt, sieht wie ein silbriger Himmel aus. Dies hier wird er also verlassen; dies hier wird ihn stets an sie erinnern.

*

Das Hinterzimmer des Ladens riecht nach Schweiß und Zimt. Jemand hat nach Angelschnur gefragt, und Davy steht in der Tür, wandert mit den Augen die vollgepackten Regale über der durchgelegenen Matratze entlang, sucht nach Rollen mit Pferdehaar und Darmsaiten. Der Raum ist dunkel, doch von irgendwoher fällt etwas Licht auf kaum erkennbare Gegenstände. Er hat Angst hineinzugehen.

»Nein, Sir«, sagt er. »Alles aus.«

Der Kunde sieht ihn argwöhnisch an.

»Aber wir haben jede Menge Korinthen.« Davy zeigt mit langem Arm hinter sich auf die Wand mit den kleinen Gläsern. »Haben Sie eine Frau? Meine Mutter würde mich küssen für ein paar Korinthen. Alle Damen benutzen sie für den Kuchen. Und dann essen wir sie ja natürlich auch so. Mit Korinthen liegen Sie nie falsch, Sir.«

Der Mann verlässt wortlos den Laden, und hinter seinem Rücken dreht Davy ihm eine lange Nase.

Als John zurückkommt, ist der Junge dabei, mit einem Taschenmesser an der Thekenkante herumzuschneiden. »Schnitzt du deinen Namen?«

»Die Leute kaufen nicht bei mir.«

»Wie ich höre, ist es andersherum. Hab ich dir denn nicht gezeigt, wo die Waren gelagert sind?«

»Da drinnen sieht es aus wie in einer Zauberhöhle. Mich haben da Augen angeguckt, wo gar keine Augen sein konnten.« Davy hockt sich hinter die Ladentheke, um seine Angst zu demonstrieren.

»Wie alt bist du?« John weiß, wie alt er ist. Er kann sich noch an Molls rundliche Figur erinnern, als Helen und er Beaufort verließen, und an das zu Koliken neigende Baby, das gerade schwankend stehen lernte, als sie zurückkehrten, um selbst eine Tochter zur Welt zu bringen. Sogar ohne ihn zu sehen, wusste er stets genau, wie groß der Junge war, immer ein wenig größer als Tab.

»Komm her«, sagt John. Er zündet die Lampe an, reicht sie dem Jungen und führt ihn ins Hinterzimmer. »Du bleibst hier stehen, und ich suche jetzt nach den Dämonen.« Mit viel Theater zieht er Gläser und Schachteln hervor, wühlt hinter Fässern und stellt sich auf die Zehenspitzen, um in die obersten Regale zu spähen. »Absolut gar nichts.«

Davy zeigt auf die Matratze, die für ihn wie eine erwürgte Riesenschlange aussieht. John tastet zwischen den Laken und seinen Kleidern vom Vortag. »Das da«, sagt Davy und zeigt immer aufgeregter auf die schimmernde Haut, die noch zu atmen scheint.

John nimmt das rosa und grün geäderte lange Band aus blauer Seide hoch. Seit Davy ihm den in braunes Papier eingewickelten Stoff gebracht hat, schläft John jede Nacht mit Tabs Geburtstagsgeschenk. In den dunklen Stunden, dem endlosen nächtlichen Wachliegen, hat ihn die kühle Seide an seiner Wange an die Haut seiner Tochter erinnert, ihre Haut vor dem Fieber. Nach dem Fieber. Liegt ihr Körper immer noch kühl im Rumfass, wie ein Ei in einem Nest aus Erde? Er denkt nicht mehr so oft in dieser Weise an sie, an ihren toten Körper, den unausweichlichen Zerfall. Eigentlich ist seine Tochter nicht dort, in jenem Schweigen. Wo dann? In diesem zerknautschten Stofffetzen, in den er seinen schlafenden Körper hüllt? Ist sie – oder ein Stück von ihr, etwas Seelenhaftes – bei Gott? Eigentlich möchte John nicht mehr nach ihr suchen, kann aber trotzdem nicht aufhören. Wo immer sie sein mag, Helen ist mit Sicherheit auch dort.

»Das sind nur ein paar Meter Stoff. Keine Geister.« Er breitet ihn aus, doch der Junge springt fort.

»Das macht doch kein Mann, sich so damit einwickeln. Sie sollten ihn einer Dame geben, die ihn gebrauchen kann. Ich wette, Sie würden fünf Dollar dafür kriegen.«

Natürlich sollte er ihn verkaufen. Er ist doch überflüssig. John könnte ihn Davy gleich jetzt für Moll mitgeben. Ein bisschen Schönheit in ihrem Leben. Er faltet ihn zusammen und klemmt ihn sich unter den Arm. »Und nun sag mir, wo die Angelschnur ist.«

Später am Nachmittag drückt John dem Jungen ein Tuch in die Hand und sagt, er soll Staub wischen. Er selbst setzt sich auf einen Hocker hinter der Ladentheke und sieht zu, wie Davy mit dem Tuch über die Regale, zwischen die Schachteln, über die Deckel der Gläser fährt. John kann ein halb gesummtes leises Lied hören. Der Junge hat eine Art, mit dem Tuch zu wedeln, als sei sein Leben ein Vergnügen. Moll hat recht. Wenn er die Reise allein macht, schafft er es womöglich kaum über die Berge. Seine Seelenverfassung birgt derzeit wenig Hoffnung, taugt kaum zum Vorwärtskommen. Er hält es sogar für denkbar, dass er, sollte er unterwegs auf einen großen Stein stoßen, der ihn an ein Kind erinnert, sich an ihm festklammern würde, bis der Schnee käme und ihn unter sich begrübe. Er braucht einen Führer in der Wildnis. Einen Vogel, der ihn durch die Dunkelheit singt.

Er muss sich von seiner Tochter trennen und dennoch am Leben bleiben, um zu beweisen, dass es möglich ist: dass der Mensch sein Leben selbst bestimmt und seine Sünden einzig und allein die seinen sind.

*

Am Sonntag sieht John den alten Mann im Gottesdienst. Asa hat den Kopf gesenkt und verharrt reglos und stumm, während die anderen sich erheben und singen und sich wieder setzen. John sitzt hinter ihm und registriert das leise Beben seiner Schultern, die dünnen Haare, die mit einem Band im Nacken zusammengefasst sind. Ein paar Strähnen zittern, wenn John ausatmet. Die Predigt schwillt an und ab. Worte wie Nächstenliebe und Toleranz sagen ihm wenig. Ein silbernes Haar kringelt sich auf Asas Mantel, und John zupft es ab. Gedankenverloren wickelt er es um seinen Finger und lässt es dann zu Boden fallen. Um auszuweichen, zieht die Frau neben ihm den Fuß beiseite.

Die Kirchentür steht offen für den kühlen Novemberwind, und mit dem Luftzug dringt das leise Rauschen des Ozeans ins Innere. Wie eine Boje schwebt die Stimme des Hilfspredigers darüber, und die Gemeinde nickt. Asas Kopf ist immer noch gesenkt, sein Körper zusammengesunken. John denkt an einen weit älteren Mann, der im Himmel sitzt und diesen Lobpreisungen zusieht. Was kann ein einzelner Mann schon ausrichten, selbst wenn er Gott ist? Der dir erst deine Liebsten nimmt und dann deinen Schmerz? Es gibt keinen vernünftigen Grund für dieses Spiel. John erhebt sich. Gestützt auf die Kirchenbank vor ihm, tastet er sich an mehreren Frauen vorbei, tritt auf einen Fuß, entschuldigt sich. In der Sonne kommt es ihm kälter vor. Er wickelt sich fester in seinen Mantel und wartet auf das Ende des Gottesdiensts. Ein angebundenes Pferd hat alles Gras im Umkreis seines Pfostens abgefressen und schnaubt. John streicht ihm über den Nacken und zupft Knötchen aus seiner

Mähne. Das Tier kaut selbstvergessen an seinem Mantelsaum. John hört den Pastor von unvorstellbarer Allwissenheit reden.

Wie üblich sind die Gläubigen froh, als sie entlassen werden. Sie treten in den Morgen hinaus und denken schon an ihre Tagespflichten: Teppiche lüften, kranke Sklaven besuchen, längst fällige Briefe an Verwandte schreiben. John sucht Asas Blick, die beiden Männer lösen sich aus der Menge und gehen gemeinsam zum Wasser hinunter.

»Sie sollten bis zum Frühling warten«, sagt Asa. »Die Pässe werden bald zugeschneit sein.«

»Dann überquere ich sie vorher.«

»Die Erde ist gefroren, wenn Sie mit dem Hausbau beginnen.«

»Besser harter Boden als Matsch. Hören Sie, es gibt keinen Grund, den Winter noch hier zu verbringen.«

Zwei Fischer säubern ihre Netze am Kai und nicken John und Asa zu, als sie vorbeigehen. Ihre Hände sind rissig und rot, und einer der beiden pfeift. Es gibt Szenen, auf die er jenseits der Berge nicht mehr stoßen wird. John bleibt stehen, als er einen vertrockneten Seeigel entdeckt, und hätte ihn fast für Tab aufgehoben.

»Ich klinge bestimmt wie ein alter Mann, aber meinen Sie nicht, dass Sie einsam sein werden?« Vielleicht ist es das erste Mal, dass Asa dieses Wort laut ausspricht. Hat er sich jemals als einsam empfunden, als er jünger war? Er erinnert sich, dass er seine Mutter vermisste, wenn sie wegfuhr, um Freunde zu besuchen, doch so schmerzlich unvollständig wie jetzt hat er sich seit seiner Kindheit nicht mehr gefühlt. Er sieht nur noch die riesengroßen Lücken in seinem Leben, die Löcher, in denen er zu versinken droht. Fühlt John sich auch verlassen in seiner Einsamkeit? Dieser Mann, der Ehemann seiner Tochter, der Vater seines Enkelkinds, der gerade mit melancholischem Blick auf einen Seeigel am Boden starrt. Das Band zwischen ihm und Asa ist jetzt durchtrennt, und wahrscheinlich ist er dankbar dafür. Asa bückt sich und hebt die weiße Hülle auf, die so viel wiegt wie ein Vogel. »Nehmen Sie sie. Sie werden das Meer vermissen.«

Alle erwachsenen Männer vermissen das Meer.

»Moll gehört doch immer noch Ihnen, oder?« John reibt den Seestern zwischen den Handflächen, während sie zurück nach Long Ridge laufen. »Cogdell hat sie nach ihrer Heirat mit Moses nicht übernommen?«

»Nein, sie gehört noch mir.«

»Ich habe überlegt, ob ich vielleicht ein Geschäft mit Ihnen machen kann.«

»Sie wollen Moll?«

»Eigentlich ihren Sohn. Den Ältesten.«

Sie haben das Ufer hinter sich gelassen und sind jetzt auf der schmalen Allee, die nach Nordosten, zu Asas Plantage führt. Ein Großteil des Laubs ist schon abgefallen, die restlichen Blätter zittern im Wind. Asa hält sich nicht für empfindsam, doch Johns Vorschlag erschreckt ihn. »Das wäre sicher hart für Moll.«

»Ich habe Grund zu glauben, dass der Junge nichts dagegen hätte. Aber es ist natürlich Ihre Entscheidung.«

»Meine Entscheidung? Nun ja.« Das kommt ihm unfair vor. Asa nestelt an einem Knopf seines Mantels, zupft an einem losen Faden. Moll bringt schon seit Jahren ihren Sohn nicht mehr mit, aber Asa sieht ihn in warmen Nächten mit einer Schar fröhlicher Kinder durch die Felder streunen. »Ich wüsste nicht, wie er Ihnen von Nutzen sein kann. Soll er Ihre Taschen tragen, etwas in der Art?«

»Auf so einer Reise ist man besser zu zweit. Und er kann mir helfen, Land für die Farm urbar zu machen.«

»Die Farm?«

»Wenn ich da drüben bin und mir ein Stück Land besorge.«

»Was wollen Sie anbauen?«

»Er wird gut zu gebrauchen sein.«

Asa versucht sich zu erinnern, wohin sein Schwiegersohn eigentlich will. Irgendwo nach Westen. Wenn es da trocken ist, kann er keinen Reis anbauen, aber vielleicht Baumwolle. Kiefern. Kiefern gibt es überall, aber es hört sich so an, als wollte er sie fällen. Lohnt sich nicht, ihm das mit dem Terpentin beizubringen. Worüber soll John bloß mit einem Negerjungen reden? Aber schließlich steht noch überhaupt nichts fest. Sie könnten tagelang reden und zu keinem Ergebnis kommen. Noch bevor sie das Haus erreichen, schüttelt er John die Hand und verspricht, über die Sache nachzudenken.

Auf dem Rückweg in die Stadt wirft John den Seeigel in eine Holunderhecke.

Als Asa mit einer Tasse Tee daheim in seinem bequemen Sessel sitzt, kommt er zu dem Schluss, John habe im Grunde eingestanden, dass er einsam ist, dass er sein Kind vermisst und dass er mit Molls Jungen ein Stück eigene Geschichte mit sich nehmen möchte. Es steht Asa nicht zu, ihm diesen Trost zu verweigern. Was er John allerdings nicht gesagt hat, ist, dass Moll Helen gehört. Gehörte. Also ist der Junge vor jedem Gericht, das Eigentumsfragen klärt, zu Recht Johns Junge. Ein höheres Gericht würde das wohl bezweifeln: Wer hat denn das größte Anrecht auf ein Kind? Asa legt die Hände auf die Sessellehnen, schließt die Augen und wartet darauf, dass ihm etwas in die offenen Handflächen fällt. Er würde gern die Lücken in Johns Leben füllen, die ihn so quälen, denn er weiß, dass es niemanden gibt, der seine eigenen noch füllt. Die Augenlider werden ihm schwer. Er schläft.

*

»Wie weit?«

John fegt den Laden, während Davy auf der Theke sitzt, mit den Beinen schwingt und dabei leicht gegen das Holz trommelt. Gemeinsam mit dem Jungen hat John all die Dinge zusammengetragen, die er für die Reise brauchen wird. Am Nachmittag wird ein Mann aus New Bern kommen, der den Rest der Lagerware übernimmt. Der Eigentümer des Hauses hat sich einverstanden erklärt, nach einem neuen Mieter zu suchen, aber John muss selbst versuchen, die Mehlsäcke und die Pakete mit Kaffeebohnen wieder zu Geld zu machen. Sein Haus in der Stadt verkauft er an einen Gutsbesitzer, der ein Hochzeitsgeschenk für seine Tochter braucht. Außerdem hat er noch etwas Geld von Helens Mitgift gespart – die Summe, die Asa ihr verspätet schenkte, als sie von der Seereise zurückkehrte, mit dickem Bauch und müdem Rücken. Gebräunt und lächelnd. Wer hätte ihr widerstehen können? Helen, die stets hungrig auf neue Erfahrungen war, hätte ihm sicher ihren Segen gegeben, hätte gewollt, dass das Geld genau so eingesetzt würde. »*Mir* nützt es doch nichts«, hört er sie sagen, ihre kühle Hand auf seiner Wange. »Was würde ich dafür bekommen, da, wo ich jetzt bin?« Er versucht, sich ihren Körper vorzustellen; er bittet seinen Tagtraum, Tab an ihre Seite zu stellen. Beide Frauen gemeinsam, nicht düster und bleich oder verloren oder tot.

»Ich fragte, wie weit?«

John stützt sich auf seinen Besen und beobachtet, wie die Staubflocken in den Sonnenstrahlen aufsteigen; selbst das Unbelebte ist lebendig. Das einzige Mittel gegen das Denken ist Handeln. »Ungefähr vierhundert Meilen.«

»Werden wir jeder ein Pferd haben?«

»Ich würde dich doch nicht zu Fuß laufen lassen. Ich werde dich zusammen mit den Taschen und dem Kochgeschirr auf das Maultier schnallen.« Er stößt die Tür auf, um den Dreck auf die Straße zu kehren. Eine Frau wechselt die Straßenseite.

»Ich hätte gern Kost und Logis und Lohn.«

»Lohn?«

»Ich möchte nicht zum Arbeiten gezwungen werden.« Davy hüpft von der Theke herunter und klaubt ein Stück Mandelmarzipan aus einem Glas. Er lutscht es und blickt John dabei ins Gesicht.

»Wird deine Mutter dich denn nicht vermissen?«

»Sie hat doch meine Schwestern, die sie verhätscheln kann. Ich mach ihr sowieso nur Ärger.«

»Ich möchte ganz bestimmt keine Jungs mitnehmen, die Ärger machen.«

Davy reckt sich in die Höhe und zieht an seinem Hemd. »Das war doch nur Spaß, Sir. Ich würde sehr hart arbeiten. Solange es mir vergütet wird.«

»Woher hast du denn solche Worte?«

»Meine Mutter bringt sie mir für alle Fälle bei. Ich soll darauf vorbereitet sein, meine Chancen zu nutzen.«

»Weißt du, was eine Chance ist?«

»Wahrscheinlich, dass Sie mich mit in die Territorien nehmen. Mit Vergütung.« Davy nimmt sich noch ein Stück Marzipan und beginnt, die Theke mit einem geölten Lappen zu bearbeiten. Davy hängt nicht am Meer, hat nie schwimmen gelernt, blickt nicht nach Süden übers Wasser, wenn er die Front Street entlanggeht. Er hat stets stur geradeaus geschaut und ist nur an Dingen interessiert, die er noch nie gesehen hat.

*

Da fliegt etwas mit einem Knall zur Haustür herein, und Asa verschüttet seine Suppe. Auf dem Tischtuch sammeln sich die Flecken, Tupfer in gedeckten Farben. Seit der Beerdigung zittern Asas Hände. Und auch bei der Morgentoilette, da reißt er sich mit dem Kamm Strähnen aus. Er scheint ständig zu beben. Den Mantel bekommt er nur mühsam zugeknöpft. Die Schreibfeder hüpft in seinen Fingern. Er reibt den kleinen goldenen Fleck auf dem Tischtuch, befeuchtet seinen Finger und reibt noch einmal.

Moll kommt hereinmarschiert, und noch bevor ihre wütend schwingenden Röcke sich beruhigt haben, streckt sie den Finger aus und sagt: »Sie verdammter *Scheiß*kerl.«

Ihre Geste hat eine Präzision, der er nicht ausweichen kann. Er sinkt ein paar Zentimeter in seinem Sitz zusammen, wischt sich den Mund mit der Serviette und blickt wie ein Schulkind zu ihr hoch.

»Wo Sie es doch besser wissen sollten.«

Hinter ihr taucht Mrs. Randolph auf, verhuscht und devot. »Bitte«, sagt sie und weist mit dem Arm zur Tür, als ob man Moll wie Vieh forttreiben könnte.

Asa hebt die Hand und nickt der älteren Frau zu, worauf die sich zurückzieht und nach ihrem fast fertig gebackenen Brot im Ofen sieht. Er steht langsam auf und zieht einen Stuhl unter dem Tisch hervor.

Molls Augen sind gerötet, ihr Gesicht ist geschwollen. »Wie viel kriegen Sie für ihn? Ist das eine Art Rache?«

»Bitte setz dich.«

»Eher ließe ich mich prügeln. Was würde nur Ihre Tochter sagen!«

Asa setzt sich wieder und dreht an einem seiner Ringe. Das Feuer hinter ihm im Kamin hält seinen Rücken warm, ein allzu menschlicher Trost. Er ist ein gewissenhafter Master, versorgt seine Sklaven mit Feuerholz, Stoffen und frischem Fleisch am Sonntag. Er ist kein Barbar. Er hat Moll nicht an den Master ihres Ehemanns verkauft, weil er Cogdells Selbstbeherrschung, seiner Christlichkeit nicht recht traute. Seine wenigen eigenen Sklaven haben hier mit Sicherheit ein besseres Leben als auf den Reis- oder Tabakplantagen, und ganz gewiss kümmert man sich hier besser um sie, als wenn sie in Afrika geblieben und von Löwen oder wer weiß was für sonstigen Kreaturen gefressen worden wären. Und hatte Helen ihnen nicht das Alphabet und ein wenig Moral beigebracht? Wenn er jetzt so zurückschaut, erkennt er, wie wertvoll das war. Sie wurden zu Amerikanern erzogen.

»Ich dachte, du würdest es als eine Chance begreifen«, sagt er. Das ist ein Wort, das Männer blind auf Schlachtfelder und Frauen zum Altar geführt hat.

Sie fuchtelt mit den Händen in der Luft. »Ich wünschte, Sie besäßen noch etwas, das Sie lieben und das ich Ihnen wegnehmen könnte.«

»Reg dich nicht so auf. Du hast doch noch mehr Kinder, und John sagt, der Junge möchte schrecklich gern mit.«

»Sie verdammter herzloser *Scheiß*kerl.«

Er steht auf und schiebt sich an ihr vorbei in die Diele. »Ich verbitte mir solche Worte.«

»Sie *hatten* ein Kind«, sagt sie.

Er steht jetzt auf der Veranda, sie ist ihm gefolgt. »Es tut mir leid«, sagt er und blickt ihr nicht in die Augen. »Der Junge will, und ich glaube, John kann Gesellschaft brauchen.«

Sie nickt mehrmals. »Ich verstehe. Ich verstehe. Ein Ersatzkind.«

»Ganz und gar nicht. Die Reise ist hart, und er wird sich ein neues Zuhause schaffen.«

»Hart für einen Mann, allein hundert Meilen zu reiten.«

»Es war für uns alle hart, ohne sie.«

»Und dann nimmt man sich einfach, was mir gehört. In all den Jahren hat Helen uns gepredigt und gesagt, wir seien Menschen, genau wie jeder andere, das war eine Lüge.« Die letzten Worte schluchzt sie unter Tränen.

»Ich sollte dich daran erinnern, dass dein Sohn mir gehört, ich kann ihn jederzeit verkaufen. Da gibt es nichts zu diskutieren.«

Sie sinkt auf die Knie, und er weicht erschrocken zurück. Sie legt die Hände auf die Veranda und zieht sie über die Bodendielen. Das alte Holz, das schon seit Jahren neue Farbe braucht, hinterlässt Splitter in ihrer Haut.

»Hör auf damit.«

Sie reibt immer weiter. Ihr Gesicht ist schmerzverzerrt.

Er bückt sich, packt sie bei den Schultern. Er zieht ihre Arme weg. Jetzt ist er auf den Knien und drückt ihre Handgelenke zusammen. Sie jammert, schreit wie bei einer Geburt. Er ist entsetzt, aber nun liegen ihre Handgelenke schlaff in seiner Hand, sie schluchzt. »Es tut mir leid«, sagt er. Es ist kalt, und er sieht, wie die Blutstropfen in ihren zitternden Händen gerinnen.

Als sie wieder zu Atem kommt, blickt sie ihm, nur Zentimeter entfernt, in die Augen. Sie hält die Hände hoch und zeigt sie ihm. »Ich will so nicht leben«, sagt sie. »Das können Sie nicht mit mir machen.«

*

Der Laden ist jetzt fast vollkommen leer. Der Mann aus New Bern hat die meisten großen Kisten abgeholt, und andere Waren sind nach Charleston verschifft worden, John und Davy füllen Rucksäcke mit Proviant. Davy packt ein Glas mit Süßigkeiten in seine Tasche, und als er sich etwas von den Hauptregalen nimmt, holt John es wieder raus. Der Junge hat seine gesamte Kleidung von zu Hause mitgebracht – zwei Hosen, zwei Leinenhemden, einen Mantel und einen Männerhut, wahrscheinlich von seinem Vater stibitzt – und alles zu einem Bündel zusammengerollt. John wickelt es wieder auseinander, faltet die Sachen einzeln zu ordentlichen Quadraten und steckt sie in seine Tasche.

»Kann ich heute Nacht hierbleiben?«

John geht in die Hocke und mustert den Raum. Er muss achtgeben, dass er die Maultiere nicht zu stark belädt. Was immer er Asa erzählt haben mag, es ist nicht so, dass er sich darauf freut, bei Winteranfang den Staat mit einem elfjährigen Jungen zu durchqueren. Doch es ist seine einzige Überlebenschance. Die konkrete Mühsal des Reisens lässt sich besser ertragen als die Last, die seine Seele beschwert, sobald er hier um eine Straßenecke biegt oder aufs offene Meer blickt und seine Tochter nicht findet. Wird Moll ihren Sohn auch so sehr vermissen? Nein, niemand kann ein Kind so sehr vermissen.

»Heute Nacht bleibst du bei deiner Mutter, und morgen bei Tagesanbruch erwarte ich dich hier.«

»Und wenn sie mich vorher umbringt?«

»Dann habe ich mehr Platz für Kekse.« Er reicht dem Jungen einige Päckchen mit getrocknetem Fleisch, in Papier eingeschlagen und mit Zwirn verschnürt. »Teil die auf unsere Rucksäcke auf. Ich werfe noch einen letzten Blick auf alles.«

Der Hauptraum wirkt leer viel kleiner. Er findet hinten in einer Ecke auf einem Regal noch eine Schachtel mit Nägeln und ein Päckchen Unschlittkerzen. Unter einem Hutständer liegt ein Häufchen Mäuseköttel, die der Besen nicht erwischt hat. Als Tab klein war, hängte sie sich wie ein kleines Äffchen immer an die Arme des Ständers. An der Rückseite der Ladentheke entdeckt er die geschnitzten Anfangsbuchstaben eines Jungennamen: D-A-V.

Als er ins Hinterzimmer zurückkehrt, hat Davy sich die Hände mit dem blauen Seidenstoff umwickelt.

»Was hast du in meiner Tasche zu suchen?«

»Ich dachte, Sie würden ihn verschenken.« Davy stopft den Stoff zurück in die Tasche und räumt Johns Kleidung, die Tasse, die Äpfel und die Fleischpakete wieder ein. Jetzt spricht er leiser. »Weiß nicht, was Sie damit anfangen wollen. Ist doch Platzverschwendung. Sie könnten noch eine Decke mitnehmen.«

»Was soll das?«

»Wär bestimmt einfacher, die Nacht hier zu schlafen, Sir.«

»Raus mit dir. Ich mache den Rest. Los, los.« John scheucht ihn aus dem Zimmer. Davy protestiert laut und klopft beim Rausgehen einen hämmernden Rhythmus auf der Ladentheke. Nach seinem lautstarken Abgang vibriert der Raum. Kinder, selbst die schüchternsten und verschlossensten, müssen der Welt immerzu ihre Vitalität demonstrieren. Sie kennen kein stilles Bewahren, keine tiefen Brunnen, in denen Gefühle versenkt und begraben werden. John braucht all seine Kraft, um zur offenen Tür zu gehen und sie zuzuziehen.

Am nächsten Morgen wird er sich zum Aufbruch zwingen müssen. Und dann wird er so lange in Bewegung bleiben, bis seine Beine nachgeben, bis die Geister ihn schließlich nach Hause tragen.

*

Moses hobelt einen hölzernen Leisten zurecht, wirft die Späne ins Feuer. Er hat sich beim Schmieden zu häufig verbrannt und will jetzt lieber Gehilfe eines Schusters werden; deshalb übt er, denn er kann noch keinen ordentlichen Leisten formen. Wenn er versucht, ihn in seinen eigenen Schuh einzupassen, rutscht das Leder weg. Die Späne sind ölig, und das Feuer sprüht Funken. Moll sitzt auf ihrer Matratze und flicht einen Läufer aus Stoffresten. Keiner der beiden schaut zu dem Jungen. Davy hat seine Strümpfe ausgezogen und pult an einer Beule an seinem Zeh.

»Ihr könnt mich nicht festbinden«, sagt er.

Moll bückt sich und holt einen weiteren Stoffrest aus ihrer Tasche. Dann streckt sie den Kopf nach hinten, um den schmerzenden Nacken zu entspannen.

»Und ich bin auch kein Baby mehr.« Davy schleudert einen Strumpf durchs Zimmer. Auf der zweiten Matratze toben zwei kleine Mädchen und treten einander.

Moll lässt die Arbeit sinken und blickt zu ihm. Moses ruckt mit einem enttäuschten Knurren auf seinem Hocker. Sein Messer ist zu stumpf. Als er den Leisten weglegt und auf die große Matratze kriecht, bläst Moll die Kerze aus und setzt sich mit ihrer Flechtarbeit an den Herd. Davy kratzt sich die Beine. Es gibt zu wenig Dinge in der Hütte für seine Hände. Er rutscht zur Wiege hinüber, in der das Baby schläft, und rubbelt mit seinen Fingern im Haar des kleinen Mädchens. Moll klopft zweimal auf den Boden, und Davy zieht die Hand zurück.

»Ihr lasst mich einfach nicht erwachsen werden«, sagt er.

»Pscht.«

Er geht zu ihr und beginnt, die Stoffstreifen auseinanderzusortieren. Er flüstert ihr ins Ohr: »Du weißt ja, was Daddy gesagt hat.«

»Er ist nicht dein Chef.«

»Der Mann gibt mir Lohn. In einem Jahr kann ich mir meine Freiheit kaufen.«

Sie schüttelt den Kopf.

»Du willst gar nicht, dass ich freikomme. Das ist es doch.«

Moll beißt in einen Stofffetzen und zerreißt ihn mit den Zähnen. Sie wischt sich mit dem Handrücken die Nase, dann die Augen, schließlich legt sie den Läufer hin und lässt den Kopf auf die Knie sinken. Davy streckt die Hand aus, berührt seine Mutter aber nicht.

»Mama«, sagt er.

Sie kann nicht sagen, was sie sich wünscht. Was kann eine Mutter wie sie sich für ihr Kind wünschen? Es ist nicht gut, wenn sie ihm sagt, dass er ihr Herz bricht. Er wird sich aus dieser Stadt und aus ihren Armen entfernen, er wird immer ein Junge sein, der sich aus allem herauskämpft. Sie hebt den Kopf, umarmt und wiegt ihn, bis seine Schulter feucht von ihren Tränen ist. Gott hat ihre Familie nie beachtet. Der Katechismus, den sie gelernt und so lange wiederholt hat, bis Helen sie nicht mehr korrigieren musste, hat immer gelogen. Glaubt sie an die Wiederauferstehung des Leibes und an das ewige Leben? Ist sie nicht schon hundertmal gestorben und hat keine Auferstehung erlebt? Jenseits dieses Lebens, jenseits der Sklaverei, jenseits dieses Ozeans, was erwartet sie da? Leere, das ist alles, was sie je gesehen hat. Morgen früh wird ihr Sohn in diese leere Weite hinausreiten und nie mehr zurückkehren. Ist das Freiheit, wenn sie nicht dabei ist und sie bezeugen kann? Ist das Liebe, wenn der Gegenstand dieser Liebe nicht da ist?

Nachdem sie Davy neben seinen Schwestern in eine Decke gewickelt hat, bleibt sie sitzen und malt mit der Hand so viele Achten auf seinen Rücken, dass er darüber einschläft. Sie kannte eine Frau, die die Sehnen in den Fersen ihres Sohns durchschnitt, so dass er nicht mehr laufen konnte. Nicht mehr arbeiten konnte, nicht mehr verkauft werden konnte, nicht mehr stehen konnte, um ausgepeitscht zu werden. Sie fütterte ihn ein Jahr lang mit ihren eigenen Rationen, lehrte ihn schreiben und schlief mit seiner Hand in ihrer, bis er eines Morgens, mit Gewichten beschwert, in den Fluss kroch. Das war kein Leben. Moll berührt die Füße des Jungen, fühlt die feinen Muskeln, die bis in seine Zehen laufen, und die dicken Sehnen in seinen Fersen. Sie steckt die Decke unter ihnen fest und reibt sie, bis sie glaubt, dass sie warm sind.

John ist kein schlechter Mann. Er stiehlt ihr Kind – er kauft ihr Kind, was schlimmer ist. Er liebte Helen, und er liebte das kleine Mädchen. Aber weißen Männern ist es nur selten gegeben, darüber hinaus zu lieben. Sie hat keine Wahl. Sie betet, vergisst, dass sie den Glauben an Gott als Schwindel erkannt und aufgegeben hat. »Dein Reich komme«, flüstert sie. Sie fleht. »Dein Reich komme.«

Mitten in der Nacht erwacht sie vom Weinen des Babys. Sie ist sehr unbequem über Davys Beinen eingeschlafen. Als sie sich aufrichtet, jagt ein Schmerz durch ihren Rücken. Sie kriecht zur Wiege, um das Kind zu stillen. Ihre Kinder bringen sie um. Sie weiß nicht, wie sie *nicht* lieben soll, und wird daran sterben. Gott wird sie holen, wann immer es ihm gefällt, und sie überlässt sich seinem Willen. Wenn der Tod noch mehr Schmerz bedeutet, wird sie ihn wiedererkennen. Wenn er Leere bedeutet, wird sie sie willkommen heißen. Nur möge er sie bitte bald in sein Reich aufnehmen.

*

Asa legt sich die Decke um die Schultern, verlässt sein Haus und geht langsam über die Vordertreppe in die Dunkelheit hinaus. Er kann beinahe seinen Vater sehen, wie er da im ungeschnittenen Gras steht und blinzelnd das Gebäude betrachtet, das an der Stelle errichtet worden ist, wo es einst nur seine Bretter und Pfosten gab. Wer wird später noch da sein, wer wird diese Treppe hinaufsteigen und in die Zukunft blicken? Jetzt steht Asa selbst im Gras und stutzt. Er hat seine Schuhe vergessen. Wie ein Kind. Er schiebt die Füße durchs Gras, kümmert sich nicht um die Feuchtigkeit und folgt dem Weg, der nach Westen durch den Wald in die Stadt führt. Auf dem Boden liegen Kiesel und Kiefernnadeln und harte Blattreste, die an seinen Füßen schaben. Zum Wasser hin wird der Wald lichter; die Eichen sind hier nur noch halb so hoch und biegen sich weg vom Wind, der vom Wasser her weht. Die Äste strecken sich verzweifelt zum Land hin. Er erinnert sich an einen anderen Spaziergang vor zwölf oder mehr Jahren, mit Tab. Nein, es wird Helen gewesen sein. Sie war auf einen Baum geklettert, fand ihn faszinierend. Kurz unter dem Wipfel hob sie die

Hände und bewegte sie in einem langsamen Tanz – ihre Glieder und die des Baums wehend wie Seegras. Asa hatte gelächelt, und wenn er in den folgenden Jahren zu Fuß zur Stadt wanderte, wirkte dieser Baum manchmal wirklich sonderbar, besonders nachts.

Bevor er die ersten Häuser erreicht, hält er inne und setzt sich auf einen Felsblock, den jemand dicht ans Wasser gerollt hat. Die Sandbänke jenseits des mondbeschienenen Kanals sehen aus wie eine Fata Morgana trockenen Festlands. Ein wildes Pferd, das die Spanier zurückgelassen haben, grast im Strandhafer. Sein Schnauben wird übers Wasser bis zu Asa getragen. In der nächtlichen Stille kann er fast hören, wie es mit den Zähnen die Graswurzeln bearbeitet.

Wenn er John gebeten hätte, nach Long Ridge zu ziehen, hätte er ihn womöglich hierhalten können. Der Mann hatte vielleicht einfach eine freundschaftliche Geste erwartet. Stattdessen bricht er nun zusammen mit einem Jungen in eine fremde Unendlichkeit auf. Was all die Ungeheuer angeht, denen man unterwegs begegnen könnte, ist eine Reise nach Westen nicht besser als eine nach Osten. Manche Menschen führen solch ein unstetes Leben, Asa wird das immer fremd bleiben. Zufriedenheit schenkt nur die Beständigkeit; man wächst nur, wenn man bodenständig ist. Er könnte es noch einmal bei John versuchen. Ihn einen Monat zu sich ins Haus nehmen und ihm beibringen, wie man Kiefern anzapft, vielleicht würde er dann bereit sein, sich hier fest niederzulassen. Asa könnte ihm zeigen, wie. Er könnte ihn zurechtstutzen.

Das ist das schwarze Loch in ihm, das da aus ihm

spricht. Auch wenn er jetzt noch trauert, irgendwann werden Geduld, Glaube und der Wille, die täglichen Pflichten zu erfüllen, ihm wieder Frieden schenken. Das Leben anderer Menschen kann er nicht retten, dafür ist er nicht verantwortlich. Familie ist eine Illusion. Da ist Gott, und hier ist der Mensch. Da ist die Erde, und hier ist das Meer. Da sind dieser Mond, dieses Pferd und das feuchte Gras an seinen Zehen. Wenn es Würmer im Boden gibt, dann ist es nicht an ihm, sie zu sehen.

*

Am Morgen machen sie in Long Ridge Halt. Davy wartet mit den Pferden und Maultieren, während John die Vordertreppe hochsteigt, die ihm einst, als er auf Freiersfüßen wandelte, unüberwindlich erschien; jetzt ist sie nur ein weiteres Hindernis, das zu nehmen ist. Asa kommt im Morgenmantel an die Tür. John lehnt es ab, einzutreten, hält ihm aber eine kleine Schachtel hin.

»Ich will nicht Sie verlassen. Das ist nicht meine Absicht.«

Asa nimmt die Schachtel.

»Ich werde schreiben, wenn Sie es erlauben.«

»Werden Sie bleiben?«

John sieht ihn ausdruckslos an.

»Ja, dann. Ich missgönne Ihnen das neue Leben nicht. Jeder geht seinen eigenen Weg.« In der frischen Morgenluft zieht Asa den Morgenmantel mit einer Hand enger zusammen. Er ist müde, und seine Füße sind wund. »Wir alle kämen irgendwann gern an einen anderen Ort.«

»In den Himmel, nicht wahr?« John lächelt. Mit seiner Nachtmütze sieht Asa noch älter aus. Das Licht betont seine Augenfältchen, die Furchen um seinen Mund. Er wird Asa in diesem Leben wohl nicht mehr wiedersehen. Der Gedanke an all die anderen, die er nicht wiedersehen kann, überwältigt ihn.

Asa zupft an der Kordel um die Schachtel, aber John hält seine Hand fest.

»Öffnen Sie sie später. Ich wollte Lebewohl sagen.«

Asa blickt an ihm vorbei zum Rasen hinunter, wo Davy versucht, den peitschenden Schweif seines Pferds zu packen. »Nett, einen jungen Menschen dabeizuhaben.«

»Ich möchte Ihnen dafür danken, dass Sie mir gaben, was Sie mir gegeben haben. Ihre Tochter.«

»Ich sagte ja, ich missgönne Ihnen nichts.«

»Was Sie und ich empfanden – und was wir jetzt empfinden –, unterscheidet sich gar nicht so stark. Es wird einfacher für uns sein, wenn wir uns nicht sehen und einander erinnern.«

»Und daran glauben Sie fest.«

»Wenn wir uns nach alledem wiedersehen, dann werden Sie mir sagen, dass es so in Ordnung war.«

Asa macht einen Schritt zurück in die Diele. Für so etwas ist es noch zu früh; es tut weh. Besser, man schließt die Tür, verhält sich still, betet.

John streckt ihm die Hand zum Abschied hin.

Asa bleibt in der Tür stehen, bis Menschen und Tiere sich gen Norden in Bewegung setzen. Er sieht im Geiste ihren Weg vor sich – die Wälder, die offenen Prärien und die endlos hintereinandergestapelten Berge –, und als der Junge einen Juchzer ausstößt, steigen zwei Reiher aus dem Sumpfland empor und gleiten einem Horizont entgegen, den er nicht mehr sehen kann.

In der Schachtel liegt Helens kleines Gesicht, in einfachen Farben auf Elfenbein gemalt. Es ist der Gesichtsausdruck, den sie an jenem Sommertag trug, als ihre schlammbespritzten Schuhe neben der Tür standen und sie barfuß vom Wohnzimmer auf die Veranda lief. Ihre Schritte klangen damals wie die eines Kindes. Er war ahnungslos gewesen, hatte nicht gewusst, dass sie verliebt war; ihn hatte die Vorstellung, dass er auf einen Beweis ihrer Zuneigung warten durfte, entzückt. Hatte er das vergessen? Nein, denn es überrascht ihn nicht, dass die Miniatur in seiner Hand liegt, jetzt, nach all den Jahren.

Er schließt die Haustür, kniet sich auf den Läufer in der Diele und legt die Hände zusammen. Er könnte für die Kinder beten, die er verloren hat, oder für John oder für die Frau, deren Sohn er verkauft hat, aber sein Herz ist jetzt still, und alles was er zustande bringt, ist ein kurzes Gemurmel für seine eigene Seele; möge sie gehalten und behütet werden.

Siebtes Kapitel

Cogdell lässt die Erde durch die Finger rinnen. Sie ist blassbraun, Sand, durchmischt mit Lehm. Er sammelt die Kiefernnadeln heraus und zupft die papierartige rote Kappe ab, die ein Nadelsträußchen zusammenhält.

»Ist nicht gut behandelt worden«, sagt er und blickt Asa an, der an einem Baum lehnt.

»Reicht aber für Bäume.«

»Ich wette, das Terpentingeschäft läuft nach dem Krieg nicht besonders.« Cogdell fährt mit der Fußspitze über den nackten Boden. »Und viel Hilfe gibt's auch nicht. Wie viele besitzen Sie?«

»Vier, aber ich hole mir welche dazu, so dass sich alles schaffen lässt. Hat eine Menge eingebracht.«

»Langsam zu alt dafür?«

»Gibt andere Dinge zu tun.«

»Wo alle die Stadt verlassen, bleibt nicht mehr viel. Würde mich nicht überraschen, wenn der ganze Ort in zehn Jahren in eine große Plantage verwandelt wird. Alles würde flussaufwärts oder übers Meer transportiert. Kein Grund, dann überhaupt noch hier zu leben. Und wir zwei wären besser in Wilmington aufgehoben, wo die Damen sind.« Er wartet auf Asas Antwort, aber der ältere Mann blickt immer noch zu Boden. »Seit Ihr Schwiegersohn weg ist, kann man sich nicht mal mehr ein Pfund guten Kaffee kaufen.«

»Es soll ihn jetzt wieder im Laden geben.«

»Scheint, als würde mit der Ebbe alles aus Beaufort rausgeschwemmt. Klug, dass Sie verkaufen.« Cogdell geht zum Haus zurück und klopft im Vorbeigehen mit der Hand gegen die Stämme. Asa denkt, Cogdell wird Mühe haben, das Harz aus den Bäumen zu holen. »Ich werde Kanäle graben müssen, damit der Reis auch genug Wasser kriegt. Die Erde ist von all den Wurzeln völlig ausgetrocknet. Die Preise sind seit dem Krieg zwar gestiegen, aber wir sind immer noch billiger als Indien, und er kocht sich besser. Das höre ich jedenfalls. In der Nähe von New Bern gibt es Händler, die liefern sogar nach Übersee.« Er blickt sich nicht um und sieht nicht, dass Asa am Rand des Kiefernwäldchens stehen geblieben ist, vor der offenen Fläche zurückscheut.

Es ist Anfang März, und die Erde ist seit Kurzem aufgetaut. Manche Harthölzer sind noch kahl, andere tragen schon Knospen. Asa hat seine Mütze tief ins Gesicht gezogen und den Mantelkragen hochgeschlagen, nur seine Ohren sind ungeschützt, und im Wind tun sie weh. Obwohl seine Sklaven jedes Jahr den Boden zwischen den Kiefern umgraben, sprießen überall wieder die ersten Wildblumen hervor, dem Eingriff des Menschen trotzend. Sie wirken wie neue Münzen. Waldlilien, Feuerkolben, Maiapfel. Oben in der kleinen Eiche beim Haus hängt gelber Jasmin und riecht wie Satin. Diese Dinge hätte seine Frau wahrgenommen, und also registriert Asa sie jetzt an ihrer Stelle.

Zurück im Haus, entwirft er den Vertrag über den hinteren Teil seines Lands; er verkauft die Hälfte anstatt eines Drittels, aber es bleiben ihm noch so viele Bäume, dass er jährlich ein paar Dutzend Fässer produzieren kann. Cogdell studiert das Papier, folgt den Worten mit dem Finger.

»Fünfzehn Morgen«, sagt er. »Das klingt nicht nach viel.«

Asa zeigt mit seinem Federkiel auf den Bogen. »Sie umfassen das Land und die fünftausend Bäume, mit denen Sie machen können, was Sie wollen. Es gibt immer einen Markt für Holz. Solange ich Sie kenne, wollen Sie die Reisfelder erweitern.«

Cogdell kratzt sich die Wange, unterschreibt. Sie schütteln einander die Hand, und Asa begleitet ihn über die Hintertreppe nach draußen. Es hat sich ein Trampelpfad durch den kleinen Garten über den Bach zum Grundstück des Nachbarn gebildet. Er führt vorbei an den Sklavenquartieren und einer Reihe leerer Hütten. Selbst von hier können sie Liedfetzen von den Feldern hören, wo Männer und Frauen Erde und Dreck beackern und Furchen für die Saat vorbereiten. Ein getüpfeltes Huhn am Fuß der Treppe badet seine Federn im Sand und rührt sich nicht von der Stelle, als Cogdell ihm mit dem Fuß droht. Die Männer machen einen Bogen um das Tier.

»Nicht lange, und Sie verkaufen auch den Rest«, sagt Cogdell.

»Kann schon sein.«

»Es ist Unsinn, aus Stolz am Land festzuhalten. Ein Mann muss lernen, auch ohne zurechtzukommen.«

Die Männer waren trotz ihrer Nachbarschaft nie befreundet. Es gab nur wenige gemeinsame Abendessen. Cogdells Frau hat das Verhalten der Frauen auf Long Ridge nie gutgeheißen und ihren Freundinnen erzählt, sie habe nachts manchmal Geister in Kleidern durch die Kiefern huschen sehen. Asas Frau wiederum fand die Nachbarin zänkisch. Asa wird seiner Frau von der neuesten Unverschämtheit berichten. Und sie wird dann sagen, sie hätten doch keine Freunde mehr nötig, und ihn ins Knie zwicken, ein Zeichen großer Intimität.

Doch als er die Treppe wieder hochsteigt, ist das Haus leer und still. Feuer gibt es nur noch im Küchenherd. Es brennt flackernd.

*

Mrs. Randolph nimmt Asas Hände und taucht sie in eine Schüssel mit milchigem Wasser. »Muss man keine Angst vor haben«, sagt sie und fügt noch die aufgelöste Hefe und ein Viertelpfund Butter hinzu. »Los, zerkleinern Sie sie mit den Fingern.« Sie schlägt zwei Eier in ein anderes Gefäß, zieht mit der Gabel gelbe Dotterschlieren durchs Eiklar und gießt alles in Asas Schüssel. Asa empfindet ein kindliches Vergnügen, fast als täte er etwas Verbotenes. Eigentlich erinnert er sich kaum an seine Kindheit; die meisten seiner Erinnerungen handeln davon, wie weit er es gebracht hat. Hat er seine Mutter und seinen Vater überhaupt geliebt? Sie umarmten ihn kaum. Sein Vater war als Junge Dienstbote gewesen, er hatte von Asa stets erwartet, dass er es weiterbrachte, und Asas Sohn sollte einmal die ganze Kolonie gehören. Aber Asa hatte keinen Sohn, und seine Eltern erlebten nicht mehr, was aus Long Ridge geworden war und was daraus noch werden würde.

Mrs. Randolph kippt das Mehl in die Schüssel, und

seine Hände werden müde, als der Teig fester wird. Schließlich deckt sie die Schüssel mit einem Tuch ab, und sie setzen sich mit einer Tasse Tee auf ihre Hocker und warten darauf, dass der Teig geht. Asa knibbelt an seinen Fingernägeln, pult den Teig raus. Das Feuer hat die richtige Hitze, es ist warm im Raum und riecht gut.

Mrs. Randolph fühlt sich allmählich alt. Ihre Kinder werden erwachsen, und die Arbeit in Long Ridge gefällt ihr nicht mehr besonders, nun, wo die Frauen nicht mehr da sind. Nach Helens Tod ist sie wegen des Mädchens geblieben, das dringend eine Ersatzmutter brauchte, solange es noch klein war. Tab kam an den Sonntagen auch später noch oft zum großen Haus herüber; Mrs. Randolph backte dann Rosinenbrötchen für sie und zeigte ihr, wie man Schleifen bindet. Nun, da nur noch Asa übrig ist, wird es Zeit, dass sie sich mehr um ihre eigene Familie kümmert. Sie glaubt nicht an Gespenster, fühlt sich aber irgendwie schutzlos ausgesetzt, wenn sie die Möbel in Long Ridge abstaubt, denn es ist jetzt ein einsames Haus. Sie lässt Asa nur ungern allein, aber sie kann ihm ja beibringen, sich selbst zu versorgen, und er wird sich besser fühlen, wenn er mehr zu tun hat.

Sie sprechen über Mrs. Randolphs Kinder, über die Familien, die Beaufort seit dem Krieg verlassen haben, und über ihre Hoffnung auf einen regenreichen Frühling. Als der Teig aufgegangen ist, zupft Asa ihn in kleine Häufchen und rollt sie zwischen den Händen zu Bällchen, die Mrs. Randolph auf einem Blech aufreiht. Das stellt sie auf den Rost über dem Herd, und dann sehen sie zu, wie die Brötchen golden werden. Asa notiert sich die Backzeit auf einen Zettel: eine Viertelstunde für jede Seite. Wenn er erst einmal weiß, wie man Brötchen backt, wird es einfach sein, sich auch noch Haferbrei und Schinken fürs Frühstück zuzubereiten. Er hat Mrs. Randolph versprochen, dass er es lernen wird. Dann wird er keine jüngere Frau einstellen müssen. Sie war so freundlich, ihm zu glauben. Er hält seine Taschenuhr in der Hand und blickt zwischen Minutenzeiger und Brötchen hin und her. Er dreht sie mit einem feuchten Lappen um, und Mrs. Randolph nickt.

Schließlich wickeln sie sie in Servietten und tragen sie ins Esszimmer, wo Asa ein paar für ihren Morgenimbiss aufschneidet und buttert. Die Gesprächsthemen sind ihnen inzwischen ausgegangen. Mrs. Randolph genießt es aber, auch einmal bedient zu werden, und beobachtet Asa, als wäre er ein kleines Schulkind. Als er sich die Butter von den Fingern leckt, bevor er ihr ein Brötchen reicht, lacht sie. »Ich glaube, Sie waren als Junggeselle vorgesehen«, sagt sie.

»Manches ist dann leichter.«

»Das hätte ich nicht sagen sollen. Aber ja, jetzt müssen Sie nicht mehr so darauf achten, was Sie tun.«

»Wer sagt denn, dass ich mir die Zeit nehme, richtige Brötchen zu backen? Wenn Sie mal zu Besuch kommen, kann es gut sein, dass Sie mich dabei ertappen, wie ich die Hühnertröge nach Essbarem durchwühle.« Asa lächelt sie an, damit sie nicht verlegen wird. Die Brötchen sind nicht so gut wie die, die sie alleine backt, doch das sagt er nicht.

»Sie werden schon zurechtkommen, Sir.«

Er lässt sie nur ungern gehen. Sie wird der letzte Vogel

sein, der fortfliegt, und sein Wald wird stumm wie der Winter sein.

*

»Und was ist das für einer? Direkt da oben, auf dem krummen Ast. Gucken Sie doch, wohin ich zeige.«

John schüttelt den Kopf.

»Es ist kein Specht, das weiß ich.« Davy zügelt sein widerspenstiges Pferd und wendet es. »Sehen Sie den langen Schwanz?«

Sie befinden sich auf einem Pfad, der um die Siedlung herum und hinter dem Holzeinschlag entlangführt. Es ist einer der ersten warmen Tage, und Davy treibt sein Pferd vor und zurück, lässt es über die Mulchschichten laufen, die nach dem Winter zusammengesackt sind. John hat Spähdienst. Der Mann und der Junge reiten einmal die Woche die Grenze ab und halten nach feindlichen Indianern Ausschau, die sie allerdings nie zu Gesicht bekommen. Stattdessen löchert Davy ihn mit Fragen über die Welt – Vögel, Cherokee, Mathematik, Geister. John stellt erneut fest, wie unwissend er selbst ist.

»Heute Abend essen wir zusammen mit Foster.« John ist jetzt weit voraus. Der Junge kommt hinterhergaloppiert, saust an ihm vorbei, wendet scharf, die eine Hand an den Zügeln, die andere in der Luft. John muss einfach lächeln.

»Er isst nur Truthahn«, sagt Davy und setzt sich wieder im Sattel zurecht.

»Hier kann man sich jede Menge Truthähne holen«, sagt John. »Vielleicht war das vorhin ja einer.«

»Ich glaube, es war ein Fliegenschnäpper. Gibt es die so weit im Westen?« John hat ihm alle Vögel beigebracht, die er kennt, aber das sind nicht viele. In nur wenigen Monaten ist Davy trotz der kargen und unregelmäßigen Mahlzeiten fast drei Zentimeter gewachsen, was er sogar selber merkt. Er hat das Gefühl, seine Glieder zu strecken, Handgelenke, Fußknöchel und Hals bei jeder Gelegenheit zu dehnen, als könnte er mit Drehbewegungen noch ein paar Zentimeter mehr erzwingen. Fast jeden Morgen berichtet er John, sein Bett sei schon wieder kleiner geworden.

Die Häuser hier sehen kaum wie Häuser aus: grobe Bretter aneinandergestellt und so verkantet, dass der Wind sie nicht umbläst, obendrüber Äste, an denen noch die Blätter hängen. Sie haben ihr Heim halbfertig von einem anderen Mann übernommen, der vor dem Winter weitergezogen ist, und bauen es jetzt Stück für Stück aus, weshalb Davy auch eigene Ideen beisteuern kann. So hat er auf einem Fenster in der Tür bestanden, damit sie ihre Besucher kommen und gehen sehen können.

»Welche Besucher?«, hatte John gefragt.

»Wenn wir reich sind, dann kommen sie«, sagte Davy. »Sie werden schon sehen.«

In ihren Regalen liegen ein paar Säcke mit getrockneten Bohnen und Streifen gepökeltes Wildfleisch, außerdem Hammer und Bohrer, und auf dem obersten Regal steht ein hölzerner Kasten mit einem Metallverschluss, in den Davy seine aufgelesenen Federn legt. Aus den anderen Dingen darin wird er nicht klug: Glasscherben, Kordel, ein kleiner geriffelter Stein. John sagte, das seien die Schätze seiner Frau, also fügt Davy seine eigenen hinzu, die viel hübscher sind.

Die Männer im Holzfällerlager hatten Davy verboten zu arbeiten, aber er schwor, er sei sechzehn, und John zuckte nur mit den Achseln und griff nicht ein. Und so verbringen sie ihre Zeit in den Wäldern, in ihrem Haus, in den Häusern anderer Männer, auf den Wegen, die sich durch die Berge schlängeln. Abends bleiben sie lange auf, machen tagelang frei, schwimmen, auch wenn es noch gar nicht warm genug dafür ist. Mit viel Mühe beschaffen sie sich Nahrung, arbeiten trotz Blasen an den Händen. Ihre Feuer spucken und zischen, und sie frieren fast immer.

»Bei wem essen wir Ostern?«

Johns Pferd wird langsamer, sucht sich seinen Weg hügelabwärts. John nimmt seine Mütze ab und wischt sich den Schweiß von der Stirn in die Haare. »Ich dachte, wir sollten uns selbst etwas kochen«, sagt er.

»Keinen Truthahn«, sagt Davy. »Wir müssten etwas machen, das nicht nach Asche schmeckt. Ostern soll doch nett werden.«

»Ich habe dir letzte Woche ein sehr nettes Eichhörnchen gebraten, das nicht nach Asche schmeckte.«

»Entschuldigung, es schmeckte nach Eichhörnchen.« Als sie wieder auf ebener Strecke sind, treibt Davy sein Pferd zum Trab an. »Meine Mutter hat immer gesagt, Ostern würden wir wegen Jesus gut essen.«

Der Weg weitet sich zu einer Wiese, und der Mann und der Junge binden ihre Pferde an einen Baum, finden eine trockene Stelle in der Sonne und lassen sich nieder. Davy bohrt mit den Hacken im Gras und wühlt etwas Erde hoch. John kreuzt die Arme über der Brust.

»Ich werde Sie hier begraben«, sagt Davy. »Wenn die Indianer uns finden.«

»Was gab es denn bei deiner Mutter?«

»Oh, einen Schinkenbraten und manchmal einen Kuchen.«

»Und woher hatte sie den Schinken?«

Davy schweigt einen Augenblick. Er weiß nicht mehr, wo ein Sklave beginnt und wo er endet. Manchmal kann er vergessen, dass es Gesetze gibt, Ordnungssysteme, denen er unterworfen ist. Die Welt ist einfach zu groß. »Ich glaube, den hat sie gestohlen«, sagt er.

Er dreht den Kopf und blickt zu John, doch der hat die Augen geschlossen.

»Und Ihre Mutter? Hat sie einen Schinken gebraten?«

John, schon halb eingeschlafen, ist überrascht. Er durchforstet seine Erinnerungen. Es muss ein Leben vor Helen gegeben haben, aber war es gut? War es glücklich? Schichten tiefen Kummers haben alles Schöne überdeckt, das es auch für ihn gegeben haben muss.

»Ich glaube schon«, sagt John.

»Und von wem hat sie ihn gestohlen?«

»Aber vielleicht war das auch später. Sie starb, da war ich noch jünger als du jetzt, und die Leute, bei denen ich dann unterkam, hatten nie viel Geld.«

Davy dreht sich auf den Bauch und rupft am Gras. »Ich vermisse meine.«

Johns Mutter war klein, halb so groß wie sein Vater, trug immer Weiß und Rosa. War still, hatte Augen von undefinierbarer Farbe. Hat sie gesungen? Vielleicht sang sie abends, ganz leise, wenn er schlief. Sie hatte etwas Friedvolles. Und danach: Jahre erneuten Suchens nach diesem Frieden, Jahre der Jagd nach dem Glück und der dabei unvermeidbaren Abstürze. Und hier liegt er in einer Wiese, jenseits der Grenzen seines Landes, und versucht, sich an die vergessene Grundstimmung seines Lebens zu erinnern.

»Sie sollten lieber sagen, dass Sie Ihre auch vermissen, sonst wird sie böse.«

»Ich vermisse meine ebenfalls«, sagt John.

»Wir werden ihnen Briefe schreiben.«

*

In der Hütte, die früher als Kirche gedient hatte, verstummen Moll und die anderen, lauter Schreie wegen. Einige wenige Sklaven versammeln sich sonntags immer noch, um still beisammen zu sein, auch wenn es nur selten einen richtigen Gottesdienst gibt. Eine alte Frau in der letzten Bank dreht sich zur offenen Tür um. Zwei weiße Männer schleppen einen sich windenden schwarzen Körper über die Felder zu Cogdells Haus.

»Wer ist das?«, fragt Moll.

Aus dieser Entfernung kann die alte Frau ihn nicht erkennen. Er sieht wie eine dunkle Spinne aus, die in den Händen ihrer Fänger mit den Beinen strampelt. Die restliche Gemeinde versammelt sich an der Tür. Eine Frau schreit auf. Sie drängelt sich an den anderen vorbei, rennt hinter der grausamen Szene her zum großen Haus. Moll, die seit Helens Tod diese Versammlung leitet, führt die Übrigen heraus. Sie hatte aus Lukas vorgelesen: die Geschichte vom verlorenen Sohn, die Hirtengeschichte und die von der verlorenen Münze. Die Menschen kehren in ihre Behausungen zurück, setzen sich wartend auf Veranden und Vordertreppen. Jemand backt Maisküchlein und reicht sie herum. Alle versuchen, sich nicht zu viel vorzustellen.

Moses ist auf der Jagd, weshalb Moll sich auf die Matratze legt und die Augen mit der Hand bedeckt. Ihre Töchter sind bei der Großmutter. Zwei Männer sind in der vergangenen Woche weggelaufen, und wenn Moll beten würde, hätte sie für einen glücklichen Ausgang gebetet. Beide hatten keine eigene Familie, sie ließen niemanden im Stich. Moll hatte nichts von ihren Plänen gewusst, aber sie ahnte es trotzdem, so wie ein Körperteil von den Schmerzen eines anderen weiß. Als dann der Viertelmond verschwand und nur noch einen grauen Schatten hinterließ, hatten alle den Atem angehalten, jeden Streit mit dem Aufseher vermieden, und die beiden Männer konnten, als es so weit war, unbeobachtet in die Dunkelheit hinausschlüpfen. Und als die beiden verschwunden waren, warteten alle darauf, dass sie hoffentlich nicht wiederkamen.

Die Männer waren vermutlich nach Westen geflüchtet, in die Berge. Dort würden sie vielleicht auf einen weißen Mann und einen schwarzen Jungen stoßen, die immer noch an einem Holzhaus bauten, immer noch die Erde für einen Garten umpflügten, immer noch für Geld Bäume fällten. Die Flüchtigen hatten getan, wozu Moll zu viel Angst hat. Fürchtet sie um ihren eigenen Körper? Aber hat sie nicht ohnehin schon reichlich Bekanntschaft mit Schmerzen gemacht? Fürchtet sie, auf der Flucht die

Leiche ihres Sohns zu finden, geschlagen und misshandelt, irgendwo in einem Graben zehn Meilen vor der Stadt? Es gibt Dinge, die sie lieber nicht wissen möchte.

Es ist Abel, den sie zu den Hütten bringen, der Kopf dick mit braunem Verband umwickelt, die Augen fest geschlossen. Der Sklaventreiber schleift ihn in seine Hütte, zerrt ihn auf die Matratze, und die Frauen beobachten, wie seine Mutter die Tücher abwickelt – wo seine Ohren hätten sein sollen, ist nur noch rohes Fleisch. Eine Frau kocht Wasser, eine andere reißt Streifen von einem Hemd. Andere reden leise in einer rhythmischen Sprache miteinander, reiben sich die Hände, küssen ihre Finger. Moll steht in der Tür und sieht zu, wie die Frauen sich um Abel kümmern. Seine Mutter methodisch, mit versteinertem Gesicht. Er ist nicht bei Bewusstsein und kann die Berührung seines misshandelten Leibs und den liebevollen Druck auf die Löcher in seinem Kopf nicht spüren. Seine Haut ist blassbraun mit den Muskeln als rostroten Streifen, ein bemalter Mann. Frisches Blut sammelt sich an seinem Schlüsselbein und glänzt im Schein der Kerzen. Moll dreht sich um und geht.

Falls Abel am nächsten Morgen erwacht, werden sie sich um ihn drängen und vor allem nach dem anderen Sklaven fragen: War er auf einen Baum geklettert, als er die Hunde hörte? War er, Abel, zu langsam gewesen? Sie werden wissen wollen, wie weit sie gekommen sind, wie das Land dort aussieht, wo sie frisches Wasser gefunden haben. Einige werden ihm raten, es noch einmal zu versuchen, andere werden ihn unbedingt zurückhalten wollen. Der Verlust seiner Ohren wird nicht sein letzter Verlust sein. Die weißen Männer werden sich alles von ihm nehmen, was nicht sät, jätet, erntet. Er wird seine Hände, seine Füße und seine Wirbelsäule behalten. Alles andere wird er verlieren.

So etwas träumt eine Mutter in der Nacht. Sie stellt sich zwischen diese Albträume und ihr Kind. Sie ist kein Schutzwall, aber sie steht da. Und dass sie da steht, ist der größte Schutz, der einem Mann widerfahren kann.

Als sie in dieser Nacht im Bett liegen, fragt Moll ihren Mann, ob es nicht doch besser sei, dass Davy fort ist.

»Wir hatten doch keine Wahl«, sagt Moses.

»Er sagte, er kann Geld verdienen, sich in einem Jahr freikaufen.«

Moses dreht sich weg, und das Baby streckt die Hände aus, berührt seinen Rücken.

Moll denkt an die Zeit, als Davy klein war. Er hat nie geweint, jede Nacht lächelnd auf sie gewartet, später zeigte er ihr die Schätze, die er tagsüber gefunden hatte. Eine Raupe, eine Holzkugel, die die Großmutter ihm geschnitzt hatte. Einmal auch gestohlenes Brot aus den Küchen, wofür sie ihn schlug. Ihre eigene Mutter war verkauft worden, und ein Vater hatte nie nach ihr gefragt. Niemand, der sie hätte beschützen können. Sie nimmt die Füßchen des Babys in die Hand.

»In wenigen Monaten wäre er hier zur Arbeit eingezogen worden. Und draußen auf den Feldern hätte ich nicht mehr richtig auf ihn aufpassen können. Du hast ihm ja nicht beigebracht, seine Zunge zu hüten.« Sie hört, wie sie beide atmen. »Er wäre nicht weggerannt, aber ziemlich bald verprügelt worden. Und da draußen, wer weiß denn schon, was da passiert. Vielleicht könnte ja doch alles wahr werden.«

Moses langt über das Baby hinweg hinter sich, greift Moll an die Taille. »Schlaf«, sagt er. »Du hast doch noch drei Kinder, um die du dich sorgen kannst.«

Das tut sie auch, und zufällig sind es Mädchen. Aber sie kann sich nicht auf sie konzentrieren. »Es gibt Wölfe im Westen«, sagt sie, »und er wird sich einsam fühlen.«

Die Hände des Babys rutschen von Moses' Rücken, es schläft, Moll betrachtet die entspannten Körper der beiden und denkt an ihren einzigen Sohn, der fort ist. Ist sein Gesicht noch unverletzt? Niemand wird es ihr jemals sagen. Wird er sich an sie erinnern, wenn er ein freier Mann mit einer freien Familie ist? Sie wird dann schon lange tot sein. Als Davy geboren wurde, wusste sie, dass er das eine Schaf unter den neunundneunzig sein würde. Die Bibel hat ihr doch selbst erklärt, dass dieses eine das einzige ist, das zählt.

Wenn es einen Ort gibt, wo Frauen ihre Kinder wiedersehen, und Gott dort der Oberaufseher ist, wird sie beten. Aber nur, wenn sie sicher sein kann, dass es solch einen Ort gibt. Sie wartet auf eine Antwort, auf ein Versprechen.

*

Das Boot liegt gut versteckt unter einer Stechpalme, die in zehn Jahren so gewachsen ist, dass der abblätternde Rumpf wie verschluckt ist. Zwei Ruder hängen wie kaputte Arme an der Seite herunter. Asa versucht, das Boot hervorzuziehen, aber der Kiel ist tief in den schlammigen Grund gesunken. Er kehrt mit einer Heckenschere zurück und kappt den ganzen Vormittag lang die unteren Äste der Stechpalme, die an das Boot reichen, mehr nicht. Danach ist sein Hemd schweißnass, und das Boot steht nun unter dem beschnittenen Busch, als ruhte es sich in einer Gartenlaube aus. Die Hälfte der blauen Farbe ist vom Wind, von der Zeit und von neugierigen Mäusezähnchen abgetragen worden. Die Bretter sind kühl. Asa löst mit einem Ruder die Spinnweben, wickelt sie um das Ruderblatt und streift sie dann im Gras ab. Er vergewissert sich, dass kein Opossum unter den Bänken haust, klettert dann hinein und setzt sich. Die niedrigsten Zweige streifen seine Ohren. Der Schatten schmeckt hier nach Winter.

Als er hochblickt, sieht er einen kleinen braunen Vogel, der ihn ansieht und mit dem Schwanz wippt; Asa versucht, sich an seinen Namen zu erinnern. Der Vogel streicht mit dem Schnabel über seine Flügel, als schliffe er ein Messer. In solchen Momenten konzentrierter Beschäftigung kann Asa alles vergessen, was gewesen ist. Wen kann er um Hilfe bitten? Er wird warten müssen, bis es regnet, und dann das Boot selbst aus dem aufgeweichten Schlamm ziehen.

Es ist noch hell, und Asa findet es zu früh fürs Abendessen. Seltsam, wie eine gewisse Regelmäßigkeit sich auflöst, wenn man alleine lebt. Er hätte noch nicht einmal sagen können, welcher Tag heute ist. Wochen sind vergangen, seit er seinen Namen unter den Vertrag für den Verkauf seines Lands gesetzt hat. Niemand ist da, der ihm vorschreibt, was wann zu geschehen hat. Er wird noch warten und kurz vor dem Schlafengehen etwas Brot mit Käse essen. Jetzt geht er in sein Schlafzimmer und sammelt das Bettzeug für die Wäsche zusammen. Er faltet die Steppdecke und legt sie unters Fenster. Er kann noch so still liegen, die Laken sind jeden Morgen zerwühlt. Er entwirrt sie, zieht sie ab und wirft sie auf einen Haufen neben der Tür. Die Baumwollmatratze hat immer noch zwei Dellen: seine eigene, tief und knubbelig, und die kaum noch wahrnehmbare seiner Frau, die nur er noch erkennt. Er könnte die Matratze umdrehen, und seine Frau würde verschwinden.

Er trägt die Laken die Treppe hinunter und, zusammen mit ein paar Hemden, dem Tischtuch und dem Korb voll schmutziger Servietten, nach draußen. Mrs. Randolph hat ihm immer geraten, doch ein separates Waschhaus zu bauen, aber er hatte nicht gewollt, nicht bei nur einem Kind. Er füllt den kupfernen Bottich mit Brunnenwasser und stopft die Wäsche hinein. An der Gartenmauer liegt ein Hocker, den irgendein Nachttier umgestoßen haben muss, und er holt ihn sich heran und macht sich ans Werk. Er hält eine Hand in den Bottich, das Wasser ist unangenehm kalt. Womit macht Mrs. Randolph das eigentlich? Er holt sich einen hölzernen Schöpflöffel und beginnt zu rühren. Ihm fällt ein, dass Seife fehlt, und er besorgt sich ein kleines Stück vom Waschtisch. Im schwindenden Licht rührt er die Seife mit dem Löffel unter die Wäschestücke. Denkt dabei an all die Frauen von hier bis New Hampshire, die in ihrem Garten sitzen und in der letzten Stunde des Tages tun, was er gerade tut. Das macht ihm Mut, und er rührt mit mehr Sorgfalt. Als er müde ist, versucht er das Wasser aus dem Bottich zu gießen, aber er ist zu schwer, um sich anheben zu lassen, also zieht er die nassen Wäschestücke heraus, die sich jetzt wie bleierne Säcke anfühlen.

Er wirft sie über die Äste einiger niedriger Bäume und versucht, sie geradezuziehen. Sein eigener Schmutz wird nun ersetzt durch den von alter Borke, Ameisen und Spatzenfüßen.

Im abendlichen Licht schimmern die Zimmer im Haus in einem eigenartigen Unterwassergrün. Draußen zittern die Laken im Wind. Was bedeutet das? Zieht ein Unwetter auf? Er sollte sich mit etwas beschäftigen. Er könnte die Wochenzeitung lesen oder seinem alten Freund aus der Generalversammlung einen Brief schreiben; der hatte ihm schon zweimal geschrieben, ohne dass Asa geantwortet hätte. Das Grün verblasst allmählich, und er hat Mühe, wieder in Bewegung zu kommen. Er geht aus dem Wohnzimmer, ignoriert seinen Schreibtisch. Er zündet sich zum Schlafengehen eine Kerze an, legt sich auf die nackte Matratze in den Abdruck seines eigenen Körpers und schläft ein, noch bevor er die Schuhe ausgezogen hat. Sein Schlaf ist von der stillen Sorte, friedlich nach getaner Arbeit. Die einzigen Träume, die er hat, handeln von Brot und Käse.

*

Als der Regen kommt, ist er bereit. Er befestigt das eine Ende eines Seils in einem Loch im Bugband, lässt es um einen Zaunpfahl laufen, nimmt das andere Ende und geht damit wieder zurück zur Stechpalme. Als er dann am Seil zieht, strafft es sich um den Pfahl. Neben sich hört er das Ruderboot ächzen. Der Boden ist weich und saugt an seinen Schuhen, als er eine stabile Position zu finden versucht. Trotz der Hebelwirkung, die seine Kraft verstärkt, zittert sein Körper noch vor Anstrengung. Er kann das Seil kaum festhalten. John hätte das Boot mit einem kleinen Ruck herausgeholt.

Aber langsam gräbt der Kiel sich durch den Schlamm, der Regen ebnet den Weg, und schließlich rumpelt das Ruderboot aus seiner Laube aufs Gras, wo es noch kaputter und verlorener wirkt. Asa wischt sich das Gesicht und klettert wieder hinein, diesmal im Freien. Morgen wird er die Ruderblätter abschmirgeln. Wer hat das Boot bloß gekauft, um es dann so zu vernachlässigen? Er kann sich nicht erinnern, dass Helen es jemals benutzte, sie spielte immer nur im flachen Wasser. Das Boot muss seiner Frau gehört haben. Ja, richtig, es kam von der elterlichen Farm als Teil ihrer Mitgift. Sein eigener Vater, ein Werftarbeiter, der Dreimaster gebaut hatte, besaß nie ein eigenes Schiff. Asa hat sich als Junge einmal auf das Dingi eines Fischers geschlichen, wollte damit hinaus auf den Ozean und wurde grün im Gesicht und würgend wieder nach Hause gebracht. Der Besitz eines Boots galt damals als Zeichen sowohl für Wohlstand wie für Tüchtigkeit, und als seine Frau erklärte, sie glaube eigentlich nicht, dass sie ihr kleines Ruderboot brauche, hatte Asa darauf bestanden, es zu behalten. Es vergrößerte seinen Besitz. Er hätte aber hin und wieder mit ihr hinausrudern sollen. Drunten im Sumpfland vielleicht, bei Sonnenuntergang.

Er fährt mit der Hand über die obersten Planken, auf denen einst in weißer Farbe ihr Name stand. Sie hatte immer einen Hang zum Wasser, und manchmal ruderte sie die kurze Strecke zum Fischmarkt lieber mit dem Boot, als zu Fuß von Long Ridge zur Front Street zu laufen. Sie war ein stilles Mädchen, eine fromme Frau. Asa glaubt inzwischen nicht mehr, dass er ihren Tod verschuldet hat – auch wenn es sein Samen war, der in ihr wuchs und dann gewaltsam aus ihr herausgestoßen wurde –, vor wie vielen Jahren? Zweiunddreißig, bald dreiunddreißig. Das ist eine lange Zeit, und sie genügt, um aus geballten Fäusten geöffnete Hände zu machen.

Der Regen lässt nach, die Wolken lichten sich. Seine Schuhe haben sich mit Wasser vollgesogen. So viele Dinge werden mit dem Alter einfacher. All die verhängnisvollen Gefühlsstürme, die ihn gequält hatten, von Schuldgefühlen über Zorn und Verlangen bis hin zu Anschuldigungen, haben sich beruhigt, die scharfen Kanten sind abgeschliffen. Wenn Asa etwas in seinen Jahren des Zusammenraffens, des Planens und der Schuldzuweisungen begriffen hat, dann, dass er in Gottes Spiel nur ein Zuschauer ist. Wenn das Leben überhaupt Freuden bereithält, dann nur für den, der geduldig zuschaut, wie Gottes Werke sich entfalten. Er sitzt im Boot, ohne jeden Zorn, und nimmt die Dinge still in sich auf – den Regen, das Boot, die Stechpalme, die Wolken, den Frühling. Er wartet.

*

Sie beginnt, einen Teil ihrer Trockenrationen in einem Beutel zu sammeln, den sie zwischen Matratze und Wand schiebt und mit einem Zipfel der Steppdecke verbirgt. In der ersten Nacht hat sie den Beutel unter der Treppe vor der Hütte versteckt, aber am Morgen war er verschwunden, nur ein paar Krümel verrieten, wo ein Waschbär oder ein Fuchs den Beutel aufgerissen hatte. Diese Kekse, diese Streifen Pökelfisch, diesen gemahlenen Mais sollte sie eigentlich ihren Töchtern geben, deren Bäuche schon hart wie Trommeln sind. Stattdessen verbirgt sie Lebensmittel in ihrem eigenen Heim, in einem Versteck, das ein Hund finden könnte, wenn sie einen Hund hätten. Es ist schon April, Pflanzzeit. Sie ist bis zum Einbruch der Dunkelheit und dann wieder mit dem Morgengrauen auf den Feldern. Die Sklaven werden inzwischen regelmäßiger gezählt. Dies ist keine Zeit, in der Männer weglaufen.

Aber Moll ist kein Mann. Sie weiß auch von keiner Frau, die je versucht hat wegzulaufen, und das gibt ihr ein sicheres Gefühl; sie kann nicht scheitern. Sie hat genügend Fehlschläge von anderen erlebt, um sich vor Fehlern zu hüten: Sie teilt ihr Geheimnis mit niemandem, sie bittet nicht um Hilfe, sie versucht nicht, ihre Kinder mitzunehmen. Die Frauen hätten sich gefragt, wie sie drei Töchter im Stich lassen könne, um einen einzigen Sohn zu suchen, wo sie doch wisse, dass keiner, nicht einmal Moses, die Mädchen lieben würde, wenn sie fort sei. Was hätte Moll darauf antworten sollen? Dass sie ihren Erstgeborenen so lange suchen würde, bis alle, die sie jemals gekannt hatte, tot und begraben sein würden?

In einer Woche ist Neumond. Sie wird ihren Beutel, ihre gehorteten Lebensmittel, eine Decke zum Schlafen und ihre Schuhe mitnehmen. All ihr gespartes Geld hatte sie in Davys Mantel eingenäht, bevor er fortging. Seitdem hat sie sich mit dem Verkauf von Eiern nur noch ein paar Münzen verdient, doch das hält sie nicht für ein großes Hindernis. Der Weg, den sie gehen wird, ist gesegnet, ist Müttern geebnet. Sie fürchtet sich nicht.

Nachdem die Glocke, die die Sklaven nach Hause entlässt, das Tagesende eingeläutet hat, kocht sie für ihre Familie einen bescheidenen Eintopf aus Resten, die nicht länger haltbar sind. Während die Mädchen essen und Moses sich die Schwielen an den Händen reibt, entschuldigt Moll sich, sie müsse sich von einer Nachbarin etwas Petersilie borgen. Sie huscht die Gasse entlang, bis sie zu Abels Hütte kommt. Seine Mutter schläft schon, deshalb flüstern sie. Sie holt ein Ei aus ihrer Tasche. Sie tauscht die Nahrung ihrer Kinder ein.

»Sie kannten den Weg«, sagt er. »Nach fünf Tagen kamen sie auf Pferden. Wir waren noch gar nicht aus dem Wald raus. Leute haben ihnen gesagt, sie hätten uns gesehen, und sie haben auf die Höhlen gezeigt, wo die Hunde unsere Fährte aufnehmen konnten. Jeder zweite Sklave muss es auf diesem Weg versucht haben.«

»Und der andere Mann?«

Abel kaut seinen letzten Bissen Brot, lässt sich Zeit. »Hat wegzurennen versucht. Wurde erschossen.« Er nimmt das Ei und rollt es von einer Hand in die andere. »Wenn sie dich sehen, ist es vorbei. Du musst stehen bleiben und dich einfangen lassen. Sie können genauso gut sehen wie der Herrgott.«

Moll schüttelt den Kopf. »Was immer geschieht, geschieht nach seinem Willen.«

»Das glaubst du?«

Sie betrachtet ihn, das Ei, das er hält, seine sauberen Hände, das wilde Fleisch, wo einst seine Ohren waren.

»Und das will er?«

Das wird sie erst wissen, wenn sie Davy wiedergefunden hat. Das ist der einzige Maßstab, nach dem sie urteilen kann. »Du bist nach Norden durch die Reisfelder und hinter dem Sumpfland dann nach Westen gegangen. Was gibt es noch für einen Weg?«

»Wenn ich es noch einmal täte?«

»Ich komme ja nie irgendwohin, deshalb interessiert mich, wie es da draußen aussieht.«

»Dann also direkt nach Westen. Ich würde mir irgendwie ein Boot beschaffen und zwischen Küste und Inseln durch den Sund rudern. Ein paar Meilen weiter westlich an Land gehen, aber so weit wie möglich mit dem Boot, und dann zu Fuß nach Wilmington, danach wieder nach Westen. Es ist hauptsächlich Sumpf, deshalb geht da niemand lang. Bei all dem Wasser könnten die Hunde mich nicht riechen.«

»Würdest du es wirklich noch einmal machen?«

»Ohne Boot wäre es härter. Man müsste sehr weit nach Norden gehen, um die kleinen Buchten zu umrunden, bevor man auf die Straße nach Wilmington kommt, und dann müsste man immer noch Flüsse überqueren. Je nachdem, wie schnell sie es merken, würden sie dich sogar schon kriegen, wenn du noch in den Kiefern bist.« Abels Mutter bewegt sich auf der Matratze und murmelt etwas im Schlaf. Er dreht sich um und schaut nach ihr. »Besser, man hat ein Boot. Mit einem Boot könnte ich mir fast vorstellen, dass man es schafft.« Er blickt sie an und sieht, wie ihr Gesicht sich verändert.

»Viel Glück«, sagt sie. »Ich verspreche dir, dass ich nichts sage.«

»Ich habe nicht gesagt, dass ich irgendwohin gehe.«

Sie denkt, ob er vielleicht hören kann, wie ihr Blut klopft, wie die Adern in ihren Augenlidern pochen. »Für mich ist es unvorstellbar, dass jemand so viel Mut aufbringen kann«, sagt sie, reibt sich die Arme gegen die Kühle und versucht, klein und schwach auszusehen. »Ich hatte nicht vor, dir so eine Geschichte aus der Nase zu ziehen. Wollte nur anbieten, was ich habe.« Sie bleibt an der Tür stehen und dreht sich um, sieht ihn auf dem Boden sitzen. »Ich würde nie was verraten«, sagt sie.

Er hält sich die Hände auf den Mund.

Sie nickt und geht. Wie dumm, dass sie ihn gefragt hat. Jetzt ist ihre Flucht auf ein unsicheres Vertrauensverhältnis gegründet, dabei hat das Leben ihr beigebracht, überhaupt niemandem zu trauen, sich nicht abhängig zu machen, denn ist sie nicht von allen, an die sie jemals geglaubt hat, verraten worden?

Als sie zurückkommt, schläft das Baby schon, an seinem Kinn klebt noch Suppe. Moll legt sich dazu, nimmt ein kleines Händchen in ihre Hand und spielt mit den winzigen Fingern. Moses fragt, ob sie denn keine Petersilie bekommen habe, aber sie tut so, als hätte sie nichts gehört. Sie hat noch nie ein Boot gerudert, aber bestimmt könnte sie es; sie hat gesehen, wie es geht, und sie lernt schnell. Erst das eine Ruder, dann das andere, und jedes schlägt einen halben Kreis. Sie lebt in einer Fischereistadt. Irgendwo wird es ein unvertäutes Boot geben, das man sich nehmen kann. Gott schenkt einem, was man braucht. Wie wird es wohl sein, in einem Boot auf dem Wasser zu sitzen? Wie viel Kraft wird sie brauchen, um es vorwärts zu bewegen?

*

Ihm ist das Fleisch ausgegangen. Hinten im Garten wimmelt es von freilaufenden Hennen und Küken, aber Asa bringt es nicht über sich, ein Tier zu schlachten. Er hat ein paar gejagt, aber sie sind schlau, und er respektiert ihre Fähigkeit, ihm zu entkommen. Einmal schaffte er es, ein Huhn zu greifen und auf seinen Schoß zu setzen; er strich ihm die Flügel glatt und rieb ihm den kleinen Knochen zwischen den Augen, bis es sie schloss, aber es kam ihm so vor, als malte er Achten auf dem Rücken seiner Tochter – wie einst, wenn sie krank war und nicht einschlafen konnte. Also ließ er das Tier wieder laufen. Wie leicht es doch Mrs. Randolph fiel, ein Huhn am Hals zu packen.

Er holt sich etwas Gemüse und dünstet es mit Schinkenwürfeln in einem Topf über dem Feuer. Er füllt sich einen Teller und geht damit in den Garten. So etwas werden die Sklaven wohl essen. Die Fasern in den Kohlblättern bleiben zwischen seinen Zähnen hängen, und der Schinken schmeckt staubig. Er könnte ein Mädchen aus der Stadt einstellen, das ihm einmal am Tag etwas Anständiges kocht, aber dann wäre er wieder abhängig; dafür ist er zu alt. Es wird Zeit, dass er selbst die Verantwortung für sich und sein schrumpfendes Imperium übernimmt. Die Barrikaden einreißt. Seine Seele auf den letzten Kampf vorbereitet.

Mit einem der Brötchen, die nicht gut aufgegangen und dazu noch verbrannt sind, saugt er das Fett auf. Asa wischt den Teller damit aus und beschließt, dass er sauber ist. Er geht ins Haus und stellt ihn für die nächste Mahlzeit wieder ins Regal. Jetzt sollte er hinauf zu den Kiefern gehen oder zu dem, was davon noch übrig ist, sollte den neuen Hilfsarbeiter kontrollieren, schauen, ob sein Werkzeug geschärft ist, aber stattdessen zieht es ihn hinunter zum Ufer. Das Boot liegt noch da, wo er es zurückgelassen hat, auf dem letzten Stück trockenen Lands, direkt hinter dem Schilfgürtel. Er nimmt die Riemen heraus, die immer noch rau sind, er hat vergessen, sie abzuschmirgeln. Dann schubst er das Boot, bis es zum Wasser hinunterrutscht. Die Ruder an die Brust gedrückt, tritt er erst auf ein Büschel Sumpfgras und dann ins Boot. Es schaukelt unter ihm, halb an Land, halb im Wasser. Ihm wird schon mulmig. Mit ein paar Ruderstößen gegen das Ufer kann Asa sich und das Boot ins Wasser schieben. Als es von der Strömung im Sund erfasst wird, hält Asa den Atem an und wartet. Es bildet sich ein kleines Leck im Bug, aus dem in schaumigen Bläschen Seewasser quillt. Ansonsten ist das Boot heil und stabil. Es schwimmt.

Zögernd macht Asa ein paar Schläge. Die Ruder sind schwerer, als er gedacht hat, oder eigentlich ist das Wasser träger. Er spannt seine Muskeln an, um dem Boot überhaupt eine Bewegung abzuringen. Morgen wird er das Leck mit Teer stopfen. Er kriecht zur mittleren Ruderbank und stellt einen Fuß auf das Loch. Er kann nur einen Riemen auf einmal bewegen, weshalb er im Kreis fährt. Aber er bekommt ein Gefühl für den eigenen Körper und das Holz im Wasser, nimmt erst die Küste, dann das Meer, dann wieder die Küste in den Blick. Er ist nur wenige Meter von seiner Einstiegsstelle weggetrieben, weshalb er das Üben sein lässt und ein Ruder tief in den Schlick stößt und sich zurück zum Schilfgürtel schiebt. Er kommt sich vor wie ein einbeiniger Krebs.

Erst als das Boot wieder an Land liegt – halb auf festem Boden, halb in feuchtem Ried versteckt – und an einem Weidenstamm vertäut ist, bemerkt Asa, dass die Ruderdollen fehlen. Er lächelt. Einerseits über seine Inkompetenz, andererseits über seine Erinnerungslücken. Natürlich kann ein Mann nicht zwei Ruder ohne Halterung nur aus eigener Kraft bewegen, nicht einmal John. Asa fängt an, sich das auszumalen, lässt es aber schnell sein. Er möchte seine beschränkte Gedankenwelt, in der sich alles um die tagtäglich selbstgesetzten kleinen Aufgaben dreht, lieber nicht verlassen, deshalb hört er auf. Ruderdollen. Darum wird er sich morgen kümmern, sich welche bei einem Fischer besorgen.

Nachts denkt Asa an das Boot, während die Flamme der einzigen Kerze, die er sich gestattet, lange, zitternde Schatten wirft. Das Boot – seine Planken, das kleine Leck, die fehlenden Ruderdollen – verdrängt die Gesichter und die Worte. Der schwindende Landbesitz, die Fasern in seinen Zähnen, die Schuld, die er Gott zuweist. Die Gespräche, die niemand mit ihm führen wollte. Seine geöffneten Hände, die Leere darin. Die Körper der Frauen – Frauen, die Frauen hervorbrachten, die starben. Seine Augen füllen sich ungewollt mit Tränen, sein Kissen wird stellenweise feucht, obwohl er gar nicht an alles denkt, was er verloren hat, obwohl er nur an das Boot denkt, das er gefunden hat. Kehr wieder dahin zurück. Nur zu dem Boot – seinen Planken, dem kleinen Leck.

*

Zwei Tage später schafft Asa schon die ganze Strecke von Long Ridge zur Hafenanlage. Eine Meile ist er gerudert. Asas Arme zittern, und das Boot ächzt. Er kauft eine Tüte Farbpulver in dem Laden, der einmal John gehörte, und dazu etwas Öl zum Anmischen. Er wird es mit seinem eigenen Terpentin verdünnen und die alten Planken des Boots restaurieren. Dass es da im Gestrüpp so vernachlässigt wurde, wird er einfach wegpinseln. Es wird wieder ein Fahrzeug sein, auf das man stolz sein kann. Sollte er auch den Namen seiner Frau noch einmal daraufschreiben?

Auf dem Rückweg gerät er zwischen Küste und Sandbänken leicht ins Trudeln, obwohl das Wasser ruhig ist und gut auf seine Ruder reagiert. Aber er ist ein zögerlicher Ruderer, und seine rechte Hand ist die kräftigere. Das Boot treibt geduldig voran. Am schilfbewachsenen Ufer von Long Ridge steht eine Frau, der Wind hat ihr die Röcke zwischen die Beine geweht. Er ist froh, dass er früher nie gerudert ist, denn sonst müsste er sich jetzt daran erinnern, wie er abends nach Hause schippert, wo seine Tochter ihn am Ufer erwartet. Er lässt die Ruder sinken und versucht, sich eine solche Szene ins Gedächtnis zu rufen, aber da ist nichts. Es gibt die Geister der Toten, und es gibt Geister, die wir aus dem Nichts erschaffen, nur um Gesellschaft zu haben.

Es ist nicht Helen, sondern Moll. Es wäre ihm lieber, sie sähe nicht, wie er sich ans Ufer kämpft. Sie streckt die Hand nach der Leine aus, und er wirft sie ihr zu. Sie zieht ihn an Land, bindet das Ende an die Weide und tritt zurück, während er herausklettert. Ein Fuß versinkt dabei im Schlick, er hievt sich aufs Trockene, stützt sich mit der Hand ab. Sie wartet, bis er sich aufgerappelt hat. Asa ist erregt, unwirsch. Sein Halstuch hat sich gelockert, und die Sonne scheint ihm in den Nacken, bringt ihn zusätzlich zum Schwitzen. Nach Wochen der Einsamkeit jetzt so gesehen zu werden – er gäbe alles darum, gleich wieder allein zu sein. Er zieht an den Ärmeln seiner Jacke und wischt sich die Stirn. Er nimmt Haltung an, stellt die Füße nebeneinander, neigt leicht den Kopf und weist mit einem Arm auf das Haus. Sie nickt als Antwort und folgt ihm über die trockene Wiese nach Long Ridge. Er wirft einen Blick zurück auf das Boot, das schief in den Binsen liegt.

Sie trinkt einen Schluck vom Tee, den er ihr anbietet, und stellt die Tasse wieder auf den Beistelltisch. Es ist der erste Tee, den Asa jemals gemacht hat, und er ist verlegen. Das Wohnzimmer riecht muffig, und auf dem Sofa haben sich Briefe und Rechnungen angesammelt. Moll blickt nicht dorthin, sondern auf ihre Knie.

»Ich bin überrascht, dass du nicht auf den Feldern gebraucht wirst«, sagt er.

»Es ist Sonntag.«

»Ach?« Er wundert sich, dass der Laden geöffnet hatte. Und dann hat er noch das Öl und die Farbe im Boot liegenlassen. Er blickt aus dem Fenster. Sieht es nach Regen aus? »Ich habe den Gottesdienst verpasst«, sagt er. Jetzt, wo Tab nicht mehr da ist, fällt es ihm schwerer, daran zu denken. Er meidet auch ihr Grab. Sie hat nie gerne fromm in der Kirchenbank gesessen. Ganz anders als ihre Mutter, die alle belehrt hat, ihren Vater und die Sklaven gleichermaßen. Wo war die Religion eigentlich in seiner eigenen Kindheit gewesen? Seine Mutter und sein Vater sind nurmehr Schemen. Sie arbeiteten, das weiß er; sie schufteten und bauten und schwitzten und schliefen. Erst gab es das Land, dann das kleine Haus auf Pfosten, dann die Kiefernäcker. Sie legten die Saat für alles, was Asa sich wünschte. Sein Vater starb durch einen Unfall beim Holzfällen, seine Mutter wenige Jahre später an Erschöpfung oder Kummer. Beide waren für ihn nur noch Schattengestalten. Seine eigene Frau war ein Funke und Helen schließlich das Licht.

Er schließt die Augen, um ihr Gesicht zu sehen.

»Warum hat er nicht mich genommen?«, fragt Moll.

Asa schreckt hoch. Sie sieht ihm direkt in die Augen. Er hätte den Tee kosten sollen, bevor er ihn ihr anbot. Sie wird glauben, er wolle sie vergiften.

»Durch seine Heirat besitzt Ihr Sohn mich und meine Kinder, haben Sie das nicht selbst gesagt?«

»John.«

»Er hätte uns beide nehmen können.«

»Eine harte Reise für eine Frau«, sagt Asa. »Denk an die Berge im Winter.«

»Wer ist denn jetzt mein Master, wo er weg ist?«

Asa zögert. Er hat vor Kurzem die letzten Männer verkauft und für die wenigen verbliebenen Bäume nur noch Helfer gemietet. Und wenn er den Rest der Kiefern verkauft hat, wird er sich sämtlichen menschlichen Umgangs entledigt haben. Er kappt Verbindungen, sucht sie nicht länger.

»Das sind Sie, oder?«

»Ich glaube, es ist vernünftig, dich an Cogdell zu verkaufen, jetzt wo Helen – jetzt wo John fort ist. Besser, du hast denselben Master wie dein Mann.«

»Werden Sie mich freilassen?«

Er registriert, wie gerade sie sitzt, wie sauber ihre Hände sind, die sie ordentlich im Schoß gefaltet hat. Registriert ihr Haar, das aus dem Gesicht gebürstet und mit einem roten Tuch zusammengebunden ist. Ihre Haselnussaugen mit den hellen Tupfern darin, die auf einen Sklavenbesitzer unter ihren Vorfahren deuten. So einer war er nie, auch wenn er sie einem Mann gab, den sie nicht liebte. Auch wenn er ihr dann den Sohn nahm. Wir treffen Entscheidungen, um es durch den nächsten Tag zu schaffen. Was ist er ihr schuldig?

Sie steht auf. »Werden Sie mich freilassen?«

Warum will er es nicht? Selbst jetzt sucht er noch seinen Profit, hält die Hand auf dem Geld von den Landverkäufen, vom Verkauf seiner Männer und der letzten wenigen Fässer Terpentin. Er bewahrt Dinge, schenkt sie nicht her. Dabei kann er gar nicht sagen, für wen das Geld denn sein soll. Für John? Vielleicht sogar für den kleinen Sklavenjungen – zu gegebener Zeit, wenn er sich ordentlich entwickelt. Doch das geht nicht von heute auf morgen. Wohlstand will verdient, kann nicht einfach übernommen werden. Er selbst hat jahrelang gearbeitet, hat aufgehäuft und aufgehäuft, wollte es allen beweisen.

»Ich schätze dich sehr, Moll«, sagt er.

Sie nickt, drängt ihn.

»Freiheit – ich glaube, die Freiheit würde dich in eine schwierige Lage bringen, es ist hart für eine Frau, sich allein durchzubringen. Aber wenn du es wirklich willst, glaube ich, dass Helen mich ermuntert hätte, eine Möglichkeit zu finden.« Er lässt sich nur ungern auf Dinge außerhalb seiner eigenen vier Wände ein. Hoffentlich merkt sie, wie unwohl ihm ist.

»Ich bin ganz Ihrer Meinung. Ich glaube, mit meiner Freiheit würden Sie sie ehren.« Sie wird kein Mittel unversucht lassen. Sie stützt sich mit einer Hand auf die Rückenlehne des Sofas.

»Also gut. Du magst recht haben. Ich kann mit einigen Familien hier in der Stadt sprechen. Dass sie dir deine Eier, und was du sonst noch hast, abkaufen. Ich werde dir für den Beginn sogar ein paar von meinen Hühnern geben. Denn du wirst das Geld sehr sorgfältig sparen müssen – lass auf keinen Fall Moses daran –, und wenn du dazu noch andere Arbeiten übernimmst, glaube ich, dass du in ein paar Jahren ein ganz hübsches Sümmchen beisammen hast.«

Nach seiner langen Rede herrscht jetzt im Zimmer eine fast undurchdringliche Stille.

»Sie wollen, dass ich mich freikaufe.«

Sie steht immer noch, und Asa, der sich angegriffen fühlt, erhebt sich jetzt ebenfalls. »Das scheint mir nur gerecht.«

»Haben *Sie* sich jemals das Recht, Ihre eigenen Kinder zu sehen, erkaufen müssen?«

»Ich habe keine Kinder«, sagt er.

»Und ich frage mich jetzt, wieso Gott sie Ihnen wohl genommen hat.«

»Raus mit dir«, sagt er. Er verlässt das Wohnzimmer, auf der Suche nach einem leereren Raum. »Raus.« Er ist in der Diele, lehnt sich gegen den Türrahmen des Esszimmers. Er hört ihre Schritte hinter sich. Jedes Geräusch von Frauenfüßen schmerzt ihn inzwischen. Schon tut es ihm leid, dass er geschrien hat. »Bitte«, sagt er. Er spürt nicht, was Gott von ihm verlangt. Wie können ihm seine eigenen Fehler derart vorgehalten werden, wo er doch so geduldig darauf wartet, geführt zu werden? Er fühlt sich im Stich gelassen, jeden Tag von Neuem.

Die Haustür wird geöffnet, und sie geht. Das Haus ist still, der Tee in der Tasse unberührt. Er geht die Treppe hinauf in sein Schlafzimmer. Durchs Fenster kann er zwischen der Baumgruppe am Wasser den Bug seines Boots sehen, die braunen und blauen Planken. Der Ozean dahinter ist endlos und leer.

*

Das Baby ist erkältet. Seine Augen sind geschlossen, und seine winzigen Händchen fliegen bei jedem Hustenanfall vor Schmerzen in die Höhe. Moll legt ein feuchtes Tuch auf die Stirn des kleinen Mädchens und schaukelt es, gleichzeitig rührt sie einen Brotteig fürs Abendessen an. Das Baby beruhigt sich nicht. Moll übergibt es einem der älteren Mädchen. Sie verarbeitet alles Mehl, das noch da ist, dann hat auch sie etwas Brot für die Reise. Für ihre Familie wird sehr wenig übrig bleiben. Nachbarinnen werden sich aber um die Mädchen kümmern. Ihre Kinder sind nicht die ersten, die im Stich gelassen werden. Moll macht sich keine Sorgen, ob Moses seine Töchter lieben wird oder nicht, es spielt keine Rolle.

Sie hat das Boot gesehen. Tagelang hatte es nichts als Phantomboote in ihrem Kopf gegeben, und dann war da Asa, der sich in einem ramponierten Dingi zum Ufer kämpfte. Sie hatte ihre Bitte vorgetragen, auch wenn sie längst gewusst haben muss, was er erwidern würde. Auch gute Menschen können manchmal nicht über ihren eigenen Schatten springen. Das war es also, ihre letzte Hoffnung zerstoben, jetzt liegt der Weg klar vor ihr, ein gerechtfertigter Weg. An manchen heißen Sonntagen in der Kirchenhütte hatte Helen der Gemeinde einst erklärt, dass all ihre Schmerzen nur Stufen auf der Leiter ins Paradies seien. Glaubensbeweise seien es, Beweise für Gottes Güte. Moll hatte daran geglaubt, solange es ihr zutreffend erschienen war. Doch als Frau – als Mutter – weiß sie, dass es auch Schmerzen jenseits von Gottes Wirkungsmacht gibt.

Das Brot ist auf dem Feuer, und das Baby nuckelt an ihrer Brust. Morgen Nacht ist Neumond. Moll entwirft im Geiste die Route: Erst kommt der Weg, der von den Sklavenhütten zu Asas Land führt, dann der Gartenweg, der sich von den Rosenbüschen seiner Frau ums Haus herum zur Wiese windet, dann der Kanal zwischen Festland und Sandbänken, schließlich die unbekannte Straße nach Wilmington. Sie zeichnet die Karte auf den Rücken des Babys, und es beruhigt sich unter der Berührung. Moses ist irgendwo anders, besucht einen Mann oder eine Frau. Sie gibt den Mädchen noch Kekse vorm Schlafengehen, sie legen sich alle gemeinsam hin, und nach und nach schlafen sie ein.

Am Morgen ist sie wieder auf den Feldern. Sie denkt nicht an ihren Sohn oder an die vierhundert Meilen. Sie denkt an die Erde und die Hacke und das Saatgut, und in ihrer Mittagspause unter dem Amberbaum denkt sie an das Boot, übt die Bewegung mit ihren geöffneten Händen als Ruderblättern. Der Nachmittag wird warm, und die anderen singen beim Pflanzen – ein leises, freudloses Lied. Abel arbeitet am Ende einer Reihe, das Hemd hat er ausgezogen, die Striemen auf seinem Rücken sind der Sonne ausgesetzt. Molls Mut wächst von Stunde zu Stunde. Sie versteht nicht, warum nur so wenige Menschen den Versuch wagen. Wieso dieses Land menschliches Wollen derart unterbindet. Andererseits: Sie ist dreiunddreißig Jahre alt, fast vierunddreißig, und hat sie jemals wegzulaufen versucht? War Freiheit jemals etwas, wofür sie ihr Leben aufs Spiel gesetzt hätte? Selbst jetzt geht es ihr nicht um Freiheit. Es geht ihr um den Jungen, der alt genug ist, das Böse um ihn herum zu erkennen, aber zu jung, um sich dagegen zu verteidigen. Man kann einer Mutter, einem Vater nicht das Kind nehmen. Nicht, wenn es noch so jung ist. Auch nicht, wenn es schon größer ist. Die Mutter, der Vater werden es so lange suchen, bis sie es wiedergefunden haben.

Weil sie in Tagträumen versunken war, wird sie mit einem Peitschenhieb bestraft. Ihr Arm blutet.

Als sie Davy auf die Welt brachte, war sie allein. Weder ihr Ehemann noch eine Hebamme waren da, auch Helen nicht, die Moll einen Extrastapel Bettwäsche für die Geburt versprochen hatte, aber stattdessen kurz vor ihrer Niederkunft mit einem Soldaten ein Schiff bestieg. Moll gebar im Dunkeln, in einer leeren Hütte, ein Tuch zwischen den Zähnen. Zuerst war er ein violetter Junge, dann braun und warm und laut. Ein Körper, den sie aus dem Nichts erschaffen hatte: aus Missbrauch, aus verdorbenem Reis, aus erzwungener Arbeit. Er war ohne Makel. Sie küsste ihn, legte ihn, noch mit Nabelschnur, an ihre Brust. Sein Gesicht, seine Handgelenke, seine

Zehen. Makellos. Hatte ihre eigene Mutter sie auch so geliebt? Ihre Mutter war nur eine Nummer gewesen, wurde verkauft, als Moll gerade laufen lernte. Mütter enttäuschen ihre Kinder auf so vielfache Weise. Moll nicht. Nicht ihren Jungen.

An diesem Abend bittet sie Moses, die Mädchen zu Tante Catys Hütte zu bringen, sie würde gern die Matratze rausschaffen, um die Böden zu schrubben. Als sie fort sind, knüllt Moll das Bettzeug zusammen und trägt die Matratze, den Hocker, die Töpfe und die Wiege nach draußen auf die Veranda. Nur noch ihre Tasche, die in der Ecke steht, ist übrig. Sie klemmt sie sich unter den Arm und wirft einen letzten Blick zurück. Draußen erscheinen die ersten Sterne am Himmel. Sie nimmt kein Licht mit. Auf den Treppenstufen der Nachbarhütte sitzt eine alte Frau und flicht einem Kind die Haare.

Moll läuft zum Bach. Wenn jemand sie sieht, wird sie vorgeben, sie wolle Wäsche waschen. Schon bald hat die Dunkelheit sie verschluckt, und sie fängt an zu rennen. Aus Asas Kiefern hört sie das zitternde Schnarren eines Ziegenmelkers. Als sie den Hintergarten mit seinem üppigen Rosenduft erreicht, hat der Himmel sich mit dünnen Wolken bezogen. Hinter den Vorhängen im zweiten Stock brennt Licht. Sie umrundet das Haus, schleicht um seine Backsteinecken, meidet die Kieswege. Unterhalb der geschwungenen Vordertreppe bleibt sie stehen und blickt über den Rasen. Wie ein Mund öffnet er sich zum Meer. Sie wartet, bis sie sicher ist, dass niemand hier draußen ist. Der einzige Mensch, der jemals im Dunkeln über den Rasen lief, war Helen. Moll hatte oft beobachtet, wie sie nach dem Abendessen draußen herumstrich, erst als Mädchen, bezaubert vom Meer und von den Sternen, dann als junge Frau, in Erwartung eines Soldaten. Helen musste geglaubt haben, ihre Spaziergänge seien ein Geheimnis, aber sie war damals nicht alt und besonnen genug, um sich wirklich unbeobachtet zu bewegen. Vielleicht hatte auch Asa in seinem Schlafzimmer gesessen und seiner Tochter vom oberen Fenster aus nachspioniert. Sie hatten es beide geschehen lassen. Waren sie denn tatsächlich überrascht gewesen, als Helen durchbrannte? Jetzt hat Moll selbst Kinder; sie fühlt sich nicht für Helens Schicksal verantwortlich. Der Kreis der Menschen, die sie zu ihrer Familie zählt, wird von Jahr zu Jahr kleiner.

Moll läuft an der Rasengrenze entlang, wo eine Frau vor langer Zeit Rhododendren pflanzte. Da sich keiner um die Büsche kümmerte, sind sie wild ausgeschossen. Während sie an ihnen vorbeihuscht, schlagen ihr Zweige ins Gesicht. Die Wolken sind dichter und heller geworden, sie kann sogar das frische Gras erkennen. Moll sieht den Wolken zu und geht langsamer. Was wird Moses tun, wenn er entdeckt, dass sie nicht da ist? Manchmal besucht sie abends Nachbarn. Wird er die Matratze wieder reinholen und sich schlafen legen, oder wird er auf sie warten und sich Sorgen machen? Er hat nie auf sie gewartet. Sie lässt sich Zeit mit dem letzten Stück Weg zum Ufer.

Das Seil ist mit einer komisch verdrehten Schlinge an dem Weidenstamm befestigt. Sie kann die Enden nicht sehen und braucht einige Minuten, es loszuknüpfen. Sie spürt zwei Regentropfen, einer fällt ihr in den Nacken, der andere auf den Arm, direkt über dem Striemen vom

Peitschenhieb. Sie nimmt das lose Seil in die Hände, folgt ihm hinunter zum Schilf und landet beim Bug des Ruderboots. Es nieselt inzwischen. Moll wirft ihre Tasche ins Boot, tritt auf ein Schilfbüschel, sinkt halb ein und stößt das Boot hinaus ins offene Wasser. Sobald es schwimmt, klettert sie hinein, wird fast bis zu den Knien nass. Jetzt prasselt der Regen. Sie tastet auf dem Bootsboden herum, sucht die Riemen, aber ihre Hände finden nichts. Sie sucht unter den Ruderbänken, im Bug, tastet außen den Rumpf ab. Sie schiebt ihre Tasche zur Seite. Wie groß sind Ruder? Sie fährt mit der Hand am Bootsrand entlang, fischt im Wasser nach Stöcken, nach Treibgut. Nichts. Inzwischen schaukelt das Boot in den Kanal hinaus, angetrieben vom Wind, der den Regen gebracht hat. Es dreht sich langsam, der Bug zeigt jetzt auf die Sandbank und den offenen Ozean dahinter. Moll taucht die Hand ins Wasser, aber die Bootswände sind so hoch, dass sie nur ein müdes Kraulen zustande bringt. Das Boot treibt weiter. Sie hält inne, wartet, blickt in die Dunkelheit, die das Boot umhüllt. In ihrer Hütte würde das Geräusch eines Frühlingsregens den Kindern beim Einschlafen helfen.

Sie ist immer noch nur wenige Meter vom Ufer entfernt. Ruder verschwinden doch nicht einfach. Sie lässt ihre Tasche im Boot und springt ins kalte Wasser. Sie packt das Seil, das am Bug befestigt ist, schwimmt ans Ufer und zieht das Boot hinter sich her. Das Wasser ist immer noch so flach, dass sie hier und da Halt im Schlick findet. Sie klettert ins Schilf, landet auf schlammigem Boden. Sie lässt das Boot mit dem losen Seil im Seegras liegen und rennt am Rasen entlang zu den Außengebäuden hinter dem Haus. Dort gibt es einen Schuppen, wo Asa immer Holz für Fässer und die Pflanzstöcke und Heckenscheren seiner Frau aufbewahrte. Auch nachdem Moll sich den Regen aus dem Gesicht gewischt hat, kann sie nichts sehen. Sie tastet an undefinierbaren großen Gegenständen entlang, eine Sense fällt krachend um. In der Ferne bellt ein Hund. Sie rührt sich nicht, glaubt, das Schließen einer Tür im großen Haus zu hören. Hat Asa, allein im Haus, Angst? Schleicht er nachts durchs Gelände, da ihm seine Familie fehlt? Sie tritt vor die Tür, um zu sehen, ob das Licht im Haus sich bewegt. Sie sieht einen dunklen Schatten in den Kiefern. Ein Rascheln dringt durch das Rauschen des Regens. Füße. Wer wäre der Erste, der sie holen käme, wenn ihr Fehlen bemerkt würde? Der Sklaventreiber, mit einem Gewehr? Sie rennt zurück zum Rasen, vorbei an den Rhododendren, hinunter zum Boot. Sie tastet nach ihrer Tasche. Sie kann das Geräusch menschlicher Schritte nicht mehr vom Regen unterscheiden, der auf die Planken prasselt. Wird sie sterben, noch ehe ihre Flucht überhaupt beginnt?

Sie flieht vor den Geräuschen, nimmt den Pfad durch das Wäldchen zur Stadt. Das ist die Richtung, die sie einschlagen würde, wenn sie ein Boot und Ruder hätte. Hätte sie die Sense nehmen und sich aus Ästen der Weide Riemen machen sollen? Sie ist völlig aufgelöst. Sie hat einen Fehler begangen. Jetzt kann sie die ersten Öllaternen auf der Front Street erkennen. Vergangene Irrtümer muss man hinter sich lassen. Sie läuft langsamer, trägt ihre Tasche auf eine Weise, die ihr Auftauchen um diese Zeit normal erscheinen lassen soll. Beaufort besaß früher eine Sklavenpatrouille, aber seit dem Krieg schrumpft die Stadt, und jeder muss selbst auf sein Eigentum achten. Sie hält den Kopf aufrecht und konzentriert sich darauf, gelassen zu wirken. Die einzigen Menschen auf der Straße sind ein paar alte Männer, die mit ihren Biergläsern auf der Treppe vorm Wirtshaus hocken. Sie lächelt ihnen zu, einer pfeift. Ihr steigt die Galle hoch. Zu ihrer Linken sieht sie die Boote, die am Kai auf und ab hüpfen. Die Männer sehen ihr hinterher. Am anderen Ende der Stadt wendet sie sich nach Norden. Die Straße verengt sich wieder zu einem Pfad. Die Bäume werden dichter. Sie kommt zum Newport River, den sie nicht überqueren kann. Sie läuft an seinem Ufer weiter nordwärts, Richtung New Bern, der Stadt, in die sich immer alle Sklaven flüchten. Sobald man zu Hause bemerkt, dass sie verschwunden ist, werden sie sie innerhalb von einer Stunde finden. Nach dem, was Abel ihr berichtet hat, weitet der Newport sich zu einer Art kleinem See, ehe er wieder zu einem Bach wird. Und auf einer Strecke von acht oder neun Meilen gibt es keinen Übergang nach Westen. Wenn sie es bis zum Tagesanbruch schafft, könnte sie eine Chance haben.

Moll knotet ihre Röcke über den Knien zusammen und beginnt zu rennen.

*

Der Morgen ist feucht und grau. Wegen des Regens klingt das Klopfen gedämpft. Asa schlägt die Decke zurück und greift nach seinem Morgenmantel. Er geht ans Fenster, wartet, dass der Besucher wieder verschwindet. Ein junger Mann mit Mütze geht die Treppe hinunter zu seinem Pferd, das mit dem Huf heftig in eine Pfütze tritt. Ohne den Morgenmantel auszuziehen, kriecht Asa zurück ins Bett.

Der Hunger weckt ihn. Unten im Wohnzimmer macht er Feuer und geht dann ganz nach unten in die Küche, um Brot und Butter zu holen. Im schwachen Licht sieht er schlecht und stößt gegen die Ruder, die am Herd lehnen. Er hat vergessen, dass er sie gestern zum Abschmirgeln mit ins Haus nahm. Eigentlich wollte er es im Schuppen erledigen, aber dort war es zu kalt, und dieser Raum hat einen Kamin. Er ist froh, dass niemand Zeuge seiner Schwäche ist. Er fährt mit der Hand über die rauen Ruderblätter. Vielleicht morgen, wenn die Sonne scheint. Er trägt ein halbes Brötchen und das Schälchen mit Butter nach oben ins Wohnzimmer und isst auf einem Hocker vorm Kamin, damit die Butter weich wird und er warme Hände bekommt.

Er spürt eine nagende Traurigkeit und sucht nach ihrem Grund. Tab? John? Nein, jetzt fällt es ihm wieder ein: Moll. Es tut ihm leid, dass er ihr ihren Wunsch nicht erfüllen konnte. Er hat fast alle Kämpfe verloren, aber sein Gefühl für Gerechtigkeit hat er nicht verloren. Man kann einen Sklaven nicht einfach deshalb freilassen, weil man ihn irgendwie gern hat. Es gibt eine menschliche Ordnung. Man wird in eine bestimmte Schicht hineingeboren und arbeitet sehr hart mit den Händen und mit dem Kopf, damit die eigenen Kinder es besser haben und glücklicher werden. Man kann sich nicht einfach eine Gunst erbitten. Asas Kinder hätten ein besseres Leben gehabt, dieser Stolz ist ihm geblieben und wärmt ihm die Brust. Auch Moll muss sich diesen Stolz erst verdienen. Ganz gleich, ob uns die Kinder genommen werden oder nicht, wir haben Gott gegenüber die Pflicht, aufrichtig zu sein und uns nicht zu beklagen. Wir können uns nicht gegen seinen Willen auflehnen. Dieser Gedanke besänftigt Asa, er isst sein Brötchen auf und leckt sich die Butter von den Fingern. Er wird nicht kämpfen, und er wird belohnt werden. Er rollt sich auf dem Läufer vor dem Kamin zusammen und döst.

Er träumt, dass ein Vogel auf seiner Schulter hockt und an seinen Haaren zupft. Er erwacht, und eine Schwalbe flattert hoch an die Zimmerdecke, schlägt mit den Flügeln, stürzt und knallt gegen die Scheibe. Asa muss ein anderes Fenster offen gelassen haben, als der Regen kam. Er rappelt sich langsam vom Läufer hoch, humpelt mit einem eingeschlafenen, kribbelnden Bein ins Esszimmer und stützt sich dabei an den Wänden ab. Er schließt das offene Fenster. Die Schwalbe schafft es offenbar nicht aus dem Wohnzimmer. Asa wartet in der Tür und beobachtet, wie sie nach einem Ausgang sucht. Sie schimmert tiefblau – es könnte schön sein, den Vogel zu behalten. Sein furchtsames Tschilpen klingt fast wie von einem Kind. Er könnte ihm einen Käfig bauen, ihm beibringen, Krumen aus der Hand zu fressen. Er holt Mrs. Randolphs Strohbesen und scheucht die Schwalbe in die Diele. Sie krallt sich ans Sims und wartet, ihre Brust pumpt wie ein Blasebalg. Als Asa die Haustür öffnet, fällt ein Brief von der Klinke auf die Veranda. Dieser junge Mann auf dem Pferd heute Morgen – der muss ihn gebracht haben. Dabei hatte Asa gedacht, es wäre nur ein Traum gewesen. Und die Schwalbe, ist die ein Traum? Er blickt hoch. Sie ist immer noch da, atmet heftig, wartet mit schief gelegtem Kopf auf den nächsten Angriff. Er hält den Besen hoch, und nach ein paar vergeblichen Versuchen kann er den Vogel durch die Tür nach draußen komplimentieren, wo er erst einmal gegen das Verandadach prallt, ehe er sich als metallisch blauer Blitz ins Freie schwingt.

Der Brief ist in einer unsicheren Handschrift geschrieben, die Buchstaben purzeln übereinander und neigen sich in ungewöhnliche Richtungen. Er geht zum Kamin, um ihn mit warmen Händen zu lesen.

Dies ist für meine Mutter, heißt es ganz oben mit einer Menge Ausrufezeichen. Asa ist verwirrt und immer noch etwas verschlafen.

Mir geht es gut & John geht es gut. Die Reise war sehr hart & wir sind einer Menge Männer und Indianer begegnet. Ich hab ganz allein einen Truthahn geschossen & John hat ihn gebraten. Hier gibt es nicht so viele schwarze Leute, einer, den ich traf, war schon frei, was ich auch bald sein werde. Ich bekomme vier Dollar die Woche, nur fürs Tragen von Säcken & und jetzt fürs Hacken von Holz fürs Haus. Es ist fast fertig, braucht nur noch ein Dach. Ein Zimmer für John und eins für mich & wir kochen draußen. Es gibt noch andere Jungen so alt wie ich & wir schwimmen, obwohl das Wasser doppelt so kalt ist. Als ich die Berge zuerst sah, war ich erstaunt, aber jetzt sind sie normal für mich. Wenn ich frei bin, werde ich ein Haus neben Johns bauen & Mais anpflanzen. Er weiß nicht, ob er hier gedeiht, aber ich hab gesagt, das tut er. Wir haben viel Regen. Ich weiß dass du böse warst, als ich weggegangen bin, aber jetzt glaube ich, dass du stolz sein wirst. Du solltest meine

Arme sehen, sie sind viel dicker. Es würde dir hier gefallen. Ein Kuss für dich & gib dem Baby einen. Immer dein Sohn, Davy.

Auf der Rückseite stehen zwei Zeilen von John. Ihm gehe es gut, und er lege etwas Geld bei, das für Moll und ihren Freikauf gedacht sei. Er verspricht, wieder zu schreiben. Asa sieht auf das Datum: 3. März. Der Brief hat über einen Monat gebraucht. Das Geld ist natürlich weg, unterwegs von einem Postjungen gestohlen. Immerhin sind sie gesund, und Moll wird sich über Nachrichten von ihrem Sohn freuen. Was für ein abenteuerlustiger Junge. Mit Söhnen scheint es wirklich einfacher zu sein.

Es ist schon nach zwölf Uhr, aber Asa ist noch satt vom Frühstück. Der Regen hat nachgelassen. Er setzt sich einen breitrandigen Hut auf, zieht Lederstiefel an und steckt den Brief in die Jackentasche, zusammen mit einem Zehndollarschein aus seiner eigenen Geldbörse. Der Gang zu den Sklavenbehausungen, so ganz allein, macht ihn nervös, weshalb er zuerst bei Cogdell vorbeischaut, wo er von einer dunklen Frau mit weißer Spitzenschürze empfangen wird. Er bittet darum, Moll zu sehen, und sie wartet, als müsste er noch etwas sagen. Und als nichts kommt, erklärt sie: »Ich hole den Master.«

Cogdell wirkt finster. Er stellt sich in die Tür, anstatt Asa hereinzubitten. »Sie ist nicht da«, sagt er.

»Wie das?«

»Erschien heute Morgen nicht auf den Feldern. Ihr Mann hat sie nicht gesehen. Wollte schon eine Nachricht rüberschicken. Sie gehört natürlich Ihnen, aber weil sie in den letzten Jahren für mich gearbeitet hat, dachte ich, ich schicke meine eigenen Männer auf die Suche nach ihr.«

Asa denkt konzentriert nach. Erst gestern oder vielleicht vorgestern hatte er diese Unterhaltung mit ihr, da hatte sie ihn um ihre Freiheit gebeten. Und jetzt hat er einen Brief für sie dabei, mit etwas Geld, über das sie sich freuen wird. Wo ist sie? Bestimmt nicht dort, wo auf jeden Fall Männer mit Gewehren und Hunden auf sie warten. Er kann sich nicht erinnern, dass sie schon einmal fortgelaufen ist.

»Nein, nein«, sagt er, »das ist schon in Ordnung.« Im Versuch einer souveränen Geste greift er nach Cogdells Arm, aber weil seine Hand zittert, sieht es eher so aus, als müsste er sich auf seinen Nachbarn stützen. »Ich habe sie mit einem Auftrag losgeschickt. Bat sie, ein paar Dinge aus New Bern zu besorgen.«

Cogdell lässt den Arm sinken und zwingt Asa so, ihn loszulassen.

»John ist ja im Herbst fortgegangen«, sagt Asa, »und es war hart, ohne Hilfe zurechtzukommen. Es geht um ein paar Dinge, die ich hier nicht bekomme. Etwas Werkzeug. Sie sagte, ich soll Sie erst fragen, und das habe ich vergessen. Mein Gedächtnis hat sich einfach davongemacht.«

»Sie haben Sie also nach New Bern geschickt.«

»Neue Schneiden für die Kiefernhacken. Sie machen sie dort besser als der Schmied hier. Nicht nötig, nach ihr zu suchen.«

»Haben Sie sie auf einem Pferd losgeschickt?«

Jetzt ist Asa am Ende seiner Vorstellungskraft. Hätte

er sie auf einem Pferd losgeschickt? Er nickt langsam. Die Lügen türmen sich in überraschendem Tempo, und er weiß nicht, wo sie alle herkommen. »Kann sein, dass sie bei einer Cousine übernachtet. Ich habe ihr für zwei Tage freigegeben.«

»Ah.«

Asa legt seine Hand auf die Tasche mit dem Brief. »Bin nur vorbeigekommen, um zu sehen, ob sie auch wirklich los ist. Ich schicke sie Ihnen rüber, wenn sie zurück ist.«

Cogdell gräbt die Finger in seinen zerzausten blonden Bart. Er ist ein kräftiger Mann und jünger als Asa. »Sie wird klatschnass sein«, sagt er.

Asa tritt unruhig auf der Stelle, hinterlässt feuchte Flecken auf der Veranda seines Nachbarn. Er kann dem Mann nicht mehr in die Augen sehen. »Hätte Ihnen früher Bescheid sagen sollen. Mein Gedächtnis. Sie müssen keine Männer schicken. Ist meine Verantwortung.«

Er hastet nach Hause.

Er wollte sie nicht freilassen, und nun hat sie sich selbst befreit und wird gefasst und ausgepeitscht oder getötet werden. Noch ein weiteres Kind, das er im Stich gelassen hat. Aber das ist nicht fair ihm selbst gegenüber, sie war nie sein Kind, und er hat einfach seinem Gewissen gehorcht. Sein Drang, sie jetzt zu retten, ist nur Mitleid mit den Schuldigen. Wenn sie ihm irgendwie ihre Verzweiflung deutlich gemacht hätte, dann hätte er ihr Ratschläge geben können. In seinem kalten, leeren Haus fallen ihm ein Dutzend weiser Sätze ein. Er begreift, wieso Heiligkeit in Klöstern entsteht.

Er hätte ihr gesagt, dass im Verzicht Würde liege. Dass hart erarbeitetes Glück doppeltes Glück sei. Dass wir

Sterblichen blind fürs Schicksal seien. Dass wir kleine Schachfiguren in der Hand eines Mächtigen seien. Sie hätte den Kopf geschüttelt und geweint, und er hätte einen Arm um sie gelegt, und gemeinsam hätten sie sich nach und nach in ihr Schicksal gefügt. Und jetzt kann er sich nur noch fragen, wo sie ist. Das ist müßig. Sie ist kein Kind. Aber trotzdem beschäftigt es ihn, noch ist er sich seiner Verantwortung bewusst.

Alles was er tun kann, ist warten. Er wandert von Zimmer zu Zimmer, ohne sich zu setzen. Er bedauert jetzt, dass er die Schwalbe ins Freie getrieben hat. Es gibt keine Ecken mehr, in denen er sich verstecken könnte. Er meidet den Spiegel im Esszimmer, Helens Miniatur auf dem Kaminsims, die Fenster, in denen sich der Ozean spiegelt. Er möchte sich nicht selbst in die Augen sehen. Er holt den Brief aus seiner Jackentasche und trägt ihn zum Kamin. Knüllt ihn zusammen, zwirbelt ihn, schafft es aber nicht, ihn zu verbrennen. Eines Tages wird er von ihrer Gefangennahme hören – oder er wird erneut von John hören, der beschreibt, wie sie aus den Bergen aufgetaucht ist, eine Art Bärenmutter, die die Fährte ihres Sohns gewittert hat.

Er lässt auch das Abendbrot ausfallen und schläft zusammengesunken auf einem der Wohnzimmersessel ein.

*

Jetzt ist es ein halbes Jahr her & und kein Wort von dir, aber John sagt, Post geht oft verloren. Ich glaube dass du vielleicht immer noch böse bist, weil ich weggegangen bin, aber dann denke ich, nein, du bist meine Mut-

ter & und würdest mir auf jeden Fall einen Brief schreiben. Ich schreibe meine Adresse auf diesen extra groß damit du sie gut abschreiben kannst wenn du antwortest. Hier hat gerade eine Schule angefangen & und an manchen Tagen gehe ich mit den weißen Jungen hin und lerne die Zahlen. Auch längere Wörter die dir gefallen würden. Rudimentär. Desorientierung. Sittenwidrig, was ich nie richtig schreiben kann, deshalb musste ich es eben nachschauen. Ich möchte gern ein Ladenbesitzer werden, deshalb lerne ich rechnen & und John bringt mir bei, wie man Buchführung macht. Es gibt hier einen Mann aus New York & und der redet sehr viel von dieser Stadt, deshalb will ich dorthin. Ich habe schon mehr als die Hälfte auf dem Weg zur Freiheit geschafft, weil ich noch für Extrageld bei dem Pfarrer hier gearbeitet habe; zum Beispiel unterrichte ich in der Sonntagsschule die kleinsten Kinder. Ich weiß dass du darüber lachen würdest. Was weiß ich denn schon über Jesus. Aber ich kann jetzt lesen, und deshalb weiß ich eine ganze Menge. Es sind gute Geschichten, und die erzähle ich mit meinen eigenen Worten, manchmal füge ich noch hier und da ein bisschen hinzu. Bei mir hat der alte Jonas nämlich den Wal von innen aufgeschlitzt und er hat nicht darauf gewartet, dass Gott ihn rettet. Ich hab das vorgemacht und mit den Armen in der kleinen Kirche wild herumgewedelt. Die Kinder waren alle so aufgeregt dass sie am Daumen nuckelten. Und die Geschichte war viel besser so. Ich glaube, dass ich Weihnachten freikomme. John sagte dass er mir eins der Maultiere gibt, die älter sind als wir dachten, weshalb es dann vielleicht schon tot ist, aber wenn nicht dann reite ich hoch nach New York. Würdest du gern mitkommen? Ich hätte nichts dagegen, sag mir einfach Bescheid, dann komme ich & und hole dich, & und jeden sonst der auch noch mit will, aber die müssten schon auf Cinders Rücken passen. Ich werde dann einen Laden haben & und alles verkaufen was du dir denken kannst und sehr bald ein reicher Mann sein. Sie werden meinen Namen auf Gebäude schreiben, DAVY!

*

Als Asa von der Morgensonne und dem Geruch nach trocknendem Gras geweckt wird, ist er völlig ausgehungert. Er vertilgt das restliche alte Brot, mit einem Klecks Sirup bestrichen, hat aber immer noch Hunger. Ihm fällt die Angelrute im Schuppen ein, die Helen als kleines Mädchen einige Male benutzte. Er wird mit der Angel und den Rudern – abschmirgeln wird er sie ein andermal – hinunter zum Boot gehen und sich eine Mahlzeit angeln. Er wird selbst für seine Rettung sorgen müssen.

Der Regen hat die Porzellansternchen hervorgelockt. Sie blühen in strahlenförmigen Büscheln überall auf dem abschüssigen Rasen. Vögel kreisen darüber, stürzen sich auf Würmer; aus der Ferne kann Asa nicht erkennen, ob auch seine Schwalbe darunter ist. Am Ufer angekommen, stellt er fest, dass das Dingi nicht mehr fest an der Weide vertäut ist, es dümpelt einige Meter vom Ufer entfernt im Wasser, das Seilende hat sich in den Binsen verfangen. Wenn ein bisschen Regen den strammen Knoten schon hat auflösen können, sollte er das Boot immer, wenn er es nicht benutzt, lieber hinauf an Land ziehen. Vorsichtig steigt er über das niedergetretene Schilf, nimmt das Seilende und zieht das Boot zu sich heran. Nachdem er sich mitsamt Angel und Riemen hineingesetzt hat, stößt er sich wieder ab ins offene Wasser. Er rudert den Kanal entlang zur Stadt. Er ist immer noch nervös, hat Angst, mit der Strömung hinausgetrieben zu werden und vergeblich um Hilfe zu rufen. Er bückt sich und schöpft mit den Händen das Regenwasser heraus. In der Pfütze auf dem Boden schwimmt ein Fetzen, ein Stück sehr grobes weißes Leinen. Solch rauen Stoff besitzt Asa nicht, er erinnert sich allenfalls an ein paar alte Decken, die Helen früher im Hühnerstall auslegte. Der Sturm muss den Fetzen ins Boot geweht haben, ein kleines Stück Geschichte eines anderen Menschen. Er ist sentimental, also drückt er das Wasser heraus und bindet den Stoff um seine Angelrute. Als Glücksbringer.

Es ist Mittwoch, und auf der Front Street sind Frauen mit ihren Einkaufskörben unterwegs. Die meisten Fischer sind noch draußen auf dem Wasser. Asa vertäut sein Dingi am Landesteg, ohne dass ihn jemand bemerkt. Zuerst betritt er den Laden, der ihm wie ein seltsames Vexierbild von etwas Vertrautem vorkommt. Das Skelett ist noch vorhanden: die Regale, die Ständer, die breite Theke. Aber wo sich früher die Süßigkeiten befanden, liegen jetzt die Docken mit Garn, und das Mehl ist nach hinten gewandert. Mehrere neue Musketen hängen hinter der Theke. Und wo sind die Bonbons jetzt? Er hat immer welche für Tab gekauft. Asa bittet den Besitzer, einen Mann, der nicht die geringste Ähnlichkeit mit John hat, um eine Handvoll Elritzen als Köder.

Er sollte auch bei der Kirche Halt machen. Sein letzter Besuch ist schon einige Wochen her, dabei war Halling im März noch einmal für einen Gottesdienst angereist. Es hatte damals geregnet, und Asa hatte ihn nicht sehen wollen. Jetzt ist die Tür nicht abgeschlossen, und Asa geht nach vorne zur ersten Bank und setzt sich. Das Licht, das durch die Fenster fällt, ist beinah blau. Er weiß nicht, für wen er beten soll. All jene, die er seine Liebsten nennen würde, sind jetzt außer Reichweite. Er schließt die Augen und versucht, an Gott zu denken. »Bitte«, sagt er. Er hat den Tiefpunkt seines Lebens erreicht, und er hofft auf seine gnädige Befreiung.

Auf dem Friedhof hat mittlerweile Gras das Grab seiner Enkelin erobert. Ein Gedenkstein ist ans Kopfende gesetzt worden, aber es steht nichts darauf. Er sollte den Steinmetz mit einer Inschrift beauftragen, aber eigentlich wäre das Johns Aufgabe. Anfangs hatte Asa noch gehofft, John würde vielleicht zurückkehren, das Südwest-Territorium würde zu kalt sein oder zu weit von jedem Wasser entfernt. Aber hier gibt es nichts mehr für John zu tun.

Außer auf dieses hübsche Grab zu schauen. Asa legt die Hand auf den warmen Boden. Außer an das zu denken, was unter diesem Stein liegt. An das Mädchen, in einem Fass zusammengerollt, mit Haaren von der Farbe des Rums, in dem sie schwimmt. Sie ist immer noch hier, ihr fieberheißer Körper endgültig gekühlt. Und an ihre Mutter, die vor zehn Jahren in einem weißen Kleid unter der Eiche zur Ruhe gebettet wurde. Asa bleibt stehen.

Auf der anderen Seite der Kirche schläft, dicht an der Mauer, wo innen die Kanzel steht, seine eigene Frau. Ein Garten der Frauen. Er hat Long Ridge für sie erbaut, und sie haben es nie für sich in Anspruch genommen.

Auch Moll hat ihrem Sohn etwas hinterlassen. Selbst wenn sie auf halbem Weg nach New Bern geschnappt wird, so hinterlässt sie doch das Wagnis einer Tat, von der der Junge eines Tages hören wird. Alles was Asa getan hat, ist Besitz anhäufen. Er hat darauf gewartet, dass seine Zukunftsvisionen wahr würden, und während des Wartens sind Generationen von aufgeweckten jungen Menschen voller blinden Vertrauens in die Welt hinausgesegelt. Wem wird er die Freiheit schenken können?

Er wird mit Cogdell über den Verkauf seines restlichen Lands reden. Für ihn ist es jetzt wertlos. Ein Mann ohne einen männlichen Erben existiert quasi nicht – ist nur ein Beinahe-Mann. Lieber überlässt er sich nun vollkommen dem, was ihm geblieben ist.

Die Angelrute ist noch in seinem Boot, als er zum Hafen zurückkehrt, der Leinenfetzen flattert im Wind. Er rudert in den Sund hinaus, inzwischen hat sich sein Magen schon etwas an die Wellenbewegung gewöhnt. Das Wasser ist grau und blau und wird immer dunkler, je tiefer der Grund wegsinkt. Er hat jetzt den schmalen Wasserlauf verlassen, ist zwischen den Sandbänken hindurch in tieferes Wasser geglitten. Rechts und links tauchen die Bogue- und Shackleford-Inseln auf – der letzte feste Grund vor dem Ozean. So weit hat er sich noch nie vom Festland entfernt. In der Rinne zwischen den großen Sandbänken zieht er die Ruder ein. Auch seine Tochter und seine Enkeltochter hatten von hier aus in die Ferne geblickt und sich nicht gefürchtet. Er muss einfach glauben, dass sie sich nicht gefürchtet haben.

Er öffnet die Dose mit den Elritzen. Einige sind schon tot, andere zucken noch in dem feuchten Behältnis. Er greift nach seiner Angelrute und stellt fest, dass er einen Haken für die Leine vergessen hat. Er ist erleichtert. Er nimmt ein paar Elritzen und verstreut sie im Wasser. Er wartet, und schon bald taucht ein größerer Fisch auf und umkreist sie. Die Sonne wandert allmählich zum westlichen Horizont. Die tief stehenden Strahlen streifen die Wellenkämme und die weißen Fischbäuche. Makrelen und Meerbrassen sammeln sich, und die Elritzen verschwinden. Als das Festmahl beendet ist, tauchen die Fische fort, und das dunkle Wasser glättet sich wieder. Asa könnte weiterrudern, vorbei an den Sandinseln, hinaus auf den unergründlichen Ozean. Er könnte unbeobachtet trauern, seinen Körper dem Unsichtbaren überantworten. Aber er ist hungrig und bedauert nun, dass er keinen Fisch gefangen hat. Er wendet das Boot zum Ufer. Das Meer wird auch morgen noch da sein.